楚辞 上卷

屈原等——著
骆玉明——解注

陕西新华出版 三秦出版社

果麦文化 出品丨GUOMAI

版本说明

楚辞，即楚人之辞，习惯上专指以屈原为代表的楚国文人所创作的一种文体，具有鲜明的楚文化特色。因其中《离骚》最为著名，亦被称为“骚体”，后人多有效仿之作。至西汉刘向首次将战国至汉代的优秀诗篇辑录成集，并命名为《楚辞》。

《楚辞》是我国第一部由文人个体创作的诗歌总集，它华丽、奇幻而富于激情，成为中华美文学的源头。

本版正文以洪兴祖《楚辞补注》毛氏汲古阁刻本为底本，从朱熹《楚辞集注》附录《吊屈原赋》，参考多种注本全新精校，保留部分古汉语用字，部分生僻字、异体字、假借字等亦从底本。

本书题解释义，综合历代名家见解，不少争议处保留两到三种解释供读者参考。有些内容涉及已失传的史料、传说、典故，无可靠文献佐证，只能暂付之阙如，不再盲从或强行解析，对于注音争议处以从释义、从今音、从底本为原则。《楚辞》部分篇目作者多有争议，本书作者署名方式从东汉王逸《楚辞章句》。

本版旨在为广大读者提供一个便于阅读、理解，同时校注严谨可靠的《楚辞》读本。

· 楚域图（春秋—战国）

楚[2] 郢陈
颍
桐
柏
山
大
巫山
江
水
汉
水
楚[1]
郢
夏
水
夏浦
夏
鄂
水
夏首
浪
沧
涔
水
涔阳
水
澧
洞庭
枉陼
沅
水
汨
罗
水
资
水
湘
辰阳
溆浦
长沙
溆
水
水
衡山

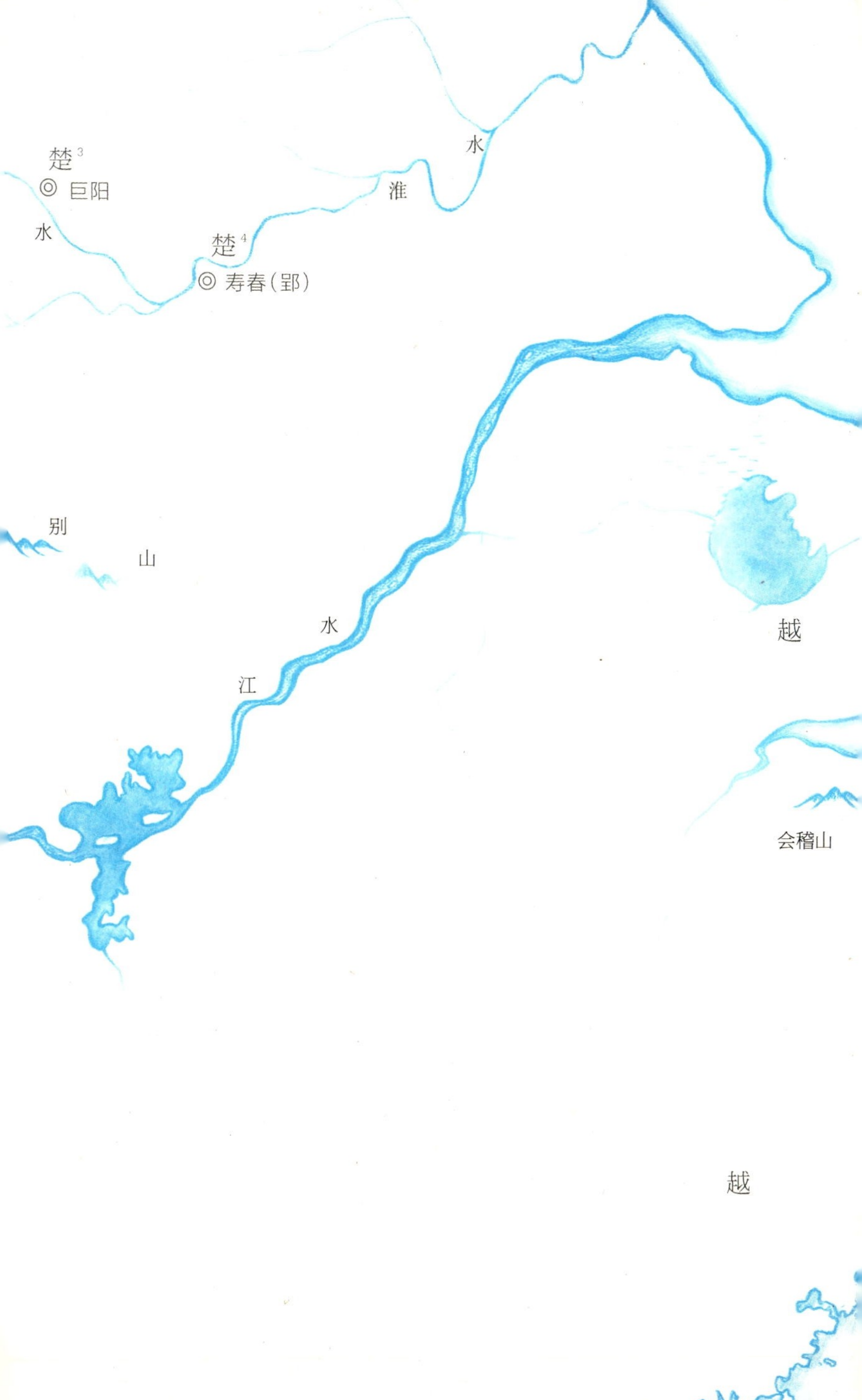

楚3
巨阳
水
楚4
寿春(郢)
淮
水
别
山
水
江
越
会稽山
越

明／仇英／桃源仙境图（局部）

目录

屈原

屈原（约前 340—约前 278），芈姓，名平，字原。楚武王后裔，其先祖分封于屈，遂以屈为氏。

早年（20 余岁时）为楚怀王司徒（可能是仅次于宰相的权职），参与楚国重大国策议定，也掌管重要外交事务。是时，楚国政治昏暗，屈原因遭谗言被怀王疏远，转任三闾大夫，掌管王族昭、屈、景三氏事务，负责宗庙祭祀和贵族子弟的教育。

后怀王死于秦，楚顷襄王继位，屈原将日益衰败的国势归因于国内实权人物子兰等人，再次遭到子兰等人的谗言，被顷襄王流放到沅、湘一带。

顷襄王二十一年（前 278），秦国攻破楚国郢都，彻底失去希望的屈原在悲愤交加之中自沉于汨罗江。

注：关于屈原生平的可靠史料仅见于《史记》《离骚传》等少数文献。

傅抱石 / 屈子行吟图

祁崑 / 仙山观海图（局部）

离骚

屈原

《离骚》题意有多解。一说“离”，罹也；“骚”，忧也，离骚即遭逢忧患。一说两字为“别”与“愁”，言己被放逐离别而愁思。本篇作于楚怀王（约前355—前296）末期，是屈原政治失意后的作品。是时，楚国政治混乱，内部派系冲突剧烈，在与秦国对抗中又屡次兵败地削。国危之时，这位曾深受怀王信任的宗室重臣却遭谗毁和放逐，政治上面临失败，人格也被完全否定。伤己忧国，悲愤无比，因此写下了这部中国文学史上最为辉煌的抒情长篇。

《离骚》以自传形式展开，慨叹个人与国家之不幸，以一种高傲不屈的姿态与恶浊的环境对抗，表现出崇高的人格。文中多用花草禽鸟为比兴，以瑰奇迷幻的神话境界作象征，极富浪漫精神。全诗篇幅宏大，情感激荡，想象丰富，辞采华丽，开创了中国文学中的“骚”体诗歌形式，对后世影响深远。

1 全篇按行文节奏可分九节，首节作者自叙身世，强调自己出身高贵而禀赋纯美；感慨时光易逝，要求努力培养自己的品德与才能，以此为国家贡献力量。

yì

帝高阳之苗裔兮 朕皇考曰伯庸

zōu yín

摄提贞于孟陬兮 惟庚寅吾以降

kuí zhào cì

皇览揆余初度兮 肇锡余以嘉名

高阳：古帝王颛顼，楚国远祖，屈原为楚武王后裔。苗裔：后代。兮：语气助词，或相当于“啊”。朕：我。先秦贵贱通用的第一人称代词，秦后始为帝王自称的专用词。皇考：对已故父亲的美称。皇，光明。伯庸：屈原父亲的名字。

“摄提”句：大意为，我在寅年正月，又庚寅这个吉日出生。摄提：即摄提格，寅年别名。贞：正、指向。孟：开始。陬：农历正月的别名，又称寅月。惟：语助词。庚寅：指庚寅这一天。降：降生、出生。

“皇览揆”句：大意为，父亲据天之初度观测余之禄命，为我取个好名字。皇：皇考，已故父亲。览揆：观察、揣度；览，鉴也。余：我。初度：天体运行纪数之开端。肇：开始，初降生；或通“兆”，占卜。锡：通“赐”，赐予。

名余曰正则兮　字余曰灵均

纷吾既有此内美兮　又重(chóng)之以修能(tài)

扈(hù)江离与辟(bì)芷(zhǐ)兮　纫(rèn)秋兰以为佩

汩(yù)余若将不及兮　恐年岁之不吾与

朝(zhāo)搴(qiān)阰(pí)之木兰兮　夕揽洲之宿莽

日月忽其不淹兮　春与秋其代序

名余：为我取名。正则：公正而有法则，屈原名平，正则是对“平”的解释。字：动词，取字。灵均：美好的平地，合“原”义；有解“均”乃“畇”之假借，畇畇，农田平整貌。

纷：多、繁盛，形容“内美”之盛。重：加上。修能：美好的外表仪态。能，通“態”，即态；有解为能力才干。

扈：披，指把江蓠披在身上。江离：即江蓠，香草名，也称蘼芜。辟：与“扈”并列，绩麻、编织。芷：白芷，香草名。纫：本义是绳索，此作动词，穿结、连缀。秋兰：香草名，秋天开花且香。佩：佩饰，象征作者的德行。

汩：水疾流貌，此处形容时光飞逝，有以为音或读如“古”。不及：赶不上（时光）。不吾与：即“不与吾”的倒文，意谓时不待我。

朝：早晨。搴：拔取。阰：有多解，楚国山名，或大山坡。木兰：香木名。揽：采摘。宿莽：香草名，经冬不死。此句中，木兰去皮不死，宿莽拔心不亡，故用来形容修身。

忽：迅速。淹：逗留、停留。代序：轮流替换。此句仍是感叹时光飞逝。

惟草木之零落兮 恐美人之迟暮

不抚壮而弃秽兮 何不改此度

乘骐骥（qí jì）以驰骋兮 来 吾道（dǎo）夫先路也

2 承接上文，借历史人物为例，阐述自己所主张的理想的政治道路，叹息楚王受奸恶党人之蒙蔽，不能始终如一，导致自己遭怀疑而被放逐。

昔三后之纯粹兮 固众芳之所在

杂申椒与菌桂兮 岂维纫夫蕙茝（chǎi）

惟：思虑。与“恐”对仗成文。美人：壮年之人。美，壮盛意。此处为作者自指，也有以为指楚怀王。迟暮：衰老。

不抚壮：何不趁着壮年。秽：污秽的行为，或喻楚国之秽政。此度：指现行的政治法度。

骐骥：骏马。来吾道夫先路：大意为，来吧，我为你开路。来：相招之辞。道：通“导”，引导。夫：语气词。先路：前面的路，或先王之道。

三后：后，君主。三后有多解，此处多以为指夏禹、商汤、周文王。纯粹：形容三后德行完美无缺。色不杂曰纯，米不杂曰粹。众芳：众多的香草，喻众多贤能的人。在：汇集。

杂：兼有、会集。申椒：申地所产的花椒。菌桂：香木名，桂树的一种。岂维：反问助词。纫：连缀。蕙、茝：香草名，此处说三君杂用众贤，并非独取蕙茝，只任用少数贤人。

彼尧舜之耿（gěng）介兮　既遵道而得路

何桀纣（jié zhòu）之猖披兮　夫唯捷径以窘步

惟夫党人之偷乐兮　路幽昧（mèi）以险隘（ài）

岂余身之惮（dàn）殃兮　恐皇舆之败绩

忽奔走以先后兮　及前王之踵（zhǒng）武

荃（quán）不察余之中情兮　反信谗而齌（jì）怒

耿介：光明正大。耿，光明。介，正大。遵道：遵循正途。路：大道。

桀纣：指夏桀和商纣王，夏、商两朝的末代之君。猖披：猖狂、胡作非为。捷径：斜出的小路，比喻不走正途。窘步：困窘失足。

惟：思。夫：语气助词。党人：结党营私之人。偷乐：苟且享乐。幽昧：昏暗不明。险隘：危险而狭窄。

余身：自身。惮殃：畏惧、惧怕灾祸。皇舆：本指帝王所乘的车子，喻国家政权。败绩：原指车辙大乱、溃不成军，这里喻国家倾危。

忽：急匆匆貌。先后：指自己奔走于楚王先后。及：赶上，追及，这里有“继承”之意。前王：即上文之“三后”。踵武：足迹。此处意为希望楚王承前王之足迹。

荃：香草名，又名荪，喻君，这里指楚王。中情：忠心之情。齌怒：盛怒、暴怒。

余固知謇（jiǎn）謇之为患兮　忍而不能舍也

指九天以为正兮　夫唯灵修之故也

曰黄昏以为期兮　羌中道而改路

初既与余成言兮　后悔遁而有他

余既不难夫离别兮　伤灵修之数（shù）化

3　感叹“众芳芜秽”，自己所培养的人才纷纷倒向敌对阵营；众人贪婪索取，不顾国家安危、人民多难，也使自己处于孤独困顿的境地。但作者表示要坚持自己的立场，至死不变，绝不委曲投降，与邪恶势力同流合污。

余既滋兰之九畹（wǎn）兮　又树蕙之百亩

謇謇：忠贞直言却无法完全表达的样子。为患：招致祸患。舍：放弃。

正：证。夫：语气词。灵修：指楚怀王。

“曰黄昏”句：有以为此句是衍文，为《九章·抽思》语。期：约定。羌：表转折，义同“却”。

成言：定言，彼此约定的话。悔遁：因后悔而逃避，背弃诺言。他：其他，另有打算。

难：畏惧。离别：指被楚怀王疏远、放逐。伤：悲伤、哀伤。数化：屡次变化。

滋：栽培，培植。兰：香草名。畹：古代面积单位，其具体面积各文献说法不一。树：种植。蕙：香草名。

畦留夷与揭车兮　杂杜衡与芳芷

冀枝叶之峻茂兮　愿竢时乎吾将刈

虽萎绝其亦何伤兮　哀众芳之芜秽

众皆竞进以贪婪兮　凭不厌乎求索

羌内恕己以量人兮　各兴心而嫉妒

忽驰骛以追逐兮　非余心之所急

老冉冉其将至兮　恐修名之不立

畦：动词用，指分畦种植。留夷、揭车：皆香草名。杂：指间种。杜衡：香草名，又称马蹄香。

冀：期待。竢：等待。刈：收割。

萎绝：枯萎、凋落。何伤：何妨，有什么关系。哀：痛惜。众芳：指前所培植的众香草，即上文中兰、蕙、留夷、揭车等。芜秽：指众芳变质，比喻自己所培养的人才改变了节操。

竞进：争逐权位，求进。凭不厌：指从不满足。凭，满足。求索：索求。

羌：发语词。恕己以量人：犹言“以小人之心度君子之腹”。兴心：起心，打主意，即产生了嫉妒之心。

“忽驰骛”句：大意为，急于追逐名利的事，并非我心中所求。驰骛：狂奔乱跑。所急：急于要做的事。

冉冉：渐渐，岁月流逝之意。修名：美好的名声。立：树立。

朝(zhāo)饮木兰之坠露兮　夕餐秋菊之落英

苟余情其信姱(kuā)以练要兮　长(cháng)顑(kǎn)颔(hàn)亦何伤

擥(lǎn)木根以结茝(zhǐ)兮　贯薜(bì)荔之落蕊(ruǐ)

矫菌桂以纫蕙兮　索胡绳之纚(xǐ)纚

謇(jiǎn)吾法夫前修兮　非世俗之所服

虽不周于今之人兮　愿依彭咸之遗则

朝：早晨。坠露：指木兰花瓣上的露水。餐：吞食。落英：坠落的花瓣，或初开的花朵。此句以“饮露餐英”喻自己服食美洁，修洁自身。

苟：只要，如果。余情：我的内心、情志。信姱：真正美好。练要：精粹，指保持精诚专一。顑颔：因饥饿而面色憔悴。何伤：何妨。

擥：执持，拿着。木根：指木兰之根。贯：贯穿，串联起。薜荔：一种蔓生的香草名。蕊：花心。

矫：举起，或解为使之直。索：搓绳。胡绳：香草，茎叶可做绳索。纚纚：长而下垂貌。

謇：发语词。法：效法。夫：语气助词。前修：前代的贤人。非世俗之所服：指自己的服饰、服行与世俗不同。

不周：不合，不能委曲周旋世故之意。彭咸：人名，史料及早期传说均无考；东汉王逸解为殷商贤大夫，上谏国君不听，投水而死，历代注家多承此说；另说彭和咸为两个人。

长太息以掩涕兮 哀民生之多艰

hào kuā jī jī jiǎn suì

余虽好修姱以鞿羁兮 謇朝谇而夕替

xiāng zhǐ

既替余以蕙纕兮 又申之以揽茝

亦余心之所善兮 虽九死其犹未悔

怨灵修之浩荡兮 终不察夫民心

zhuó

众女嫉余之蛾眉兮 谣诼谓余以善淫

太息：叹息。

“余虽好”句：大意为，我爱好美德，修洁自身，早上进谏，晚上却都遭到废除。修姱：修洁而美好，指修养、品德。鞿羁：指马缰绳、马络头，喻约束。謇：发语词。谇：谏诤。替：废弃。

“既替余”句：大意为，我既佩戴着蕙草香袋，又用兰芷作佩饰。替：束，即束我身；或解释为废除、撤职。蕙纕：装有蕙草的香带子。申：重，加上。揽茝：有以为揽为“兰”之讹，兰芷与“蕙纕”相对。

善：动词，认为是善的。虽九死其犹未悔：指不管遭受到多少次打击也不会后悔。

灵修：指楚怀王。浩荡：糊涂荒唐。民心：人的内心，民为作者自谓。

众女：喻指楚怀王周围的权贵。蛾眉：指女子美丽的容貌，喻指自己美好的品质。谣诼：造谣诽谤。淫：邪乱。

miǎn
固时俗之工巧兮 偭规矩而改错

背绳墨以追曲兮 竞周容以为度

tún chà chì
忳郁邑余侘傺兮 吾独穷困乎此时也

kè
宁溘死以流亡兮 余不忍为此态也

zhì
鸷鸟之不群兮 自前世而固然

何方圆之能周兮 夫孰异道而相安

固：本来。工巧：善于取巧。偭：违背。改错：错通“措”，改错即篡改措施。

“背绳墨”句：大意为，违反标准而无原则啊，争相阿谀逢迎且以此为行事标准。绳墨：木工画直线所用的工具，喻直线，引申为法度。追曲：喻违背正直之道而追求邪曲之行。追，随。曲，邪曲。竞：争相。周容：指奉迎苟合、讨好。度：法则，常法。

忳：烦闷。郁邑：忧虑烦恼。侘傺：失意貌。穷困：指孤立无援的状况。

溘死：忽然死去。流亡：随水漂流而去。此态：上述苟合取容之态，指作者宁死也要保持人格的清白。

鸷鸟：指品行刚烈、不肯与凡鸟同群的猛禽；一说为忠贞之鸟。不群：不与众鸟同群，诗人以此表明自己不与凡庸为伍。前世：古代。固然：本来如此。

“何方圆”句：方和圆怎能相合？有谁道不同却能彼此相安？周：合。

屈心而抑志兮　忍尤而攘（rǎng）诟

伏清白以死直兮　固前圣之所厚

4 后悔自己误入从政的道路，希望在退隐中保全自己清白的品质，也考虑去遥远的地方寻求人生的变化。但不管怎样，都要坚持初心不变。

悔相（xiàng）道之不察兮　延伫（zhù）乎吾将反

回朕车以复路兮　及行迷之未远

步余马于兰皋（gāo）兮　驰椒丘且焉止息

进不入以离尤兮　退将复修吾初服

屈心：与“抑志”同义，均指按捺自己的心志。忍尤：与“攘诟”同义，意思是能容忍外来的耻辱。攘：容忍。诟：耻辱，此为忍耻含辱之意。

伏：通“服”，保持，坚守。死直：死于正直。前圣：指前代之圣贤。厚：赞许、嘉许。

相道：观察道路。察：看清楚。延伫：长久站立；或解为引颈怅望。反：同“返”，即指下文“退将复修吾初服”。

复路：回归过去的道路。及：趁着。行迷：指迷途。

步余马：指骑着我的马慢慢走。兰皋：长满兰草的河岸。椒丘：长满椒木的土丘。焉：于此、在此。止息：休息一下。

进不入：即不进入。进，进仕。离尤：遭受罪过，离同“罹”。退：退隐。复修吾初服：重新穿上入仕前的衣服，初服喻初衷。

制芰(jì)荷以为衣兮　集芙蓉以为裳(cháng)

不吾知其亦已兮　苟余情其信芳

高余冠之岌岌兮　长(cháng)余佩之陆离

芳与泽其杂糅(róu)兮　唯昭质其犹未亏

忽反顾以游目兮　将往观乎四荒

佩缤纷其繁饰兮　芳菲菲其弥章

制：裁制。芰荷：菱叶和荷叶。芙蓉：荷花。裳：下身所穿为裳，上身所穿为衣。

不吾知："不知吾"的倒装，意指不了解我。已：止，算了罢。苟：只要、如果。余情：我之内心、情志。信：诚然、确实。芳：香洁。

岌岌：本指高耸貌，此处指帽高。长：修长；或为动词，加长。佩：佩剑。陆离：修长美好貌，或形容佩剑精致、斑斓。

泽：一说"臭"之讹，一说指垢腻。杂糅：掺杂在一起。芳臭杂糅，比喻自己和群小共处一朝。唯：只有。昭质：指清白的本质。亏：亏损。

反顾：回顾，回头看。游目：纵目瞭望之意。四荒：指四方荒远之地。此句或解为作者欲退仕隐居，重新寻找道路以实现自己的理想。

缤纷：繁盛貌。繁饰：饰物繁多。菲菲：形容香气浓郁。弥章：更加明显。章，通"彰"。

民生各有所乐兮　余独好修以为常

虽体解吾犹未变兮　岂余心之可惩

5 本节假托女媭的责备，说明自己因刚直而不容于世人；又想象自己向重华（舜）申诉，借历史上国家兴废、君主得失之迹，阐述自己的政治主张。

xū　lì

女媭之婵媛兮　申申其詈予

曰

gǔn xìng　yāo

鲧婞直以亡身兮　终然殀乎羽之野

jiǎn　kuā

汝何博謇而好修兮　纷独有此姱节

民生：人生。好修：好为修饰，即自我修洁的意思。

体解：肢解，古代的一种酷刑。惩：指恐惧、畏惧。

女媭：有多解。多以为屈原的姐姐，或仅指女性人名，或女伴，或妻妾。婵媛：交错牵连貌；或解为眷恋。申申：反反复复。詈：责骂，苦苦相劝。

曰：以下为女媭劝导语。

鲧：传说中上古人物，禹的父亲。婞直：倔强刚直。亡身：即忘身，不顾自身安危之意。殀：应为"夭"，夭遏、遏止，这里指鲧被流放、囚禁于羽山；有解为死于非命。羽之野：羽山的郊野，传说鲧被流放并死于羽山。

博謇：博采众芳，謇应为"搴"之讹，采摘、摘取。纷：纷纷然，众多。姱节：美好的节操。节，一说为"饰"之误。

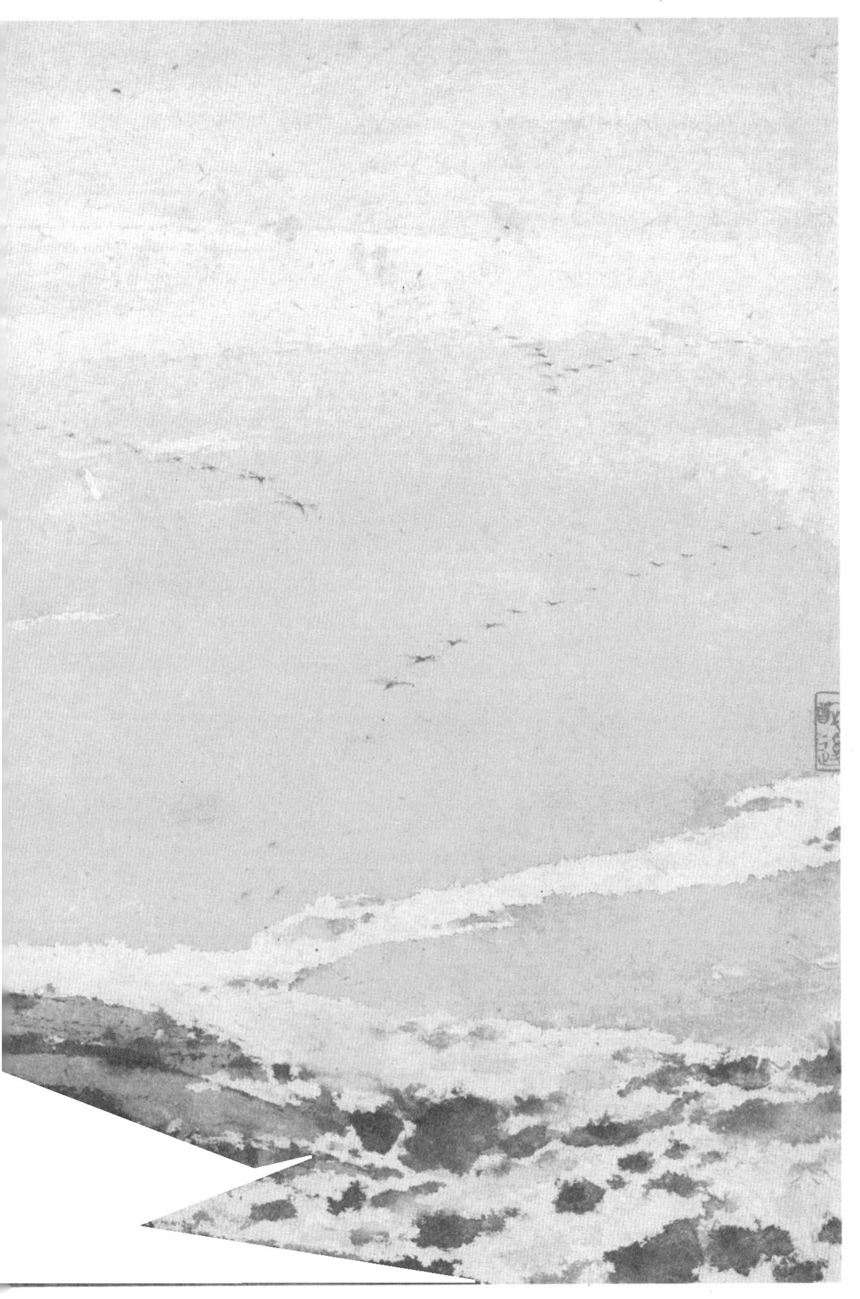

傅抱石 / 金陵图

cí lù shī
薋菉葹以盈室兮 判独离而不服

众不可户说兮 孰云察余之中情

qióng
世并举而好朋兮 夫何茕独而不予听

kuì
依前圣以节中兮 喟凭心而历兹

yuán chóng
济沅湘以南征兮 就重华而陈词

启九辩与九歌兮 夏康娱以自纵

薋、菉、葹：皆恶草名。盈室：满屋。判独离而不服：大意为，你却偏偏迥于众人不肯将恶草佩戴。判，区别。服，使用、佩戴。

户说：挨家挨户去解说；或解为遍说。孰：谁。察：体察。余：我们，女媭站在屈原角度说话的语气。中情：指内心。

“世并举”句：大意为，世人喜好相互抬举结为朋党，你为何独来独往不听我的劝告。女媭劝导语至此结束。

节中：折中、中正。喟：叹息声。凭心：愤懑发于心。历兹：意谓经历如今这样的打击。

“济沅湘”句：大意为，渡过沅湘南行，向舜陈词。自本句下为陈词内容。济：渡过。沅、湘：水名，都在今湖南省境内。南征：南行。就：靠近。重华：舜的美称。舜死于苍梧之野，葬于九嶷山，故向舜陈词需渡过沅湘。

启：夏启，大禹之子，夏朝君主。九辩、九歌：夏代乐曲名。神话传说《九辩》《九歌》是天帝的乐曲，被夏启偷下来带到人间。夏康：太康，启的儿子。自纵：自我放纵，指太康用《九辩》《九歌》娱乐自己，任情放纵。

不顾难以图后兮　五子用失乎家巷(hòng)

羿(yì)淫游以佚(yì)畋(tián)兮　又好(hào)射夫封狐

固乱流其鲜(xiǎn)终兮　浞(zhuó)又贪夫厥(jué)家(gū)

浇(ào)身被(pī)服强圉(yǔ)兮　纵欲而不忍

日康娱而自忘兮　厥首用夫颠陨(yǔn)

夏桀(jié)之常违兮　乃遂焉而逢殃

不顾难：大意为，不考虑祸难而盘算未来。图：谋、打算。五子用失乎家巷：当作“五子用夫家閧”，即五子作乱内讧。五子，夏启的五个儿子；或解为五观，即夏启的儿子；或说是夏启的弟弟。巷，“閧”之假借，内斗；又解为五观用它在宫中淫乱。

羿：传说中夏代有穷氏国君，善射，不修正事。佚：放荡纵恣。畋：打猎。封狐：大狐狸。封，大。狐，有以为“猪”之讹误。

固：本来。乱流：意谓逆行篡乱之流。鲜终：很少有好的结果。浞：寒浞，羿的相。羿佚乐，不理国政，寒浞杀羿自立成为夏君，并占了羿的妻子。厥：其。家：通“姑”，古时对妇女的称谓，此处指羿的妻室。

浇：寒浞之子，有勇力，后被少康灭。被服强圉：依仗强力。强圉，极大的力量。不忍：不止，不加以克制。

日：天天。康娱：安于娱乐。自忘：指忘掉自身的安危。厥首：他的脑袋。用夫：因而。颠陨：坠落。

夏桀：夏朝末代国君。常违：经常违背天道和人道。乃：就。遂：终究，或解为坠落。逢殃：遭到祸患，指为成汤所放逐。

后辛之菹醢兮　殷宗用而不长

汤禹俨而祗敬兮　周论道而莫差

举贤而授能兮　循绳墨而不颇

皇天无私阿兮　览民德焉错辅

夫维圣哲之茂行兮　苟得用此下土

瞻前而顾后兮　相观民之计极

后辛：即商纣王。菹醢：古时把人剁成肉酱的酷刑。殷宗：殷朝的祖祀，即指殷代的统治。用而：因而。不长：不长久，指周代商。

汤禹：商汤、夏禹，指古代贤君。俨：庄严、恭敬。祗敬：恭敬。周：周详、细致。论道：选择、讲求治国的道理。莫差：没有差错。

循绳墨：遵循法度、法规。绳墨，木工画直线用的工具，喻规矩、准则。颇：偏颇。

私阿：偏袒、不公。览：察。民德：人之品德，实指君德。错辅：安排辅助。错，通“措”，安置、安排。这里指上天以君德、民心向背来决定是否辅佐他。

夫：发语词。维：同“唯”，独。圣哲：具有超凡智慧的圣贤。茂行：美好的德行。苟得：才能够。下土：天下。用此下土，即享有天下。

瞻前而顾后：即观察古往今来之成败。相观：观察。计极：兴亡的原因。

楚辞赐名卡

正则	辰良	民正	素荣	清尘
灵均	欣欣	青云	秉德	承风
江离	乐康	白霓	晨风	遗则
峻茂	采衣	子慕	飞泉	穆穆
圣哲	若英	磊磊	琬琰	丹丘
茂行	昭昭	葛蔓蔓	华英	托辰
杜衡	云中	飒飒	婉婉	炎德
方舟	宜修	萧萧	峥嵘	冬荣
望舒	芳洲	宝璐	余梦	博衍
陆离	杜若	滔滔	方林	微闾
珵美	容与	怀瑾	承宇	海若
若木	辛夷	广志	自清	泰初
怀宇	翾飞	静闲	濯缨	琼若
瑶象	展诗	芳茝	宝璋	景云
云霓	如云	陈志	俊彦	章华
梁津	荪宜	自明	林泽	陶陶

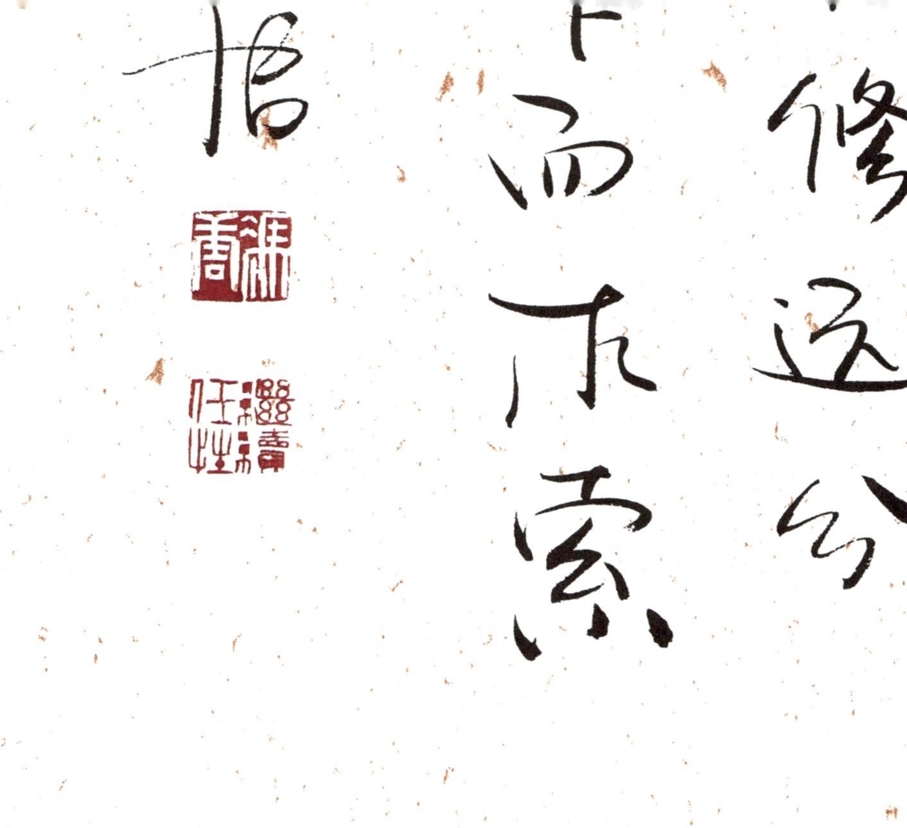
修远兮
而求索

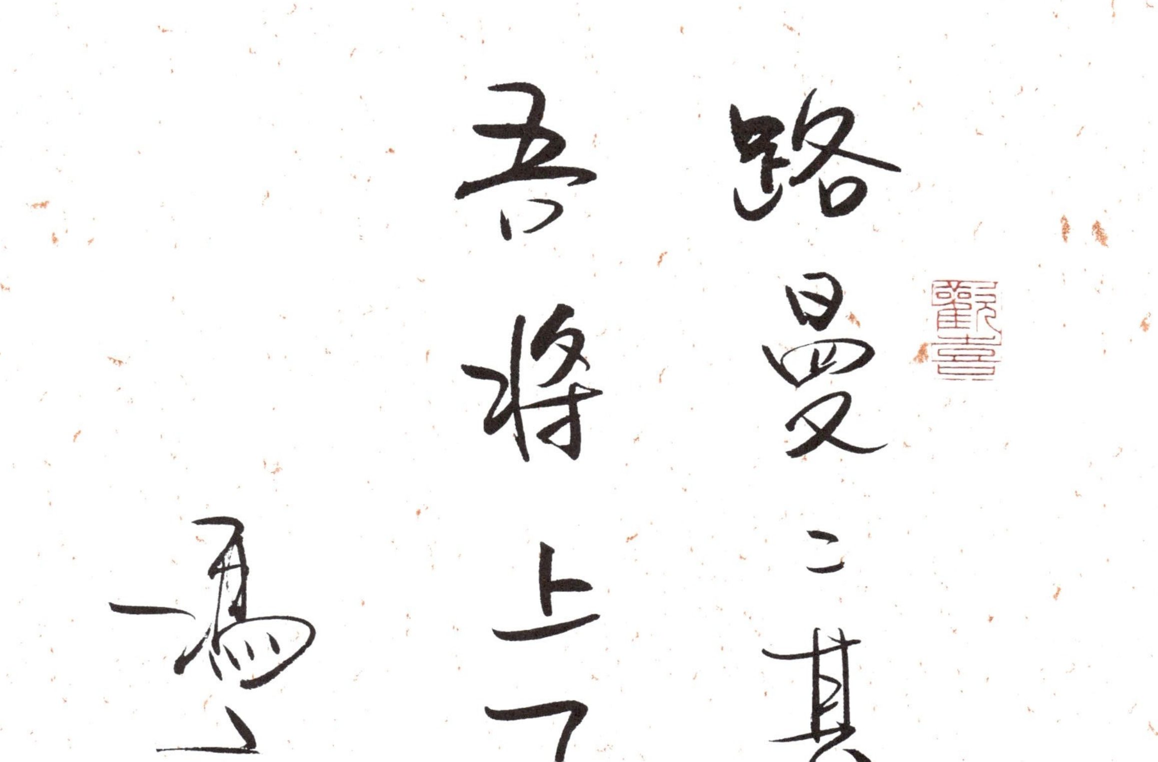
路曼曼其
吾将上下

夫孰非义而可用兮　孰非善而可服

阽(diàn)余身而危死兮　览余初其犹未悔
不量凿(záo)而正枘(ruì)兮　固前修以菹(zū)醢(hǎi)

曾歔(xū)欷(xī)余郁邑兮　哀朕时之不当
揽茹蕙以掩涕兮　沾余襟之浪浪

“夫孰非义”句：大意为，有谁行了不义之事还被任用？有谁行了邪恶之事还会成为楷模被效法推广？夫：发语词。孰：哪个、谁。非义：不义之行。非善：指行邪恶之事。服：实行、施行。

阽余身：我身临险境。阽，临近危险。危死：危亡几近于死。览：反观。初：初心，本心。

“不量凿”句：不量凿孔而处理枘的大小就无法合榫，这是前贤遭戮的原因。喻忠臣直谏应度量君王的贤愚。量：度。凿：木头连接处插榫头的孔。枘：榫头。前修：前贤，过去的贤臣。以：因此。

曾：屡次、不断地。歔欷：哽咽、抽泣。郁邑：忧伤貌。时之不当：生不逢时之意。

揽：取。茹：柔软，有解为香草名。沾：浸湿。浪浪：泪流不止貌。

6 本节作者幻想在神界游历，为了实现理想而上下求索，却仍然到处碰壁：叩帝阍而见阻，想追求多位神女，由于各种原因而一一失败。最后归结为浑浊的现世只会成全小人、阻遏忠直之士，并深刻地感受到已经没有可能实现自己的理想。

fū rèn gěng
跪敷衽以陈辞兮 耿吾既得此中正

qiú yì kè
驷玉虬以乘鹥兮 溘埃风余上征

zhāo rèn xuán
朝发轫于苍梧兮 夕余至乎县圃

欲少留此灵琐兮 日忽忽其将暮

xī mǐ yān zī
吾令羲和弭节兮 望崦嵫而勿迫

敷衽：铺开衣襟。敷，铺开。衽，衣襟。陈辞：指向重华述说的话。耿：光明。此中正：此中正治国之道，即上文所述君贤臣相得、君暴臣乱相残的道理。

驷：四马所驾之车。玉虬：白色无角的龙，玉在此表示颜色。鹥：传说中的祥鸟，凤凰一类。溘：忽然。埃风：卷有尘土的风；一说埃为“竢”之误，等待之意。上征：上天远行，指乘坐四龙拉的凤车飞上天空。

朝：清晨。发轫：拿掉挡住车轮的木头，出发之意。苍梧：山名，据说舜葬此地。因刚刚向舜陈述完，所以从苍梧山出发。县圃：又称“玄圃”，神话中的昆仑山顶，为神灵所居。

少留：稍微停留。灵琐：玄圃之门；一说琐为“薮”之讹，灵薮即县圃。忽忽：匆匆。暮：指日落，天色将晚。

羲和：为太阳驾车的神。弭节：停鞭缓慢前行。弭，停止。节，马鞭。崦嵫：神话中西境大山，为日落之所。迫：迫近。

路曼曼其修远兮　吾将上下而求索

饮(yìn)余马于咸池兮　总余辔(pèi)乎扶桑

折若木以拂日兮　聊逍遥以相(cháng)羊

前望舒使先驱兮　后飞廉使奔属

鸾皇为余先戒兮　雷师告余以未具

吾令凤鸟飞腾兮　继之以日夜

飘风屯其相离兮　帅云霓而来御

曼曼：同“漫漫”，路遥远貌。修远：长远。求索：寻求真理，或求明君。

饮：给牲畜饮水。咸池：神话中太阳洗澡的天池。总：结，系。辔：马缰绳。扶桑：神话中的树名，日出扶桑之下。

若木：神话中的树名。聊：姑且。逍遥：自由自在貌。相羊：通“徜徉”，徘徊；有解相羊与逍遥同义。

望舒：为月亮驾车的神。先驱：指在前面开路。飞廉：风伯，风神。奔属：奔跑追随。

鸾皇：亦作“鸾凰”，凤凰一类的神鸟。先戒：在前面警戒。雷师：雷神。未具：没有准备齐全。具，备，指车驾。

飘风：旋风、暴风。屯：聚集。离：通“丽”，依附。帅：率领。御：通“迓”，迎接。

纷总总其离合兮 斑陆离其上下

吾令帝阍(hūn)开关兮 倚阊阖(chāng hé)而望予

时暧(ài)暧其将罢兮 结幽兰而延伫

世溷(hùn)浊而不分兮 好(hào)蔽美而嫉妒

朝(zhāo)吾将济于白水兮 登阆(làng)风而绁(xiè)马

忽反顾以流涕兮 哀高丘之无女

纷总总：形容很多东西聚集在一起。离合：忽散忽聚。斑：五彩缤纷。陆离：形容光彩斑斓、参差错综。

帝阍：天帝的守门人。关：门闩。倚：靠着。阊阖：天门。望予：望着我，指帝阍对我的命令无动于衷。

时暧暧：指时光昏沉。时，有解为日光。暧暧：昏沉、昏暗貌。将罢：月魂初生的时光。结：编结。延伫：长久站立。此句大意为，帝阍未开门，我只好编结幽兰而长久地伫立。

溷浊：混乱污浊。蔽：遮蔽、掩盖。蔽美，指遮盖美好的东西，喻遮蔽贤才。嫉妒：指遭世人嫉妒。

朝：清晨。济：渡。白水：神话中水名，发源于昆仑山。阆风：神话中地名，在昆仑之巅。绁马：系马。

反顾：回首眺望。高丘：有说为楚山名，有解为传说中的神山。女：神女、美女。

溘(kè)吾游此春宫兮　折琼枝以继佩

及荣华(huā)之未落兮　相(xiàng)下女之可诒(yí)

吾令丰隆乘(chéng)云兮　求宓(fú)妃之所在

解佩纕(xiāng)以结言兮　吾令謇(jiǎn)修以为理

纷总总其离合兮　忽纬繣(huà)其难迁

夕归次于穷石兮　朝(zhāo)濯(zhuó)发乎洧(wěi)盘

溘：快速的。春宫：神话中东方青帝所住的仙宫。琼枝：玉树的花枝。继：补充、充当。佩：佩戴。

及：趁着。荣华：盛开的花朵。华，通“花”。落：凋零、凋谢。相：察看、寻访。下女：下界女子。可诒：可以赠送。诒，通“贻”，赠送。

丰隆：云神。求：寻求。宓妃：神话中古帝伏羲氏的女儿，溺死在洛水，后成为洛水女神。

佩纕：佩戴的香囊。结言：定约之言。此处指以香囊为信物，定盟约。謇修：多解为人名，传说是伏羲的臣；也有解为钟鼓音乐意。理：使者，媒人。

纷总总：形容使者纷纷攘攘，或形容情况不明态度暧昧。离合：言辞未定。纬繣：乖戾，不合。难迁：难以迁就。这里指宓妃善变难以迁就。

次：住宿。穷石：神话中山名，传说是后羿居住的地方。濯发：洗头发。洧盘：神话中的水名。

傅抱石 / 山水

保厥美以骄傲兮 日康娱以淫游

虽信美而无礼兮 来 违弃而改求

览相(xiàng)观于四极兮 周流乎天余乃下

望瑶台之偃蹇(yǎn jiǎn)兮 见有娀(sōng)之佚(yì)女

吾令鸩(zhèn)为媒兮 鸩告余以不好

雄鸠之鸣逝兮 余犹恶其佻(tiāo)巧

保：依仗。厥美：她的美貌。厥，其，此处指宓妃。日：成天。淫游：过分的游乐。淫，满。

信美：确信美好。无礼：指生活放荡，不合理法。来：呼语。违弃：指放弃追求宓妃。改求：另外寻求。

览相观：同义词并列连用，都是“看、观察”的意思。四极：四方极远之地。周流：周游，到处游览。此句大意为，畅游天际后我又归临大地。

瑶台：玉台，指华贵的建筑。偃蹇：高耸貌。有娀：有娀国，上古国名。佚女：美女，此处即指简狄，生殷始祖契。

“吾令鸩”二句：大意为，我令鸩鸟为媒，鸩鸟却说简狄的种种不好，说完雄鸩鸣叫着远去，我厌恶它的轻佻。鸩：鸟名，传说置其羽毛于酒中，饮之立死。为媒：指要鸩鸟来为我说媒（与简狄之媒）。不好：指鸩鸟说简狄不好；有解为不要，或不好去说媒。

 鸣逝：鸣叫着飞去。犹：尚。恶：厌恶。佻巧：轻佻巧佞。

心犹豫而狐疑兮 欲自适而不可

凤皇既受诒(yí)兮 恐高辛之先我

欲远集而无所止兮 聊浮游以逍遥

及少康之未家兮 留有虞之二姚

理弱而媒拙兮 恐导言之不固

世溷(hùn)浊而嫉贤兮 好(hào)蔽美而称恶

犹豫、狐疑：并列词，都有疑惑不决之意。自适：亲自去。适，往。不可：因不合礼法，所以不可亲自去。

凤皇：即凤凰。受诒：指凤凰受高辛委托已经给简狄送去聘礼。诒，通“贻”，作名词用，聘礼。高辛：帝喾的称号。传说帝喾曾令玄鸟给简狄送礼，成婚后生子契。先我：先于我（得到简狄）。

远集：去远方栖息。集：止，停留。无所止：无停留栖居之地。聊：且。浮游：漫游、游荡。

及：趁着。少康：夏代的中兴之王。未家：未成家。有虞：传说中上古国名，姚姓。二姚：指有虞国君的两个女儿。有虞国君把两个女儿嫁给了少康，后来少康灭浇，恢复了夏政权。

理弱而媒拙：指媒人软弱、笨拙。理、媒，皆指媒人。导言：媒人撮合的言词。

溷浊：指时世混乱污浊。嫉贤：嫉妒贤能。称恶：扬恶。称，举。此句意谓推举邪恶之人。

suì wù

闺中既以邃远兮 哲王又不寤

怀朕情而不发兮 余焉能忍而与此终古

7 假托两位神巫为自己占卜并提出劝告：灵氛认为楚国已不值得居留，当“远逝而无狐疑”；巫咸劝他留在楚国，屈就现实环境，寻求与政敌调和的方法。而后作者拒绝了巫咸的意见，表示楚国不仅有邪恶的党人为非作歹，从前的贤者亦纷纷变节从俗，自己绝无可能不顾肮脏而随波逐流。

qióng tíng zhuān

索藑茅以筳篿兮 命灵氛为余占之

曰

两美其必合兮 孰信修而慕之

rǔ

思九州之博大兮 岂惟是其有女

闺中：女子居住的内室，这里指宫闱，君王内宫。邃远：深远、幽远。哲王：明君，指楚怀王。不寤：不醒悟。

朕：我。情：衷情。不发：不能抒发、不能宣泄。焉能：安能，怎能。忍：忍受。终古：到死，终此一生。

索：索取。藑茅：一种茅草，古代用来占卜。以：与。筳篿：竹片；一说为木棍，与藑茅同为占卜工具。灵氛：传说中的上古神巫；一说为神名。占：占卜。

“两美”二句：应为占卜者灵氛说，有以为作者问占卜者语。大意为，两美必能结合（指忠臣必能遇上明君），可在楚国谁能爱慕你的美好，九州如此之大，难道只能屈就于此。孰：谁。信修：真正美好。慕：爱慕，有解为“莫”之误。女：汝，指楚国。

曰

勉远逝而无狐疑兮 孰求美而释女

何所独无芳草兮 尔何怀乎故宇

世幽昧以昡曜(xuàn yào)兮 孰云察余之善恶

民好恶(hào wù)其不同兮 惟此党人其独异

户服艾以盈要兮 谓幽兰其不可佩

“勉远逝”二句：灵氛语。大意为，远飞吧，不要迟疑，有谁渴求贤臣却又弃你不用，天涯何处无芳草，你又何必执着于故土。勉：努力。释：放开、舍弃。何所：何处。尔：你，指屈原。故宇：故国，指楚国。
灵氛劝行的话到此应结束，以下是诗人自己的思考；有以为此处至下文“谓申椒”句仍为灵氛劝行语。

世：当今之世。幽昧：幽深黑暗。以：而且。昡曜：迷乱貌。曜，通“耀”。孰：谁。云：助词，能。察：明辨。余：我，诗人自称。

“民好恶”句：大意为，普通民众的爱憎（指对善恶的分辨）并没有标准，唯这些党人不一样（指统一地嫉贤妒能）。好恶：喜好和厌恶，或是非标准。惟：通“唯”，只有。党人：朋党之人。独异：指与普通民众不同。

“户服”句：大意为，党人家家户户每人都挂着满腰的艾草（指以恶为美），（众人）便说幽兰不可佩戴。服：佩戴。艾：艾蒿，有怪味，被作者看作恶草。盈：满，动词。要：同“腰”。谓：说，此处指众人说。其：指代幽兰。

chéng

览察草木其犹未得兮　岂珵美之能当

huī

苏粪壤以充帏兮　谓申椒其不芳

欲从灵氛之吉占兮　心犹豫而狐疑

xǔ　yāo

巫咸将夕降兮　怀椒糈而要之

yì

百神翳其备降兮　九疑缤其并迎

yǎn

皇剡剡其扬灵兮　告余以吉故

“览察”句：大意为，对草木尚且缺乏辨别的能力，又岂能赏鉴玉之美。览察：察看、辨别。犹：还。未得：不能够。岂：难道。珵：美玉。当：恰当、标准。

苏：取。粪壤：粪土。充：塞满，装满。帏：佩在身上的香囊。申椒：申地之椒。

巫咸：古代神巫之名，史有其名，为殷商中宗时代的人，后世加以神化。古时巫为人神之间的中介，替人向神申述请求，并替神传达指示。夕降：傍晚从天而降。怀：敬奉。椒糈：指椒浆和祭神用的精米。要：通“邀”，邀请，迎候。

百神：指天上众神。翳其备降：指众神全部下降时遮天蔽云而来。翳，遮蔽。备降，全来。九疑：九嶷山，指九嶷山诸神。缤其并迎：纷纷来迎接（天上众神）。缤，盛多貌。

皇：百神中最尊贵的神，或指百神，有以为光明之意。剡剡：华光四溢貌。扬灵：显灵。吉故：吉利的消息，指明君遇贤臣故事。

曰

勉升降以上下兮　求矩彟(yuē)之所同

汤禹严而求合兮　挚(zhì)咎(gāo)繇(yáo)而能调

苟中情其好修兮　又何必用夫行媒

说(yuè)操筑于傅岩兮　武丁用而不疑

吕望之鼓刀兮　遭周文而得举

曰：巫咸传达天神的指示。至下文“使夫百草”句皆巫咸言。

“勉升降”句：劝慰诗人努力随高就低，屈就现实环境，政治上求同存异。勉：努力。矩：画方形的工具。彟：量长短的工具。“矩彟”引申为法度、法规，代表政治主张。

“汤禹”句：大意为，虽有汤、禹这样“严而求合”的明君，也要像挚、咎繇等贤臣那样适应于“求合”。汤禹：商汤、夏禹。严：恭敬、真心诚意。合：志同道合的人。挚：商汤贤臣伊尹。咎繇：即皋陶，禹之贤臣。调：协调。

“苟中情”句：大意为，君臣之间修合，何必需要中间使臣传话（受中间人影响）。苟中情其好修：指夫妻间修好，喻君臣关系；一说为如果内心崇尚修洁。行媒：指往来传话的媒人。

说：指傅说，殷高宗的贤相，原是一名在傅岩从事建筑的奴隶，后被殷高宗重用，是“用而不疑”的典范，与下文中的吕望、宁戚等与其君都是无媒而合。操：持，拿。筑：即杵，筑土墙用的木杆。武丁：殷高宗名。

吕望：吕尚，即姜子牙，周朝开国重臣。吕望曾在朝歌做过屠夫，年老钓于渭水之滨，遇文王，被重用。鼓刀：屠宰牲畜时摆弄刀具。遭：遇。周文：周文王姬昌。举：选用，举用。

宁戚之讴歌兮 齐桓(huán)闻以该辅

及年岁之未晏兮 时亦犹其未央

恐鹈(tí)鴂(jué)之先鸣兮 使夫百草为之不芳

何琼佩之偃(yǎn)蹇(jiǎn)兮 众薆(ài)然而蔽之

惟此党人之不谅兮 恐嫉妒而折之

时缤纷其变易兮 又何可以淹留

宁戚：春秋时卫国人。相传他曾做过小贩，在都东门外，边喂牛边敲牛角唱歌，齐桓公听后，以为贤人，用为客卿。齐桓：即齐桓公。该辅：备为辅佐，用为大臣。

“及年岁”句：大意为，建功立业之时犹未过去，尚可有为。及：趁着。晏：晚。时：时光。犹其：尚且。未央：未尽。

鹈鴂：即子规鸟，又名杜鹃。夫：语气助词。为之：因此。不芳：不茂盛芳香。杜鹃暮春而鸣，至夏犹盛，杜鹃鸣而百草芳是自然规律，若先鸣，则夏未至而百草不芳，比喻时机不对而无所作为。巫咸劝行之语到此结束。

琼佩：玉佩，指美好的德行。偃蹇：美盛貌。薆：遮蔽，指诗人美好的德行被朝中众党人所遮蔽。

惟：思。谅：直也，说话可靠为谅。不谅，指阴险不可信。恐：或通“共”，即众党人。折：摧毁。

时：时世。缤纷：错乱混杂貌。变易：变化。淹留：诗人自问生逢乱世又怎能长时逗留。

傅抱石 / 金陵图

quán
兰芷变而不芳兮 荃蕙化而为茅

何昔日之芳草兮 今直为此萧艾也

岂其有他故兮 莫好修之害也

shì
余以兰为可恃兮 羌无实而容长

委厥美以从俗兮 苟得列乎众芳

nìng tāo shā huī
椒专佞以慢慆兮 樧又欲充夫佩帏

荃蕙：一种香草。茅：茅草。荃蕙化而为茅比喻高尚的人被同化变得与茅草（党人）无异，有解为楚国的形势愈来愈恶劣。

直：竟然、居然。萧艾：即艾蒿，贱草，臭草。

他故：别故，指其他的理由。莫好修：不自爱重，修洁自己。害：弊端。

“余以”句：大意为，我原以为“兰”是可以依靠的，却为何华而不实，徒有虚表。兰：兰草，喻原本情操高尚而志同道合之人，有以为影射楚怀王之子子兰。恃：依靠。羌：表反诘语气，为什么。

委：丢弃、抛弃。厥：他的。从俗：追随世俗。苟：在此表疑问，如何之意。列：位列。有以为此句为倒装，应理解为“苟得列乎众芳，委厥美以从俗兮”，意思是如果能位于众芳之列，不惜丢弃本质而从俗。如此，则“苟”为“如果”意。

椒：花椒，喻变质之贤者，一说是影射楚大夫子椒。专佞：专横谗佞。慢慆：傲慢。樧：茱萸类草本，喻有才德而变节者。帏：香囊。

既干进而务入兮　又何芳之能祗（zhī）

固时俗之从流兮　又孰能无变化

览椒兰其若兹兮　又况揭车与江离

惟兹佩之可贵兮　委厥美而历兹

芳菲菲而难亏兮　芬至今犹未沬（mò）

和调（tiáo）度以自娱兮　聊浮游而求女

干进：求进。干，指求登高位。务入：指钻营，意略同“干进”。芳：指椒和榝的香味。祗：尊敬。此句大意为，既已钻营求进，又如何能敬爱贤人。

从流：从水之流，与前文“从俗”同义。孰：谁。

若兹：如此。揭车、江离：两种香草名，不如椒、兰珍贵，比喻普通人才。此句大意为，才能卓越之人都变质了，何况那些普通人呢。

惟：通“唯”，唯有。兹佩：此佩，喻自己的品德与追求。委：丢弃。厥美：他的美。厥，其。历兹：至此。此句大意为，只有我的玉佩最为宝贵，却被鄙弃到如此地步。

菲菲：香喷喷，指香气浓郁。难亏：指异香难逝。亏，减、损。沬：消失。

和调度：三字同义，为并列结构，指调节自己的心态，缓和自己的心情；一说“和”为动词，使，即使调度和谐、融会这些好现象。自娱：自乐。聊：姑且。浮游：飘游，漫游。求女：寻求志同道合之人。

及余饰之方壮兮　周流观乎上下

8 设想自己听从了灵氛的劝告，驾驭神龙，离开楚国，远游四方。可是正当他在天界轻快翱翔之际，回头看到楚国，又悲从中来，连仆人和挽车的马都不能再向前行。这表明眷恋之心深重，祖国实不可弃离。

灵氛既告余以吉占兮　历吉日乎吾将行

折琼枝以为羞兮　精琼靡(mí)以为粻(zhāng)

为余驾飞龙兮　杂瑶象以为车

何离心之可同兮　吾将远逝以自疏

邅(zhān)吾道夫昆仑兮　路修远以周流

及：趁着。余饰：我之佩饰，喻自己的年龄、品德。方壮：正盛。周流：周游。上下：上下四方，到处，指不必留在楚国，周游观赏天下四方。

吉占：指灵氛劝导作者离开楚国为吉。历：选择。

琼枝：琼树的枝条。羞：美味、珍异之食品。精：动词，捣碎、使精细。琼靡：玉屑。粻：粮。

为余：为我，替我。杂：间杂配合、装饰。瑶象：美玉、象牙。这句说杂用象牙、美玉来装饰车子。

“何离心”句：问句，意为离心离德怎能走到一起。远逝：远去。自疏：主动疏远他们。

邅：转向。昆仑：神话中西部神山名。修远、周流：修远言其路长，周流言其宽广。

ǎn ǎi　　　　jiū
扬云霓之晻蔼兮　鸣玉鸾之啾啾

zhāo
朝发轫于天津兮　夕余至乎西极

qí
凤皇翼其承旂兮　高翱翔之翼翼

忽吾行此流沙兮　遵赤水而容与

huī
麾蛟龙以梁津兮　诏西皇使涉予

路修远以多艰兮　腾众车使径侍

扬：举起。云霓：即虹，此处指以云霓为旌旗。晻蔼：阳光被遮蔽而阴暗。鸣：响起。玉鸾：用玉雕刻成的鸾形的车铃。啾啾：象声词，玉铃发出的声音。

发轫：出发。天津：指天河的渡口。西极：西方的尽头。

“凤皇”句：形容凤旗庄重严整，与龙旗交互掩映。翼：整齐貌。承：接。旂：有龙图案的旗，也是旗帜的通称。翼翼：飞翔时的样子。

忽：匆匆。流沙：西方的沙漠。遵：循着、沿着。赤水：神话中水名，发源于昆仑山。容与：徘徊不前。

麾：指挥。梁津：架桥渡河。梁，动词，架桥意。津，渡口。诏：命令。西皇：西方的尊神，古帝少皞氏。涉予：把我渡过河去。

腾：传达，有解为飞驰。径侍：指一路连续护卫，以免路途危险。侍，侍卫。

路不周以左转兮　指西海以为期

shèng　dài

屯余车其千乘兮　齐玉轪而并驰

yí

驾八龙之蜿蜿兮　载云旗之委蛇

mǐ

抑志而弭节兮　神高驰之邈邈

jiǎ　yú yuè

奏九歌而舞韶兮　聊假日以媮乐

zhì　nì

陟升皇之赫戏兮　忽临睨夫旧乡

路：动词用，路经。不周：不周山，神话中的山名，在昆仑西北。期：目的地、相约的终点。

屯：聚集。余：我。千乘：千辆车，泛指数量多。齐：动词，排列整齐。玉轪：玉饰的车轮。

八龙：驾车的八条神龙。蜿蜿：蜿蜒曲折貌。委蛇：旗帜迎风飘扬貌。

抑志而弭节：放下旗帜，停车不行。志，通“帜”。弭，止。节，车行的节度。神：神思。邈邈：高远貌。

九歌：上古乐曲名。韶：即《九韶》，相传为夏启之乐舞。假日：假借时日，即借着这时光。媮：通“愉”，愉悦；有解为“偷”，苟且。

陟升：两字同义，上升、升高之意。皇：天。赫戏：辉煌隆盛貌。临睨：形容在天上瞥见下方。临，俯视。睨，斜视。旧乡：指楚国。

仆夫悲 余马怀兮 蜷(quán)局顾而不行

9 结束语：没有人能够和自己一起实现美政，楚国既不可居亦不可离，唯有以身相殉。

乱曰 已矣哉

国无人莫我知兮 又何怀乎故都

既莫足与为美政兮 吾将从彭咸之所居

仆夫悲：车夫悲伤。余马怀：我马哀恋。怀，眷恋。蜷局：蜷曲，不伸展。顾：回头看。此句表达高飞之际回首楚国而不忍离去。

乱：古乐最后一章为“乱”，后辞赋最后总括全篇要旨的一段也叫作“乱”。已矣哉：算了吧。为绝望时的哀叹。

国无人：国无贤人。莫我知：即“莫知我”，无人理解我。

“既莫足”句：既然没人能与我一起致力于政治革新，我将追随彭咸前往其栖息之处。彭咸：殷之贤臣，谏君不从，投水而死。足：足以。与：跟、和。为：实行、实施。美政：诗人追求的美好理想的政治。从：随从。居：住所，这里是指一生所选择的道路和归宿。

宋 / 佚名 / 仙女乘鸾图

九 歌

屈 原

“九歌”之名，见于多部先秦文献，可见这是一种古老而著名的乐曲。“九”为泛指，不代表实际篇数。屈原的《九歌》共十一篇，是一组祭神所用的乐歌。前十篇各祭一神，末篇《礼魂》则为前十篇通用的送神曲。一般认为，这是屈原根据民间的祭神乐歌改写而成。

《九歌》用富丽的语言，描绘活泼而亲切的祭礼场面。楚国盛行巫文化，神灵由巫师扮演，同时也可能有其他巫者参入，负责迎神或扮演世人，周围的人群伴随他（她）或歌或舞，在敬神娱神的同时，起到娱人的作用。那些神灵都被赋予了人类的品格和情感，而且，大多数诗篇包含有神与神或人与神相恋的情节。这些恋爱，在诗中又多呈现会合无缘、彷徨怅惘的状态，透出对生命的执着追求和追求不得的忧伤怀疑。这里面也许包含着屈原自己人生失路、孤独凄凉的心情。

东皇太一

东皇太一是《九歌》体系中所祭祀的楚地最高神。“太一”从字面来说，就是“伟大的一”，含有至高无上和万物本原的意义；“东皇”则有不同解说，王逸《楚辞章句》注：“太一，星名，天之尊神。祠在楚东，以配东帝，故云东皇。”汉武帝时期主祭最高神“太一”由此演化而来。

本篇气氛庄肃而隆重，自始至终只是对祭礼仪式和祭神场面的描述，只在最后写到主神愉快满足。这或许是因为太一身份崇高，不可以巫者扮演。

吉日兮 辰良

穆将愉兮 上皇

抚长剑兮 玉珥

qiú qiāng
璆锵鸣兮 琳琅

zhèn
瑶席兮 玉瑱

盍将把兮 琼芳

huì yáo
蕙肴蒸兮 兰藉

奠桂酒兮 椒浆

fú fū
扬枹兮 拊鼓

疏缓节兮 安歌

陈竽瑟兮　浩倡

yǎn jiǎn
灵偃蹇兮　姣服

芳菲菲兮　满堂

五音纷兮　繁会

君欣欣兮　乐康

辰良：即“良辰”，好时光。
穆：恭敬。愉：通“娱”，使神灵愉悦。上皇：指东皇太一。
“抚长剑”二句：描写祀神时祭主（巫）的服饰。玉珥：玉制的剑鼻。璆锵：佩玉碰击的声响。琳琅：美玉名，在此指各种色彩和形状的美玉。

瑶席：装饰华美的供案。玉瑱：压席所用玉器。
盍：通“合”，聚合；一说为“何不”之意。将把：拿起。琼芳：香茅，香草名。
“蕙肴蒸”句：用蕙草裹肉而蒸，放在兰草垫子上。蕙肴：用蕙草包裹的祭肉，与“桂酒”相对。兰：香草名。藉：铺陈祭礼的草垫。
奠：进献。椒浆：花椒浸泡的酒。浆，祭祀用的薄酒。

枹：击鼓槌。拊鼓：轻轻敲鼓。闻一多《楚辞校补》认为此句下漏去一句，故为单句。
疏缓节：疏缓适度的节拍。安歌：旋律舒缓地唱歌。
陈：陈列、列队。竽瑟：皆古乐器。竽，吹奏乐器；瑟，弦乐器。浩倡：倡，通“唱”，放声大唱；一说指其声浩荡。

灵：兼巫、神二义，此处指扮演神的巫者；有以为单指神，即东皇太一。偃蹇：巫者舞姿优美貌。姣服：华丽的服饰。
“芳菲菲”二句：香气满堂，五音（宫商角徵羽）齐奏。
君：东皇太一。

傅抱石 / 东皇太一

傅抱石 / 云中君

云中君

云中君为云神。王逸注说他的名字为“丰隆”，一名“屏翳”。1977年在湖北江陵出土的竹简中，有楚人祭祀“云君”的记载，与本篇可相印证。另从《九歌》整体性来看，云中君应为东皇太一属神。

浴兰汤兮 沐芳

华采衣兮 若英

灵连蜷(quán)兮 既留

烂昭昭兮 未央

謇(jiǎn)将憺(dàn)兮 寿宫

与日月兮 齐光

龙驾兮 帝服

聊翱游兮 周章

灵皇皇兮 既降

猋(biāo)远举兮 云中

览冀州兮 有余

横四海兮 焉穷

思夫君兮 太息

极劳心兮 忡忡(chōng)

浴兰汤：用兰草煮的热水洗身体。汤，洗浴用的热水。沐芳：用白芷水洗头发。

“华采衣”句：衣服鲜艳多彩啊如花朵一般。若英，如花。

“灵连蜷”句：大意为，神灵起舞流连，至祭所逗留。灵：云中君，兼指云中君的扮演者巫者。连蜷：留连宛曲貌。既留：滞留。

烂昭昭：灿烂明亮。未央：未尽、未已。

“謇将憺”句：大意为，云神安然地住进寿宫。謇：发语词。

憺：使安稳愉悦。寿宫：供神之处。

龙驾：驾龙车。帝服：（穿）天帝的服饰。

聊：语气助词。周章：形容动作迅速。

“灵皇皇”二句：大意为，光明的云神已经降临，骤然遁入层云之中。皇皇：同“煌煌”，光明灿烂貌。降：降临。

猋：迅速前行。远举：远走高飞。

冀州：古九州之一，代指全中国。有余：所望之远超出国土。横：遍及。四海：即天下，指九州之外更广大的地方。焉穷：哪有穷尽。

“思夫”二句：写神去后众人的忧思。夫：语气词。君：即云中君。太息：深深叹息。

忡忡：忧虑不安。

傅抱石 / 湘君

湘君

“湘君”与下篇中“湘夫人”是湘水的配偶神。湘水是楚国境内最大河流，为楚国专有，故其神在楚文化中地位重要。

早期的湘水神应该只是对自然力量的神化，后来又与古代传说人物相融合。相传帝舜死于苍梧之野，葬于九嶷山，他的两个妃子娥皇、女英追至洞庭，投江而亡。有一种说法即指湘君为帝舜，二妃为湘夫人。

本篇以湘夫人口吻，写久盼湘君却不得见的思念与哀伤。

君不行兮　夷犹
jiǎn
蹇谁留兮　中洲

yāo miǎo
美要眇兮　宜修
chéng
沛吾乘兮　桂舟

君：湘君。夷犹：犹豫不前。

蹇：发语词。谁留：为谁滞留。中洲：沙洲中。洲，水中陆地。

“美要眇”句：湘夫人自叙其容。美要眇：眼波流盼的美态。宜修：修饰得恰到好处。

沛：形容因水势大而急，船迅速航行的样子。桂舟：舟船的美称，取其芳洁之意。

令沅(yuán)湘兮 无波

使江水兮 安流

望夫(fú)君兮 未来

吹参(cēn)差(cī)兮 谁思

驾飞龙兮 北征

邅(zhān)吾道兮 洞庭

薜(bì)荔(lì)柏(bó)兮 蕙绸

沅湘：沅水、湘水。

江水：长江之水。安流：平静无浪，与上句“无波”同义。

“望夫君”二句：盼望着你啊你却没来，吹起那箫啊在思念谁？夫：代词，指代湘夫人。参差：排箫的俗称。谁思：即“思谁”，思念谁。

飞龙：龙舟。这里指湘夫人视角中湘君驾着龙舟，也有解为湘夫人自己驾着龙舟。

“邅吾道”句：大意为，转道至洞庭湖。邅：转道。吾道：湘夫人航行的路线。

薜荔：香草名，又叫木莲。柏：通“箔”，帘子；有解为柏壁，指船舱里挂着薜荔编织的席子；或解为通“膊”，肩膀，指用薜荔做的遮蔽肩膀的短衣。蕙绸：蕙兰做的帐子，绸，通“帱”，也有解为蕙草作为衣束。

sūn ráo
荪桡兮 兰旌

cén
望涔阳兮 极浦

横大江兮 扬灵

扬灵兮 未极

女婵媛兮 为余太息

chán yuán
横流涕兮 潺湲

fěi
隐思君兮 陫侧

“荪桡”句：以荪为船桨，以兰为旌旗。桡，短浆；旌，旗杆顶端的饰物。

涔阳：地名，在涔水之北。极浦：远滩。

“横大江”句：大意为渡过大江，扬帆前进。横：渡。扬灵：灵通“舲”，扬帆前进。

未极：没有到达。

“女婵媛”句：大意为，连侍女都悲伤啊为我叹息。女：湘夫人的侍女，有解为扮演湘君之男巫身边的巫女。婵媛：忧愁悲怨貌。

潺湲：泪流不止貌。

隐：伤痛。陫侧：通“悱恻”，悲痛。

yì
桂棹兮 兰枻

zhuó
斫冰兮 积雪

采薜荔兮 水中

qiān
搴芙蓉兮 木末

心不同兮 媒劳

恩不甚兮 轻绝

lài jiān
石濑兮 浅浅

飞龙兮 翩翩

棹、枻：船桨。

“斫冰兮”三句：形容“二湘”相见与积雪中砍冰、水中采薜荔、树梢采芙蓉一样徒劳。所描绘都是不可能的场景，喻求之不得的心情。斫：砍凿开。搴：拔取。木末：树梢。

媒劳：媒人也徒劳无用。

轻绝：轻易抛弃。

石濑：水在沙石上流过。浅浅：水流湍急貌。

翩翩：轻盈快疾貌。

交不忠兮 怨长(cháng)

期不信兮 告余以不闲

鼂(zhāo)骋骛(wù)兮 江皋(gāo)

夕弭(mǐ)节兮 北渚

鸟次兮 屋上

水周兮 堂下

捐余玦(jué)兮 江中

交：交情。怨长：长久之怨。

期：相约。告余：告诉我。不闲：没有空闲。

“鼂骋骛”二句：清晨在江边疾走，傍晚在北岸停留。鼂：同“朝”，早晨。骋骛：急驰。皋：水旁高地。弭：停止。节：马鞭，这里指策马。渚：水边。

次：栖息。

周：环流，指水环流在堂屋边。

捐：抛弃。玦：有缺口的环形玉佩。

遗余佩兮 醴浦

采芳洲兮 杜若

将以遗兮 下女

时不可兮 再得

聊逍遥兮 容与

遗：留下。佩：佩饰。醴浦：澧水之滨，澧水在湖南，汇入洞庭湖。醴，通“澧”。

芳洲：水中的芳草地。杜若：香草名。

遗：赠予。下女：指身边侍女。

“时不可”二句：美好时光不会再来，姑且自在快活吧。再：一作“骤”，屡次、多次。聊：暂且。容与：舒缓放松。

湘夫人

本篇以湘君的口吻表达其思慕湘夫人却求之不得、会合无缘的惆怅。

帝子降兮 北渚(zhǔ)

目眇眇兮 愁予

嫋(niǎo)嫋兮 秋风

洞庭波兮 木叶下

登白薠(fán)兮 骋(chěng)望

与佳期兮 夕张

帝子：湘夫人，相传帝尧之女，故称帝子。亦有认为指湘君。

目眇眇：眼神迷离惆怅。愁予：使我忧愁。

嫋嫋：微风徐徐貌。

木叶：树叶。

“登白薠”句：踏过白薠，举目四望。白薠：水草名。

“与佳期”句：大意为，与佳人有约，于是在晚上张设罗帐。佳：指湘夫人。期：约会。

傅抱石 / 湘夫人

cuì pín
鸟何萃兮 蘋中
zēng
罾何为兮 木上

yuán lǐ
沅有茝兮 澧有兰
思公子兮 未敢言
荒忽兮 远望
chán yuán
观流水兮 潺湲
mí
麋何食兮 庭中
yì
蛟何为兮 水裔

萃：聚集。蘋：水草名。

罾：鱼网。

茝：香草名，即白芷。澧：澧水，在今湖南省，流入洞庭湖。

公子：同“帝子”，指湘夫人；亦有学者认为指湘君。

荒忽：模糊不清貌。

潺湲：水缓流貌。

“麋何食”二句：麋鹿为何在庭院中觅食，蛟龙为何在水边。

朝驰余马兮 江皋(gāo)

夕济兮 西澨(shì)

闻佳人兮 召予

将腾驾兮 偕逝

筑室兮 水中

葺(qì)之兮 荷盖

荪(sūn)壁兮 紫坛

播芳椒兮 成堂

桂栋兮 兰橑(lǎo)

辛夷楣兮 药房

“朝驰”句：早上我策马江岸，晚上往西渡过水滨。皋：水边高地。济：渡过。澨：水边。

腾驾：驾马车奔腾飞驰。偕逝：同往。

葺：覆盖，修葺。

荪壁、紫坛：用荪草装饰墙壁，用紫贝装饰中庭。

桂栋、兰橑：桂木做的屋栋，兰草做的屋椽。

辛夷：木名，初春生花。楣：门上横梁。药：白芷。

bì
罔薜荔兮 为帷

pǐ huì mián
擗蕙櫋兮 既张

白玉兮 为镇

疏石兰兮 为芳

qì
芷葺兮 荷屋

liáo
缭之兮 杜衡

合百草兮 实庭

wǔ
建芳馨兮 庑门

“罔薜荔”二句：大意为，编织薜荔做成帷幕，张设剖开的蕙草制成的幔帐。罔：通“网”，编结。薜荔：香草名，即木莲。帷：帐。擗：剖开。櫋：屋檐板，一说屏风。张：张挂。

“白玉”二句：大意为，用白玉压住睡席，列石兰为屏风。镇：镇席。疏：分陈、分布。石兰：一种香草。芳：通“防”，即屏风。

“芷葺”二句：大意为，用白芷修葺以荷叶为屋，再缠绕上杜衡。芷葺：有以为原文应为“葺之”，方与下句合。缭：缠绕。杜衡：香草名，即马蹄香。

“合百草”句：聚合众芳草来充实庭院。合：聚合。

建：陈放，设置。芳馨：此处借指众香花。庑门：廊门。

九嶷(yí)缤兮　并迎

灵之来兮　如云

捐余袂(mèi)兮　江中

遗(yí)余褋(dié)兮　澧(lǐ)浦(pǔ)

搴(qiān)汀洲兮　杜若

将以遗(wèi)兮　远者

时不可兮　骤得

聊逍遥兮　容与

九嶷：山名，传说中舜的葬地，在湘水南，这里指九嶷山神。缤：盛多貌。

灵：神。如云：形容众多。

捐、遗：弃。袂：衣袖。

褋：内衣。澧浦：澧水之滨。

搴：折取。汀洲：水中小洲。杜若：一种香草。

遗：赠与。远者：远方之人，这里指湘夫人。

“时不可”二句：美好时光不会再来，姑且自在快活吧。骤：再、屡次。聊：暂且。容与：舒缓放松。

大司命

大司命为主寿夭之神。本篇前半部分为扮演大司命的主巫的唱辞，突出他的神秘和威严；后半部分为巫者迎神时与神的对话，表现世人对大司命的敬畏和希望亲近他的心情。

广开兮 天门

纷吾乘兮 玄云

令飘风兮 先驱

使涷(dōng)雨兮 洒尘

君回翔兮 以下

逾空桑兮 从女(rǔ)

“纷吾乘”句：我（指大司命）乘浓密乌云来到。纷：浓密貌。吾：大司命自称。玄云：黑云，浓云。

先驱：作为先导。

使：命令、遣。涷雨：暴雨。

“君回翔”二句：你（指大司命）在空中盘旋而降，我越过空桑山跟随你。君：主祭者对大司命的尊称，这里以祭祀巫者的口吻迎神。回翔：盘旋。以下：降临；有以为原文应作“来下”。逾：越过。空桑：神话中的山名。女：通“汝”，你，是主巫称呼大司命。

傅抱石 / 大司命

纷总总兮 九州

何寿夭兮 在予

高飞兮 安翔

乘清气兮 御阴阳

吾与君兮 斋速

导帝之兮 九坑(gāng)

灵衣兮 被(pī)被

玉佩兮 陆离

纷总总：众多貌，这里代指九州之人。九州：泛指天下。

“何寿夭”句：大意为，九州之人的生死都掌握在我（大司命）手中。另有解为，人们的寿命长短怎能由我掌握？何：谁。寿夭：生死。予：我，大司命自称。

“乘清气”句：乘清明之气驾驭阴阳。“御阴阳”“寿夭在予”都表示控制人类生死之意。阴阳：即一切对立事物。

吾：主巫自称。君：大司命。斋速：多以为“斋”是“齐”之讹，“齐速”表恭谨虔诚貌。本句以下为巫者角度唱辞。

“导帝之”句：引导天帝直到九冈山上。之：动词，往。九坑：一作“九冈”，九州之山。

灵衣：有以为原文应作“云衣”。被：通“披”，被被，即长衣飘貌。陆离：光彩闪耀状。

壹阴兮 壹阳

众莫知兮 余所为

折疏麻兮 瑶华

　　wèi
将以遗兮 离居

　rǎn
老冉冉兮 既极

　jìn
不寖近兮 愈疏

　　　lín
乘龙兮 辚辚

　chí
高驼兮 冲天

壹阴、壹阳：时明时晦变化多端。或形容神光忽隐忽显。

“众莫知”句：大意为世人哪里知道是我大司命掌握着众生。

疏麻：升麻（王逸称为“神麻”），植物名，常折以赠别。瑶华：白如美玉之花。华，通“花”。

遗：赠予。离居：指隐士，一说即将离去的大司命。

“老冉冉”二句：我已渐入暮年，若再不亲近神灵就会日渐疏远。寖，同“浸”，渐渐使之亲近。

辚辚：形容车声。

驼：通“驰”，驰骋。

结桂枝兮 延伫(zhù)

羌愈思兮 愁人

愁人兮 奈何

愿若今兮 无亏

固人命兮 有当(dàng)

孰离合兮 可为

"结桂枝"二句：大意为，攀着桂枝久久伫立，思念越深越使人忧愁。延伫：久久站立。羌：发语词。愁人：使人愁闷。

"愁人兮"二句：大意为，愁心百结又如何，愿生命如斯，没有缺憾。

"固人命"二句：大意为，命运皆有定数，生死离别哪是人力能改的？暗指要接受命运的安排祈求神的眷顾。离合：分离与聚合。可为：动词，引申为怎能做出安排。

傅抱石 / 少司命

少司命

少司命为主子嗣之神，本篇为少司命（巫师扮演）与巫者的对唱，诗篇中涉及恋爱情节，有学者以为指大司命与少司命（女）相恋。我们则理解为人神相恋，代表世人的巫者与扮演少司命的主巫之间的唱词。篇末以赞美少司命护卫儿童结束。

秋兰兮 麋芜（mí wú）

罗生兮 堂下

绿叶兮 素枝

芳菲菲兮 袭予

夫（fú）人自有兮 美子

荪（sūn）何以兮 愁苦

“秋兰”四句：少司命角度的唱辞。
秋兰：香草名，有生子之祥。麋芜：芎䓖（读如兄琼）幼苗，根茎可入药，古俗治妇人无子。
罗生：罗列而生。堂下：祭堂之下。
素枝：枝，应作“华”，素华，即白花。
袭：指香气扑鼻。予：我，巫所扮演的少司命自称。

“夫人”二句：可看作巫者（少司命对方角度）的唱辞。大意为，求子之人已得儿女，你又何必忧愁。夫：发语词。美子：子女的美称。荪：溪荪，香草名，这里代指对少司命的美称。何以：一说应作“何为”，因为什么。

秋兰兮 青青[jīng]

绿叶兮 紫茎

满堂兮 美人

忽独与余兮 目成

入不言兮 出不辞

乘回风兮 载云旗

悲莫悲兮 生别离

乐莫乐兮 新相知

荷衣兮 蕙[huì]带

“秋兰”四句：为少司命角度唱辞。
青青：通“菁菁”，草木茂盛貌。
美人：美好的人，这里或指参与祭祀代表世人的众巫。
“忽独”句：指众美人中独与我少司命二目相接。忽：倏忽。余：我，少司命自称。目成：目光传情达成默契。

“入不言”四句：巫者唱辞，形容少司命。
“入不言”二句：指神之来去神秘莫测。入：（少司命）进入祭所。出：离开。回风：疾风。
“悲莫悲”二句：大意为，这世上最悲伤的事莫过于生生别离，最欢乐之事莫过于结交新知己。

“荷衣”四句：仍为巫者唱辞，言少司命。
“荷衣”句：以荷为衣，以蕙为腰带。形容少司命衣着。

shū
倏而来兮 忽而逝

夕宿兮 帝郊

君谁须兮 云之际

　　rǔ
与女游兮 九河

冲风至兮 水扬波

　　rǔ
与女沐兮 咸池

xī　rǔ　　　　　ē
晞女发兮 阳之阿

望美人兮 未来

　　huǎng
临风怳兮 浩歌

倏：迅疾。逝：离去。此句形容少司命来去无踪。
帝郊：天国的郊野。
君：巫者称少司命。谁须：即“须谁”，等待谁。

“与女游”六句：为少司命角度唱辞。其中首二句与《河伯》中二句重复，有学者认为是由《河伯》所窜入，应删除。

“与女沐”二句：可看作是少司命的遐想和期望。女：汝，你，少司命所恋之对象。沐：洗头发。咸池：神话中的天池，日浴之处。

晞：晒、晒干。女发：你的头发。阳之阿：阳谷，也作旸谷，神话中日所出处。阿，山之凹曲处。
美人：指少司命所恋之人。
怳：神思恍惚貌。浩歌：放声歌唱。

jīng
孔盖兮 翠旍

登九天兮 抚彗星

sǒng
竦长剑兮 拥幼艾

荪独宜兮 为民正

后四句为群唱送神歌。

孔盖：孔雀羽毛作的车盖。翠旍：用翠鸟羽毛装饰的旌。旍，同“旌”。

九天：古代传说天有九重，此处指天之最高处。

竦：执，握。拥：抱着。幼艾：幼童。

荪独宜：倒句，即“独荪宜”，只有你才合适。民正：万民的主宰。

东君

本篇是礼赞太阳神的颂歌，全篇以日神的口吻写成。

tūn
暾将出兮 东方

jiàn
照吾槛兮 扶桑

抚余马兮 安驱

jiǎo
夜皎皎兮 既明

zhōu shèng
驾龙辀兮 乘雷

暾：旭日初升貌，又代指太阳。

照吾槛：照在我的栏杆上。吾，主巫自称。槛，栏杆。扶桑：传说中生于日出之处的神树，这里代指日出处，也代指太阳。

“抚余马”二句：轻拍马儿慢行，从月夜一直走到天明。

皎皎：明亮貌。

龙辀：以龙为车。辀：车辕横木，此处代指车。乘雷：以雷为车轮；或解为车声隆隆如雷。

傅抱石 / 东君

载云旗兮 委蛇（yí）

长太息兮 将上

心低徊兮 顾怀

羌声色兮 娱人

观者憺（dàn）兮 忘归

縆（gēng）瑟兮 交鼓

箫钟兮 瑶簴（jù）

“载云旗”句：载着如云般的旗帜。委蛇：绵延屈曲貌。

太息：叹息。将上：即将升起。

低徊：迟疑不进。顾怀：眷恋（故土）。

“羌声色”句：祭祀太阳神的场面热闹，音乐舞蹈使人欢愉。羌：发语词。

憺：泰然安乐。

縆瑟：急促地弹瑟。縆，急也。交鼓：彼此鼓声交相应和。

箫钟：撞钟。箫，动词，敲击。瑶簴：指击钟震动了钟架。瑶，通“摇”，摇动、震动。簴，悬挂钟磬的木架。

chí
鸣篪兮 吹竽

kuā
思灵保兮 贤姱

xuān zēng
翾飞兮 翠曾

展诗兮 会舞

应律兮 合节

灵之来兮 蔽日

ní cháng
青云衣兮 白霓裳

shǐ
举长矢兮 射天狼

篪、竽：古吹奏乐器。

灵保：指巫者，神称巫。贤姱：贤德美好。

“翾飞兮”句：舞姿翩跹忽缓忽急。翾飞：轻飞。翠曾：翠鸟高飞，此处形容舞姿像翠鸟一样轻盈灵活。

展诗：吟唱诗歌。诗，指配合舞蹈的曲词。会舞：众巫合舞。

应律：应和旋律。合节：舞合节拍。

灵：神，此处指天上众神。蔽日：形容神灵众多。

“青云衣”句：以青云为衣，以白霓为裳。衣为上衣，裳为下衣。此句描写晚霞缭绕仙山的落日景象。

“举长矢”句：举起长箭射向天狼星。矢：箭。弧：木弓。

操余弧兮 反沦降

援北斗兮 酌(zhuó)桂浆

撰(zhuàn)余辔(pèi)兮 高驼(chí)翔

杳冥冥兮 以东行(háng)

“操余弧”句：拿起天弓返身西沉。用东君向西沉落形容夕阳西下。反：通“返”，返身。沦降：沉落，日渐西下。

援：拿起。桂浆：桂花洒。全句意为以北斗为樽酌饮美酒。

撰：持，拿。辔：缰绳。高驼翔：高驰飞翔。驼，通“驰”。

杳冥冥：幽深黑暗。以东行：行，通“航”，往东方运行；有本无“以”字，当为衍文。

傅抱石 / 河伯

河伯

河伯为黄河神。楚国势力最盛时，北部有些地方距黄河已不远，故有河伯之祭。

据《天问》，后羿曾射伤河伯，强娶河伯之妻洛水女神。此篇内容当叙河伯与洛水女神相恋之事，全篇以河伯口吻与洛神对话。也有学者认为全篇以主祭者视角在对河伯进行描述。

与女(rǔ)游兮 九河

冲风起兮 横波

乘(chéng)水车兮 荷盖

驾两龙兮 骖(cān)螭(chī)

登昆仑兮 四望

女：同“汝”，你。九河：黄河众支流总称。

冲风：大风。横波：一作“扬波”，掀起波浪。

“乘水车”句：以水为车，以荷叶为车盖。

“驾两龙”句：大意为，河伯用两条龙拉车。骖：古人驾车位于两旁的马叫“骖”，这里作动词用，驾驭。螭：传说中无角的龙。

心飞扬兮　浩荡

日将暮兮　怅忘归

惟极浦兮　寤怀（wù）

鱼鳞屋兮　龙堂

紫贝阙兮　朱宫（què）

灵何为兮　水中

乘白鼋兮　逐文鱼（yuán）

日将暮：天将黑。怅忘归：乐而忘返。怅，应为“憺”之误，安乐；一说为失志貌。

“惟极浦”句：只有河水的尽头让我寤寐思怀。极浦：水边尽头。寤怀：睡不着而怀念。

鱼鳞屋、龙堂：以鱼鳞为屋（形容其光环闪耀），以龙纹装饰殿堂。

紫贝阙：以紫贝做宫门。紫贝，一种珍美的贝壳。朱宫：一说“珠宫”，珍珠做的宫殿。

灵：巫称河伯。

鼋：大鳖。文鱼：有锦纹的鲤鱼。

rǔ　　　　zhǔ
与女游兮　河之渚
sī
流澌纷兮　将来下

子交手兮　东行
送美人兮　南浦
波滔滔兮　来迎
lín　　　　yìng
鱼隣隣兮　媵予

女：汝，你。渚：水中小洲。

流澌：解冻时河中流动的冰块。

子：你，指河伯。交手：别时相执手表示不忍。

美人：巫称河伯，一说作者自称。南浦：向阳的岸边。

隣隣：鳞次栉比貌。媵：原指随嫁或陪嫁的人，这里指护送陪伴。予：我。

傅抱石／山鬼

山鬼

山鬼为山中女神，或许因为不列入正神，故称“鬼”，犹言山之精灵。郭沫若认为山鬼就是著名的巫山神女。

这是一首美丽的失恋之歌，诗中主人翁虽是神的形象，却完全是人间少女的情感。她盛装打扮，前去与心上人幽会，情人却始终未来赴约，使她陷入绝望的痛苦之中。

若有人兮　山之阿(ē)

被(pī)薜(bì)荔兮　带女罗

既含睇(dì)兮　又宜笑

子慕予兮　善窈(yǎo)窕(tiǎo)

乘赤豹兮　从文狸

若：隐约，一说为语气助词。山之阿：山角落。

被：通“披”。薜荔、女罗：皆蔓生植物。薜荔，又称木莲。女罗，即女萝。

含睇：含情而视。宜笑：笑得美。此句为自述。

“子慕予”句：大意为，你爱慕我那娴静美好的样子。子：对所爱慕男子的称呼。予：山鬼自称。窈窕：娴雅美好貌。

乘：骑。从：跟随。文狸：有花纹的狸猫。一说“赤豹”“文狸”皆奇兽。

辛夷车兮 结桂旗

被[pī]石兰兮 带杜衡

折芳馨兮 遗[wèi]所思

余处幽篁[huáng]兮 终不见天

路险难兮 独后来

表独立兮 山之上

云容容兮 而在下

杳冥冥兮 羌昼晦

东风飘兮 神灵雨

“辛夷车”句：以辛夷木为车，用桂枝编织旗子。

被：同“披”。带杜衡：以杜衡为带。石兰、杜衡皆香草名。
遗所思：赠给我所思慕的人；遗，赠。

“余处幽篁”二句：我家在竹林深处不见天日，路途艰险所以来迟。余：我，山鬼自称。幽篁：幽深的竹林。后来：迟到。

“表独立”句：孤身兀立于高山顶。表：突出，迥异于众。
容容：云气流动貌。

杳冥冥：幽深昏暗。羌：表反诘语气。昼晦：白天光线昏黑。

 神灵雨：神灵降下雨水。神灵，指山鬼。雨，降水。

留灵修兮 憺(dàn)忘归

岁既晏兮 孰华予

采三秀兮 于山间

石磊磊兮 葛蔓蔓

怨公子兮 怅忘归

君思我兮 不得闲

山中人兮 芳杜若

饮石泉兮 荫松柏

留：等待。灵修：指神女，即山鬼。憺：安乐。

“岁既晏”句：大意为，年华易逝啊，谁让我青春永驻。宴：晚、迟。华予：即花予，使我像花一样美丽。

三秀：灵芝，一年开三次花，故称三秀。

磊磊：乱石堆积貌。葛蔓蔓：葛草蔓延貌。

公子：山鬼思念之人。怅：失意貌。

“君思我”句：大意为，你若思念我，怎会没有空闲来。

山中人：山鬼自称。芳杜若：芬芳似杜若。杜若，香草名。

荫松柏：以青松翠柏庇荫。

君思我兮　然疑作

雷填填兮　雨冥冥

猿啾(jiū)啾兮　狖(yòu)夜鸣

风飒飒兮　木萧萧

思公子兮　徒离忧

君：山鬼思念之人。然疑作：将信将疑。然，相信。疑，怀疑。作，起、发生。

填填：雷声。冥冥：阴雨昏暗貌。

啾啾：猿的啼叫声。狖：黑色长尾猿。

飒飒：形容风声。萧萧：形容风吹叶落声。

“思公子”句：思念公子却白白忧伤。离：通“罹”，遭受。

国殇

《国殇》是悼念阵亡将士的祭歌。诗中描绘了一场敌众我寡、以失败告终的战争，在这失败的悲剧中，写出楚国将士们视死如归、不可凌辱的崇高品格。篇幅不长，却是中国文学中最早显示出悲壮的美感的杰作。

操吴戈兮 被(pī)犀甲

车错毂(gǔ)兮 短兵接

旌蔽日兮 敌若云

矢交坠兮 士争先

凌余阵兮 躐(liè)余行(háng)

吴戈：吴地所铸的戈，以锋利闻名。有以为原文应作“吾科”，即一种盾牌，如此方合文意。被：通“披”，佩戴。犀甲：犀牛皮制作的铠甲。

“车错毂”句：敌我双方战车交错，短兵相接。错：交错。毂：车轮的中心，此泛指战车。短兵：指刀剑一类的短兵器。

“旌蔽日”句：大意为，旌旗遮蔽了日光，敌兵像云一样涌了上来。

矢交坠：箭交相坠落在阵地上。

凌余阵：侵犯我军阵地。躐：践踏。行：军队的行列。

傅抱石 / 国殇

cān yì

左骖殪兮 右刃伤

mái zhí

霾两轮兮 絷四马

fú

援玉枹兮 击鸣鼓

天时坠兮 威灵怒

严杀尽兮 弃原野

出不入兮 往不反

平原忽兮 路超远

“左骖殪”句：大意为，左边骖马倒地而死，右边骖马被兵刃所伤。骖：古代四马驾一车，外侧两匹称“骖”。殪：死。

“霾两轮”句：大意为，埋住战车，绊住拉战车的四马。霾：通“埋”。絷：拴住马足。埋轮缚马，表示坚守不退。

援玉枹：操起鼓槌。作战时主将击鼓督战，以旗鼓指挥进退。枹：一作“桴”，鼓槌。

天时坠：日暮，一说上天震怒，或天道沦丧。威灵：威严的神灵，或解为神灵发怒。

“严杀尽”句：大意为，在严酷的厮杀中战士们纷纷牺牲，尸骨遍野。严杀：严酷的厮杀；一说严壮，指士兵。

出不入：指破釜沉舟，出征誓不归的决心，与“往不反”同义。反：通“返”，返回。

忽：渺茫貌。超远：遥远。

带长剑兮　挟秦弓

首身离兮　心不惩（chéng）

诚既勇兮　又以武

终刚强兮　不可凌

身既死兮　神以灵

子魂魄兮　为鬼雄

挟：夹，持。秦弓：秦地所产的良弓。

首身离：身首异处。心不惩：壮心不改，勇气不减。惩，遭受打击后放弃，一指畏惧。

诚：诚然。以：且，连词。武：威武。

终：始终。凌：侵犯。

神以灵：英灵不泯，精神不死。

礼魂

本篇为祭祀结束后的送神曲。

成礼兮 会鼓

传芭兮 代舞

kuā
姱女倡兮 容与

春兰兮 秋菊

长无绝兮 终古

成礼：祭祀完成，礼毕；一说“成”作“盛”，盛大典礼。

芭：通“葩”，花。代舞：轮番交替跳舞。代，更迭，轮番。

姱女：美丽的女子。倡：通“唱”，唱歌。容与：舒缓从容貌。

“春兰兮”二句：大意为，春祀奉献兰草啊，秋祀祭以晚菊，永远无终止啊，千秋万代相继。终古：永远。

宋 / 赵伯驹 / 仙山楼阁图

天问

屈原

“天问”即对天发问。屈原时代，“天”是万物的本原，也是万物秩序。天等同于“上帝”（中国原生词汇）；也会显示为“造化”一类的存在。

《天问》通篇由 172 个问题组成，涉及范围从神话传说到历史记载，大凡“天地万象之理，存亡兴废之端，贤凶善恶之报，神奇鬼怪之说”无不包容。以“问天”的形式对人类面对的一系列根本的、重大的问题提出质疑。《天问》体现出一种大胆怀疑的精神，希望从根本上对世界的自然秩序和伦理秩序进行深入探究以求得更合理的解释。

《天问》创作年代久远，发问所涉及的传说、史料等，部分无法得到有效文献的佐证，已不可考，本书于此类处不再强行解析。为便于读者理解，本书依照原文层次分节题解，由于原文结构不严密，有些内容互相交杂，故不再强调其结构性。

首节从宇宙起源开始，追问到天体结构和日月星辰的运行。

1 曰 遂古之初 谁传道之

2 上下未形 何由考之

3 冥昭瞢(méng)闇(àn) 谁能极之

4 冯(píng)翼惟像 何以识之

5 明明闇闇 惟时(shì)何为

6 阴阳三合 何本何化

7 圜(yuán)则九重(chóng) 孰营度之

8 惟兹何功 孰初作之

9 斡(wò)维焉系 天极焉加

10 八柱何当 东南何亏

11 九天之际 安放安属(zhǔ)

12 隅(yú)隈(wēi)多有 谁知其数

13 天何所沓(tà) 十二焉分

历代注家多以为《天问》的成篇没有事先构思及事后整理，所以“文无次序”，故试图对其结构进行调整，但最终发现很勉强。本版保持文本原状，通过15个小节的划分保持文意的流畅。

《天问》以其独特的思想价值见长，而相对缺乏文学性，内容过于繁复佶屈，故作白话译文方便读者理解。

1 远古的事情，是如何（谁）流传下来的？

曰：发问之语。遂古：远古。遂，通“邃”，远。传道：转述，传说。

2 天地混沌尚未成形之前，根据什么来考证？

上下：指天地。

3 天地蒙昧昼夜不清之时，谁能探究明白？

冥：昏暗。昭：明亮。瞢：昏暗模糊。极：穷究。

4 天地从无形到有形，是如何分辩认识的？

冯翼：无形无状貌，有以为元气充盈貌。像：景象。

5 昼明夜晦，究竟为何？

闇：昏暗、晦暗。时：通“是”，这样。

6 阴阳相合，何为本源？何为派生？

三合：阴气、阳气、天气参错相合。本：本原。化：派生。

7 天有九层，是谁人度量？

圜：同“圆”，指天。九重：九层，古人认为天有九层。营度：筹谋度量。

8 这工程浩荡，是谁来建造？

惟：发语词。兹：这。功：同“工”，工程。

9 天轴系在哪里，天极安放何处？

斡维：运转的枢纽。天极：天的南北两极。加：安放。

10 承天八柱竖立在哪？大地东南为何低洼？

八柱：传说中支撑天的八座山。当：在，或相对。亏：缺损。

11 九野边际，哪里安放，哪里相连？

安，哪里。放：安放。属：连接。

12 大地有多少拐角，谁知数量多少？

隅：角落。隈：弯曲的地方。

13 天地在哪里会合，十二时辰怎样划分？

沓：会合。

14 日月安属(zhǔ) 列星安陈

15 出自汤(yáng)谷 次于蒙汜(sì)

16 自明及晦 所行几里

17 夜光何德 死则又育

18 厥利维何 而顾菟(tù)在腹

19 女岐无合 夫焉取九子

20 伯强何处 惠气安在

21 何阖(hé)而晦 何开而明

22 角宿(xiù)未旦 曜(yào)灵安藏(cáng)

沿前文从天问到地。因为大地经过大洪水和大禹治水后被重新作了规划，所以先问鲧、禹治水之事。

23 不任汩(gǔ)鸿 师何以尚之

24 佥(qiān)曰何忧 何不课而行之

25 鸱(chī)龟曳(yè)衔 鲧(gǔn)何听焉

26 顺欲成功 帝何刑焉

27 永遏在羽山 夫何三年不施(chí)

28 伯禹愎(bì)鲧 夫何以变化

14 日月依托在哪里？群星如何陈列？

属：依托、依附。

15 日出于汤谷，落于蒙汜。

汤谷：即旸谷，传说中的日出之处。次：止息。蒙汜：传说中的日落之处。

16 从清晨到黄昏，太阳走了多少里路？

17 月亮凭什么（得到什么神药），能死而复生？

夜光：月亮。德：德性，本领；一说通“得”，即得到什么（传说中嫦娥偷吃不死之药）。死则又育：喻月亮阴晴圆缺。

18 月中的黑影如何形成？难道是蟾蜍在腹中？

厥：其，指夜光。利：黑影。而顾：而乃。菟：一解为兔，有解“顾菟”为月兔之名，闻一多解为蟾蜍。

19 女岐没有婚配，如何生出九个儿子？

女岐：神话人物，无夫而生九子。合：婚配，交配。

20 伯强住在何处？惠风从哪里吹来？

伯强：多解为风神名。惠气：惠风，一说为凉风。

21 为何天门关闭就天黑，天门开启就天亮？

22 角宿还未闪耀，太阳藏在哪里？

角宿：东方星。曜灵：太阳。

注：据古籍所载，鲧乃禹之父，初治水，鸱龟献计，窃天帝（黄帝）之息壤平治水祸，帝怒，命祝融杀鲧于羽山之郊，鲧死三年不腐，剖腹，生禹。帝乃令禹以息壤治水定九州。

23 鲧不能胜任治水的重任，众人为何推举他？

汩：治理。鸿：通“洪”，洪水。师：众人，一说百官。

24 他们都说有什么可担忧的，为何不让他先试试？

佥：皆、都。课：试。行：用。

25 鲧治水时有鸱龟拖土衔泥，它们为何听从鲧的？

鸱龟：神话中的神龟。曳衔：牵引、拉扯。

26 鲧按照自己意愿，天帝为什么要对他施刑？

顺欲：顺从自己意志，一说将要。刑：惩罚。

27 鲧久禁在羽山，为何多年不释放？（或解为，久禁羽山，为何三年尸身不腐？）

遏：囚禁。羽山：山名。施：通“弛”，释放。

28 大禹在鲧的腹中，是怎样孕育的？

伯禹：即大禹。愎鲧：“愎”通腹，从鲧腹中生出来。

29 纂(zuǎn)就前绪 遂成考功

30 何续初继业 而厥谋不同

31 洪泉极深 何以窴(tián)之

32 地方九则 何以坟之

33 河海应龙 何尽何历

34 鲧何所营 禹何所成

从大禹治水延伸到地理山川的各种问题。因昆仑山对古代中国人来说遥远而神奇，所以提问尤多。

35 康回冯怒 地何故以东南倾

36 九州安错 川谷何洿(wū)

37 东流不溢 孰知其故

38 东西南北 其修孰多

39 南北顺椭 其衍(yán)几何

40 昆仑县圃(xuán) 其居(jū)安在

41 增城九重(chóng) 其高几里

42 四方之门 其谁从焉

43 西北辟启 何气通焉

29 大禹继续治水重任，终于完成先父的功业。

纂：通“缵”，继承。前绪：前人的事业。考：先父。

30 继承先人的事业，为何他们的措施却不同？

“续初”与“继业”互文。厥谋：指禹的治水方略。

31 洪水深不见底，用什么方法填平？

洪泉：洪水。寘：通“填”，堵。

32 地分九品，大禹依据什么标准来划分？

方：分。九则：禹以天下土地的优劣九等定则。坟：划分。

33 应龙是如何划地的，河水入海经过了哪些地方？

应龙：《山海经》载，有翼之龙，大禹治水，应龙以尾划地，水泉流通。

34 鲧为治水营建了什么？禹为何能成功？

营：营建，一说谋求。

注：昆仑神话是中国最重要的神话系统之一，《山海经》载，昆仑山位于中国西北方，是海内最高的山，为天帝所居。

35 共工大怒，为什么会使大地向东南倾斜？

康回：水神共工。《淮南子》载，共工与颛顼争帝位，不得，怒而触不周之山，地柱折，故东南倾。冯：盛，大。

36 九州大地怎么安置？川流河谷如何掘成？

错：通“措”，放置。洿：低洼，这里作动词，表挖掘。

37 百川东流而海不满，谁知其中缘故？

38 东西南北四边，哪个间距更长？

修：长。

39 如果南北更狭长，又比东西长几许？

椭：狭长。衍：余，多出。

40 昆仑之巅的空中花园在哪儿？

县圃：即“悬圃”，神话中在昆仑山顶，意为“悬在空中的花园”。居：地址。

41 昆仑山上的九层增城，高度几何？

增城：也称“层城”，神话中位于昆仑山上。九重：九层。

42 昆仑四面的山门，是谁从那里出入？

从：出入。

43 西北方的山门开启，是什么风吹过那里？

辟启：敞开。气：风。

明 / 张路 / 神仙图册（其一）

44 日安不到 烛龙何照

45 羲和之未扬 若华何光

46 何所冬暖 何所夏寒

沿前文，从昆仑山的神兽，问及各种传说中的神奇动物。

47 焉有石林 何兽能言

48 焉有虬(qiú)龙 负熊以游

49 雄虺(huǐ)九首 倏(shū)忽焉在

50 何所不死 长人何守

51 靡(mí)蓱(píng)九衢(qú) 枲(xǐ)华(huā)安居

52 一蛇吞象 厥大何如

53 黑水玄趾 三危安在

54 延年不死 寿何所止

55 鲮(líng)鱼何所 鬿(qí)堆焉处

56 羿焉彃(bì)日 乌焉解羽

问题回到禹，但主题转到历史，问夏朝开国、禹之子取代益称王的一系列问题。

57 禹之力献功 降(jiàng)省(xǐng)下土四方

44 太阳哪里照射不到，为何还需烛龙照耀？

安：怎么。烛龙：神话中能照亮大地的神龙。

45 太阳还没升起，若木之花为何发出光芒？

羲和：替太阳驾车的神。扬：扬鞭。若华：若木的花。传说太阳落在若木之下，若木的花就发出光芒。

46 什么地方冬天温暖，什么地方夏天凉爽？

47 哪里有石林，什么野兽能作人言？

48 哪里有虬龙，背着大熊悠游？

虬：神话中的无角龙。负：背着；一说借为“媍”。游：游乐；一说游牝，指交媾。

49 九头毒蛇，神出鬼没地去了哪里？

虺：毒蛇。

50 何处是不死之国，长寿之人坚持了怎样的操守方能如此？

不死：长生不死。长人：指长寿之人。

51 九杈浮萍，还有那枲麻之花都长在什么地方？

靡蓱：一种奇异的萍草。蓱，通“萍”。九衢：九个分杈的枝丫。枲华：枲麻之花。

52 可以吞象的大蛇，身体有多庞大？

一：亦作“灵”。厥：它，代指蛇。

53 黑水，玄趾和三危，这些地方都在哪儿？

黑水：水名。玄趾：地名。三危：山名。

54 长生不死，寿命何时结束？

延：长。

55 鲮鱼生活在哪里，鬿堆居住在哪里？

鲮鱼：神话中的怪鱼。鬿堆：即鬿雀，神话中的怪鸟。

56 后羿为何射日？日中金乌为何死去？

羿：后羿。弹：射。乌：传说日中的三足乌。解羽：指乌死。

注：史载夏禹曾在涂山召集部落会盟。后根据禅让制选东夷首领益为首领继承人，但禹死后，禹之子启依靠夏部落支持取得权位，成为中国历史上世袭制第一人。

57 大禹努力做出功绩，驾临九州。

力：努力。献功：对治水功绩。降省：下来视察。

58 焉得彼嵞(tú)山女　而通之於台桑

59 闵(mǐn)妃匹合　厥身是继

60 胡维嗜(shì)不同味　而快鼂(zhāo)饱

61 启代益作后　卒(cù)然离蠥(niè)

62 何启惟忧　而能拘是达

63 皆归射鞫(jū)　而无害厥躬

64 何后益作革　而禹播降

65 启棘(jí)宾商　九辩九歌

66 何勤子屠母　而死分竟地

沿上文，由天帝派后羿为夏民除害，追问关于羿的各种事迹及神话传说。

67 帝降夷羿　革孽夏民

68 胡射夫河伯　而妻彼雒(luò)嫔

69 冯(píng)珧(yáo)利决　封豨(xī)是射

70 何献蒸肉之膏　而后帝不若

71 浞(zhuó)娶纯狐　眩(yuán)妻爰谋

58 禹是怎么遇到涂山国女子，并与她在台桑婚合？

嵞：即涂山国，禹在治水途中娶涂山氏。通：私通或通婚。台桑：古地名，一说为桑间野地，为男女幽会的场所。

59 他们婚配结合，大禹有了后继者。

闵：爱怜。妃：配偶。匹合：婚配。继：继嗣。

60 为什么明明嗜好不同，却纵一朝情欲？

胡：为何。维：语助词。鼂：通“朝”，鼂饱即一朝饱食，隐语，喻指情欲得到满足。

61 启代替益做了国君，却突然遭遇灾祸。

启：禹之子。益：禹曾选定的帝位继承人。后：君主。离：通“罹”。蠥：即孽，灾祸。

62 启为什么遭遇灾祸，被拘禁却能逃亡？

惟：通“罹”，遭受。拘：拘禁。达：逃脱。

63 益与启交战，箭如雨下，为何启没受到伤害？

射鞫：此处指交战。厥躬：代指启本身。躬，身体。

64 为什么益的帝位被夺走，而禹的后代却能兴旺？

后益：即益，因曾为帝而称后益。作：通“祚”，帝位。革：革除。播降：播种，比喻后代繁荣昌盛；一说为蕃衍昌隆。

65 启祭祀天帝，得到了《九辩》与《九歌》。

宾：祭祀。商：“帝”之讹。九辩九歌：古乐曲，传为启所作。

66 为什么夏启杀了自己的母亲，将碎尸分埋四境。

勤子：勤勉的儿子，指启。死：尸。

注：夏启之子太康荒政，东夷有穷氏国君羿夺取权位，并重用寒浞，后寒浞谋杀羿，霸其权、占其妻。文献及传说中有多人被称为羿，可能在屈原时代这些神话传说已混淆。

67 天帝让夷羿降临，解除夏民的祸患。

帝：天帝。夷羿：后羿。革孽：革除祸患。

68 羿为何射伤河伯，强娶河伯之妻洛神？

69 他拿着强弓利器，来射杀大野猪。

冯：持。珧：蚌壳装饰的弓。利决：套上扳指。封豨：大野猪。

70 为什么后羿献祭肥美的肉，天帝却并不欢愉？

71 寒浞娶后羿妻子纯狐，这惑人之妻与之合谋。

浞：即寒浞，羿之相，后窃取夏政权为君。纯狐：羿妻。

kuí
72 何羿之射革 而交吞揆之

73 阻穷西征 岩何越焉

74 化而为黄熊 巫何活焉

jù pú huán
75 咸播秬黍 莆雚是营

gǔn
76 何由并投 而鲧疾修盈

ní fú
77 白蜺婴茀 胡为此堂

cáng
78 安得夫良药 不能固臧

zòng yuán
79 天式从横 阳离爰死

80 大鸟何鸣 夫焉丧厥体

píng
81 蓱号起雨 何以兴之

zuàn yīng
82 撰体协胁 鹿何膺之

biàn
83 鳌戴山抃 何以安之

关于夏中兴之君少康和末代君主桀的一些问题。但夏史的问题没有结束，后面插入了其他内容。

84 释舟陵行 何以迁之

ào
85 惟浇在户 何求于嫂

86 何少康逐犬 而颠陨厥首

72 为何后羿射得穿牛皮，却被身边人合谋算计？

交：合力，勾结。吞：消灭。揆：计谋。

73 艰难地向西方进发，如何穿越那高峻的石山？

阻穷：有以为阻和穷分别是两个地名。岩：高峻险要。本句应为对大禹之父鲧前往羽山故事的发问。

74 鲧死后化为黄熊，神巫怎样把他救活？

75 鲧辛勤耕作，田地上都播种黑黍，铲除了杂草。

秬黍：黑黍。莆雚：泛指杂草。营：耕种，一说除草。

76 为什么同被放逐，鲧却被说是恶贯满盈？

由：原由。并投：传说与鲧一起被放逐的还有共工等人。

77 嫦娥霓裳美饰，她为何如此盛装？

白蜺：白色霓裳。婴：项链。茀：首饰。此句及下句应是针对嫦娥传说发问。

78 从哪儿得到不死之药，却不能妥善藏好？

良药：指不死之药。臧：同“藏”，收藏。

79 自然法则不可抗拒，阳气消散就会死亡。

天式：自然法则。从横：即纵横。

80 那大鸟为何鸣叫？它的身躯怎会灭丧？

大鸟：太阳中的三足乌，有解为王子侨死后化而为鸟。

81 蓱翳能布雨，他又是如何呼风唤雨的？

蓱：蓱翳，神话中雨神。

82 鸟鹿合体的风伯飞廉，为何响应蓱翳布雨？

撰体：纂体。协胁：胁骨骈生。鹿：风神飞廉。膺：响应。

83 巨龟背负大山起舞，如何使大山安稳下来？

鳌：大龟。戴：负，背着。抃：拍手，四肢挥动。

注：寒浞有二子，其一曰浇，力大。后流亡在外的少康击败寒浞，恢复夏政权，被称为夏代的中兴之君。

84 为何弃船而转战于陆地？

释：放弃。陵：陆地。迁：移动。此句可能就浇之事发问。

85 浇居住家中，为何要求助于他的嫂子？

浇：人名，寒浞之子，力大，曾荡舟作战，后与父被少康灭。

86 为何少康放出猎犬，就能将浇斩首？

少康：夏中兴之君。灭寒浞，恢复夏政权。颠陨：使坠落。

87 女歧缝裳 而馆同爰(yuán)止

88 何颠易厥首 而亲以逢殆

89 汤谋易旅 何以厚之

90 覆舟斟寻 何道取之

91 桀(jié)伐蒙山 何所得焉

92 妺(mò)嬉(xī)何肆 汤何殛(jí)焉

在关于夏史问题的中间，插入本节，问及尧、舜、女娲等上古传说。

93 舜闵在家 父何以鳏(guān)

94 尧不姚告 二女何亲

95 厥萌在初 何所亿焉

96 璜(huáng)台十成 谁所极焉

97 登立为帝 孰道尚之

98 女娲(wā)有体 孰制匠之

99 舜服厥弟 终然为害

100 何肆犬豕 而厥身不危败

101 吴获迄古 南岳是止

87 女歧替浇缝制下裳，两人同宿一室。

女歧：可能为浇之嫂。馆同：指同居。爰止：于此停息。

88 少康砍了女歧的头，为何使浇亲近之人也遭殃？

颠易：砍断。殆：危险。

89 汤谋划军事，如何壮大力量？

汤：有以为“浇”之误，有以为“康”之误，即少康。

90 倾覆过斟寻的战船，是如何取胜的？

斟寻：古国名，夏的同姓诸侯国。

91 夏桀讨伐蒙山，所得之物是什么？

桀：夏朝的最后一位君主。蒙山：古国名。

92 妹嬉有什么过错，商汤为何惩罚她？

妹嬉：夏桀之妃，为夏桀所宠。殛，流放。

注：史载舜娶尧之二女娥皇、女英为妻。

93 舜已婚配在家，怎么还说他独身无妻呢？

闵：有多解，通“敏”，妻；或通“悯”，或通“母”。父：应为“夫”，语气词，有解为舜之父。鳏：老而无妻者。

94 尧不告知舜的父母，其女如何与舜成亲？

姚告：即告姚。姚，舜姓，指舜父母。二女：尧之女娥皇、女英。

95 舜初为一介平民，如何能想到后来成帝王之业？

厥：他，代指舜。萌：通“氓”，平民。亿：通“臆”，预料。

96 玉台十层，谁能登顶？

璜台：玉台。成：层。极：尽。

97 登位做帝王，是谁导引他上台？

道：导引。尚：尊崇，一说攀上。

98 女娲有体，是谁塑造了她？

女娲：神话中天地万物以及人的创造者。制匠：制造。

99 舜爱护他的弟弟，却终为所患。

100 为何象极端放肆，却没有败亡？

犬豕：对舜弟象的贬称。不危败：没有遭到灾祸。

101 吴国得以长久存在，安居在南方一带。

吴：古代诸侯国名，有解为虞舜。迄古：终古，久远。一说终享天年。南岳：南方大山，有指舜南巡死于苍梧的事。

102 孰期去斯 得两男子

hú xiǎng
103 缘鹄饰玉 后帝是飨

本小节内容上衔接第七节之后，关于夏桀亡国的问题。

104 何承谋夏桀 终以灭丧

105 帝乃降观 下逢伊挚

106 何条放致罚 而黎服大说

关于商朝早期历史的问题，商的始祖神话，商立国前最重要的首领王亥。

kù
107 简狄在台 喾何宜

yí
108 玄鸟致贻 女何喜

hài
109 该秉季德 厥父是臧

110 胡终弊于有扈 牧夫牛羊

gān
111 干协时舞 何以怀之

112 平胁曼肤 何以肥之

113 有扈牧竖 云何而逢

102 谁料会这样？难道因为这两位贤才？

期：想、料。去斯：此地。两男子：一说为舜及其子商均，一说为吴太伯和仲雍。

103 鹅肉玉食，帝王品尝。

缘鹄：带有装饰的天鹅肉。饰玉：饰美玉的鼎。飨：享用。

注：伊尹为商开朝重臣。出身微贱，曾为庖人（即厨子），后为商汤用。曾辅佐过夏桀，有古籍叙其为商汤所委派前往。

104 为何担当夏桀的谋士，却使夏桀灭亡？

承：担当。谋：图谋。103、104两句可能是指伊尹。

105 商汤巡视四方，遇到伊尹。

帝：帝汤。降观：视察民情。伊挚：即伊尹。

106 为什么把夏桀放逐鸣条，百姓会欢乐？

条：鸣条，商汤大败夏桀之地，一说是商汤流放夏桀之地。致罚：给予惩罚。服：“民”之讹。说：通“悦”，喜悦。

注：关于简狄的最早记录出自于本书，《史记》等文献所载实为本篇所问之解答。故原始传说史料已无可考证。

107 简狄身居瑶台，帝喾如何与她婚配？

简狄：帝喾之妃，生殷商的始祖契。喾：古五帝之一，号高辛氏。宜：通“仪”，匹配。

108 燕子生蛋送给简狄，她吃了为何会怀孕？

玄鸟：黑色的鸟，指燕子。贻：赠送。喜：怀孕。

109 王亥秉承他父亲季的德行，跟他父亲一样善良。

该：即王亥，先商君主（部落首领），古籍载其放牧于有易氏，后惨死，被分尸于各地。季：王亥之父，叫冥。臧：善。

110 为何困于有易氏，为人放牧牛羊？

弊：通“毙”，死；或通“庇”，寄居。有扈：即有易，古国名。

111 王亥起舞，他用什么来吸引有易氏的姑娘？

干：盾牌。协：和谐。时：是，此。怀：思念，一说引诱。

112 她体态丰盈肌肤润泽，为何如此丰美？

平：身体丰满，肋条不显。曼肤：肌肤润泽。

113 这个有易氏的牧童，如何能与这美人相逢？

有扈：当作“有易”。牧竖：指王亥。

明 / 张路 / 神仙图册（其一）

114 击床先出 其命何从

115 恒秉季德 焉得夫朴牛

116 何往营班禄 不但还来

117 昏(wén)微循迹 有狄不宁

118 何繁鸟萃棘 负子肆情

119 眩弟并淫 危害厥兄

120 何变化以作诈 而后嗣逢长

关于商开国君主成汤的问题。

121 成汤东巡 有莘(shēn)爰(yuán)极

122 何乞彼小臣 而吉妃是得

123 水滨之木 得彼小子

124 夫何恶之 媵(yìng)有莘之妇

125 汤出重(chóng)泉 夫何罪尤

126 不胜心伐帝 夫谁使挑之

114 王亥被袭击，他的命运何去何从？

击床先出：历代注家多有争议，无可靠资料佐证，其意不明。

115 恒也秉承了父亲的德行，从哪里得到了牛？

恒：有以为王亥弟王恒。朴牛：服牛，驾车的牛。

116 他为什么前往有易氏谋求赏赐，回来却无所得？

营：谋求。班禄：班位和俸禄。

117 听闻上甲微承续祖德，有易氏自此不得安宁。

昏：通“闻”，听说。微：上甲微，王亥之子。有狄：有易氏。

118 为何群鸟聚集在灌木中，男女都爱放纵情欲？

繁鸟萃棘：喻聚众行荒淫之丑事，而终为人所知无法掩盖。负子：即“妇子”，妇人和男子。肆情：放纵情欲。

119 弟迷惑其兄同作恶，兄却被谋害。

弟：王亥之弟王恒，有解为舜弟象。

120 为什么诡计多端之人，却能子孙昌盛？

逢长：绵延昌盛。

121 成汤去往东方巡视，直到有莘国才停止。

成汤：殷商的开国君主。有莘：古国名。爰：乃。极：到。

122 为什么他想要一个小臣，却得到了一个好妃子？

乞：要。小臣：指伊尹，原为有莘氏奴隶。吉妃：好妃子。

123 水边树中，拾到一个小子。

木：树。小子：身份低贱之人，指伊尹。

124 有莘氏为什么嫌恶他，用他作陪嫁？

媵：陪嫁。成汤娶有莘氏女子，伊尹作为陪嫁跟从成汤。

125 汤后来离开重泉，他曾犯下何罪过被囚禁于此？

出：离开，被释放。重泉：地名。罪尤：罪过。

126 汤原本无心讨伐夏桀，是谁挑唆他的？

不胜心：没有心思。帝：指夏桀。

关于周的历史：从武王伐纣，简叙周公、昭王、穆王、幽王事迹，直至春秋齐桓公召集诸侯会盟最终被害，从而引出兴衰之理的问题。

127 会鼂(cháo)争盟 何践吾期

128 苍鸟群飞 孰使萃之

129 列击纣躬 叔旦不嘉

130 何亲揆(kuí)发足 周之命以咨嗟

131 授殷天下 其位安施(yí)

132 反成乃亡 其罪伊何

133 争遣伐器 何以行之

134 并驱击翼 何以将之

135 昭后成游 南土爰(yuán)底

136 厥利惟何 逢彼白雉

137 穆王巧梅 夫何为周流

138 环理天下 夫何索求

139 妖夫曳衒(xuàn) 何号于市

140 周幽谁诛 焉得夫褒姒(sì)

141 天命反侧 何罚何佑

127 诸侯朝会盟誓，如何履行武王定下的约期？

会：会和。践：履行。期：约定的日期。

128 将士勇猛如群鹰，谁使他们聚集？

苍鸟：鹰，喻武王伐纣，将士勇猛如鹰群飞。萃：聚集。

129 武王鞭尸纣王，周公旦并不赞许。

叔旦：武王的弟弟周公旦。

130 为何周公亲自谋划，安定了天下反倒叹息？

揆：谋划。发：发动，一说指武王姬发。命：天命。咨嗟：叹息。

131 上天既授予殷商天命，为何又要改易？

授：给予。位：王位。施：通“移”，变化，改易。

132 殷商兴盛，后又灭亡，他们到底犯了什么罪？

反：指成功后反而灭亡，一本作“及”。伊：语气词。

133 诸侯们争相征伐，他们如何做到行动统一？

遣：派遣，一说使用。伐器：作战的武器，代指军队。

134 将士们齐头并进攻击敌军侧翼，是如何统帅的？

并驱：并驾齐驱。翼：两侧的军队。将：统帅。

135 昭王南行，直至南国疆域。

昭后：周昭王。南土：南方，指楚国。底：到。

136 他要得到什么？只是为了寻找那只白色雉鸡？

利：好处，或贪图。白雉：白色野鸡，一说应作“兔雉”，野兔野鸡。

137 穆王图谋宏伟，为何要周游天下？

穆王：周穆王，西周第五代君主。巧梅：宏大的谋略。梅，通“谋”。有说“梅”通“枚”，指马鞭。巧梅即善于驾车。周流：周游。

138 环游天下，他有什么追求？

环理：周行。理，通“履”，行。

139 商人相携兜售货物，他们怎能沿街叫卖？

妖夫：对商人的蔑称。衒：沿街叫卖。号：吆喝，叫卖。

140 周幽王要杀谁，他是怎样得到褒姒的？

周幽：周幽王，西周末代君主。褒姒：周幽王的王后。

141 天命反复无常，惩罚或保佑的标准是什么？

反侧：反复无常。

142 齐桓九会 卒然身杀

由探讨兴衰之理，回复商的亡国之君纣王，阐明君王乱惑、残害忠贤，乃亡国之道。

143 彼王纣之躬 孰使乱惑

144 何恶辅弼 谗谄是服

145 比干何逆 而抑沉之

146 雷开阿顺 而赐封之

147 何圣人之一德 卒其异方

148 梅伯受醢(hǎi) 箕(jī)子详(yáng)狂

由商之亡，再说周之兴，叙文王、武王之德，阐明天命实以德性为依据。

149 稷维元子 帝何竺(dú)之

150 投之于冰上 鸟何燠(yù)之

151 何冯(píng)弓挟矢 殊能将之

152 既惊帝切激 何逢长(cháng)之

153 伯昌号衰 秉鞭作牧

154 何令彻彼岐社 命有殷国

142 齐桓公尊周而九召诸侯会盟，为何最终被害？

齐桓：齐桓公，因尊王攘夷安定天下，在诸侯中享有很高声望，成为春秋五霸之一。卒然：终于。

143 说起纣王此人，谁使他昏庸？

144 为什么厌恶辅佐重臣，却重用谄媚小人？

辅弼：辅佐，指辅佐重臣。谗谄：进谗言的小人。服：任用。

145 比干是如何冒犯纣王，而被压制的？

比干：纣的叔父，因忠谏而被挖心。逆：抵触，违背。抑沉：压制埋没。

146 雷开阿谀奉承，却被赏赐封官。

雷开：纣王的奸臣。

147 为什么贤臣都同样拥有美好的品德而结局不同？

异方：不同方式，这里指不同的结局。

148 梅伯被砍成肉酱，箕子装疯卖傻。

梅伯：纣王时诸侯，为人忠直，进谏触怒纣王被杀。醢：古代的一种酷刑。箕子：纣的叔父。详狂：装疯。详，通“佯”。

注：后稷，帝喾嫡长子，神话传说中，帝喾为天帝（古神话中的天帝之一），元妃姜元于野外践巨人足迹而生稷，稷成为周人始祖；次妃简狄吞玄鸟蛋而生契，契成为商人始祖。

149 后稷是天帝长子，为何遭到嫌恶？

稷：周的始祖。元子：嫡长子。帝：帝喾。竺：通“毒”，憎恶。一说古同“笃”，厚，此处意为看中。

150 把他丢弃在寒冰上，鸟为什么用羽毛温暖他？

投：弃。燠：温暖。

151 后稷缘何能操弓持矢，统兵打仗？

冯弓：拿着弓。冯，同“凭”。

152 他的出生曾让天帝不宁，为何子孙昌盛发达？

惊帝：惊动上帝。切激：强烈。逢长：繁荣昌盛。

153 文王在殷商的衰落中发出号令，成为霸主。

号：发号施令。秉鞭：拿着鞭子，比喻执政。牧：诸侯之长。

154 是什么让他迁出宗庙所在的岐地，受天命而取代殷商？

彻：拆除。岐：地名，周人曾在此立国。社：祭祀土地神的庙。命有：承受天命而享有。

155 迁藏就岐 何能依

156 殷有惑妇 何所讥

157 受赐兹醢 西伯上告

158 何亲就上帝罚 殷之命以不救

159 师望在肆 昌何识

160 鼓刀扬声 后何喜

161 武发杀殷 何所悒(yì)

162 载尸集战 何所急

163 伯林雉经 维其何故

164 何感天抑墬(dì) 夫谁畏惧

165 皇天集命 惟何戒之

166 受礼天下 又使至代之

167 初汤臣挚 后兹承辅

168 何卒官汤 尊食宗绪

这一节涉及各种古今杂事，借前人往迹，寄自我身世之慨。

169 勋阖(hé)梦生(xìng) 少离散亡

155 带着宝藏迁出岐地，如何能让百姓跟随？

藏：财物。依：依附。

156 殷王身边有魅惑人的妇人，还怎能向他进谏？

惑妇：或指殷纣王的宠妃妲己。讥：谏。

157 纣王赐用梅伯肉做的酱给文王，文王告状上天。

兹醢：指纣王用周文王的长子伯邑考做的肉羹赐给文王吃。

158 为什么纣王受上天惩罚，殷商的命运不可挽救？

亲：指纣王。就：遭受。

159 姜尚在肉铺做屠夫，文王怎么认识了他？

师望：吕望，即姜太公。肆：店铺。昌：周文王。识：了解。

160 操刀割肉声声响，文王为何欢喜（喜欢他）？

鼓刀：操刀。后：周文王。

161 武王讨伐纣，为何如此忿恨？

武：周武王。发：周武王名。殷：纣王。悒：恨。

162 车载文王灵位征战，为何如此急切？

尸：灵牌，木主。集战：会战。

163 在北林自缢，是何缘故？

伯林：北林，地名。雉经：缢死，这里指纣王，此处多有争议，也有学者认为是文王第三子管叔或晋太子申生等。

164 祭告天地，他畏惧什么？

本句词意不甚明确，或以为纣王死前祭告天地。墬：地。

165 天降成命于王，那王又何曾警惕过？

集命：降赐天命。戒：警惕。165、166二句当就商王朝、纣王而言。

166 既然受天意而君临天下，为何又被取而代之？

167 当初商汤任用伊尹为小臣，后来成为股肱之臣。

臣：小臣。挚：伊尹。

168 为什么伊尹辅佐商汤，死后能配享宗庙？

卒：最终。官汤：在汤处做官。尊食宗绪：配享宗庙。

169 阖闾是吴王寿梦的长孙，年幼时却离散流亡。

勋：功勋显赫。阖：阖庐，春秋时吴国国君。梦：阖庐祖父寿梦。生：通“姓”，孙。

170 何壮武厉 能流厥严

171 彭铿(kēng)斟雉(zhì) 帝何飨(xiǎng)

172 受寿永多 夫何久长

173 中央共牧 后何怒

174 蜂蛾微命 力何固

175 惊女采薇 鹿何祐

176 北至回水 萃何喜

177 兄有噬犬 弟何欲

178 易之以百两(liàng) 卒无禄

179 薄暮雷电 归何忧

180 厥严不奉 帝何求

181 伏匿穴处 爰(yuán)何云

182 荆勋作师 夫何长

183 悟过改更 我又何言

184 吴光争国 久余是胜

185 何环穿自闾社丘陵 爰(yuán)出子文

170 为何到了壮年能发奋强武，使他威名远扬？

厉：奋发。流：传布。严：当作“庄”，威武。

171 彭铿调制的鸡羹，为什么天帝要品尝？

彭铿：即彭祖。斟雉：调制鸡羹。帝：天帝。飨：享用。

172 他寿命长久，是什么原因？

永：长，传说彭祖寿八百。长：有以为通“怅”，惆怅。

173 为何召、周共同执政，而王发怒？

中央：周王朝。共牧：指召公、周公共同执政。后：指周厉王。怒：或指降旱为祟。

174 百姓如蝼蚁，为何力量强不可违？

蜂蛾：喻群居而团结的小动物。微命：小生命。

175 采薇女遇鹿而惊，鹿为何庇佑她们？

惊女：历代注释多有争议，有以为伯夷、叔齐采薇而惊女。

176 往北走到回水，他们为何那样高兴？

回水：此处多有争议，有以为指首阳山，有传说伯夷、叔齐曾藏到首阳山中，拒周粟绝食而死。萃：止、留，聚集。

177 兄长有咬人的猛犬，弟弟为何想要得到？

兄：兄长，指秦景公，其弟鍼想得到景公之犬，并愿意拿百辆战车交换。噬犬：咬人的猛犬。

178 用百辆车交换那只狗，最终丢掉爵位。

179 天色昏暗电闪雷鸣，回去你会怎样的忧伤？

薄暮：黄昏，或喻作者年老。归何忧：或屈原自宽之辞。

180 不敬畏上天，祈求上帝有何用？

厥：他（上天）的。严：天帝的威严。这句应针对楚王而言。

181 我隐居于深山，还能说什么？

伏匿：隐藏。穴处：山洞里。爰：于是。

182 楚王好大喜功兴兵征伐，国家怎能长久？

荆：楚国。勋：功业，一说为“动”之讹。作师：兴兵打仗。

183 若认识并追悔自己的错误，我还有什么好说的？

184 吴楚交战多年，吴总能胜楚。

吴光：吴公子姬光。久：长期。余：我们，指楚国。久余是胜：即“胜余久”，战胜楚国很久。

185 为何穿街过巷出入山野，生出了子文？

子文：春秋时楚国令尹子文。子文母原为楚公主，以不明途径生下子文，子文出生后遭弃，被老虎养大，后来为楚国的强大做出过贡献，这里遭到屈原质疑。

186 吾告堵敖 以不长

187 何试上自予 忠名弥彰

186 照说堵敖在位，难以长久。

吾告：即“语告”，人们常说。堵敖：楚文王之子。

187 为什么弑君自立，名声反而远扬？

试：通“弑”，臣杀君主，这里指成王。上：指堵敖。自予：给自己，指自立为王。弥：更加。彰：彰显。

祁崑 / 仙山观海图（局部）

九 章

屈 原

《九章》由九篇作品组成。司马迁在《史记·屈原列传》中述及其中的《哀郢》和《怀沙》时，并未提到“九章”一名，所以宋人朱熹认为这是后人将屈原九篇作品辑录为一卷而加上的总名，现代研究者也大多信从此说。

《九章》的内容都与屈原的身世有关，这与《离骚》相似。但每一篇的篇幅较《离骚》短得多；所涉及的事实是生活中具体的片段，不像《离骚》是综合性的自叙；使用的手法以纪实为主，较少采用幻想的表现。

《九章》中《思美人》以下四篇真伪有争议，但缺乏确切的证据。

傅抱石 / 云台山（局部）

惜诵

篇名取自篇首二字。惜，痛也。诵者，言前事之称。“惜诵”则意为“痛苦地追述往事”。全篇追忆叙述自己因直言进谏而遭谗被疏，反复申说对君王的忠诚，并表示决不因遭受打击而改变初衷。多数研究者认为此诗作于楚怀王后期、屈原开始在政治上遭受挫折之际。

惜诵以致愍（mǐn）兮　发愤以抒情

所作忠而言之兮　指苍天以为正

令五帝以�中兮　戒六神与向服

俾（bǐ）山川以备御兮　命咎繇（gāo yáo）使听直

竭忠诚以事君兮　反离群而赘肬（zhuì yóu）

惜：痛惜。诵：陈述。致愍：表达忧苦。发愤：发泄愤懑。

所作：作为“非”之讹，所非，假若不是。正：通“证”。

五帝：五方之帝。东方太昊，西方少昊，南方炎帝，北方颛顼，中央黄帝。枊中：折中，公平判断。戒：通“诫”，告诫。六神：神话中六位神祇，其说法不一。向服：对证事实。

俾：使。山川：指山川之神。备御：陪侍，此谓陪审。咎繇：皋陶，舜时掌管刑法的大臣，法官的象征。听直：判断曲直。

离群：指为众人所不容。赘肬：多余的肉瘤。

xuān
忘儇媚以背众兮　待明君其知之

言与行其可迹兮　情与貌其不变

xiàng
故相臣莫若君兮　所以证之不远

吾谊先君而后身兮　羌众人之所仇

chóu
专惟君而无他兮　又众兆之所雠

壹心而不豫兮　羌不可保也

疾亲君而无他兮　有招祸之道也

忘儇媚：指不懂得谄媚。背众：违背众意。

“言与行”句：言行相符可以考察，表里如一不会改变。迹：循实核查。

“故相臣”句：大意为，所以观察臣子没人比得上君王，验证之法无需远寻。暗指无需向别人征询对我的看法以做出判断。相：审查、查看。

吾谊：我所认为合理的行为。谊，通“义”，合理的道德准则。先君：指先为君王考虑。羌：表反诘语气。仇：仇敌，指被众人视为敌人。

“专惟”句：大意为，一心忠君而无他念，却招来众人怨恨。惟：思、想。众兆：众人。雠：同“仇”，仇恨。

壹心：专心。豫：犹豫。羌：表反诘语气，同“何为”，为什么。保：保全。不可保，指不能保全自身。

疾：通“亟”，急切、努力。

思君其莫我忠兮　忽忘身之贱贫

事君而不贰兮　迷不知宠之门

忠何罪以遇罚兮　亦非余心之所志

行不群以巅越兮　又众兆之所哈(hāi)

纷逢尤以离谤兮　謇不可释

情沉抑而不达兮　又蔽而莫之白

心郁邑余侘傺(chà chì)兮　又莫察余之中情

固烦言不可结诒(yí)兮　愿陈志而无路

贱贫：作者指自己被流放或疏远后，已无资格向楚王表忠。

“事君”句：我侍奉君王无二心，却糊涂不懂邀宠的门道。

志：通“知”，预料、知晓、明白。

不群：不合群。巅越：跌倒、衰败。哈：讥笑。

逢尤：遭怨恨。离谤：遭诽谤。謇：发语词；一说“蹇产”，曲折纠缠。释：解释、解说。

沉抑：指心情沉重压抑。达：表达。又蔽而莫之白：大意为，言语阻塞，无法诉说。蔽，被遮蔽。莫之白，无法澄清。

郁邑：忧愁烦闷貌。侘傺：失意貌。中情：内心。

烦言：因欲多言而杂乱。结诒：总结传达。诒：赠、送达。陈志：陈述心志。

退静默而莫余知兮　进号呼又莫吾闻

申侘傺(chà chì)之烦惑兮　中闷瞀(mào)之忳(tún)忳

昔余梦登天兮　魂中道而无杭

吾使厉神占之兮　曰有志极而无旁

终危独以离异兮　曰君可思而不可恃

故众口其铄金兮　初若是而逢殆

惩于羹者而吹齑(jī)兮　何不变此志也

静默：沉默不语。莫余知：即莫知余。莫吾闻：即莫闻吾。

申：表重复。侘傺：失意貌。闷瞀：心绪烦乱。忳忳：郁闷貌。

魂中道而无杭：我的灵魂行至半路而无法前进。杭，通“航”，无航即无船可渡；另有解无杭作“方沆”，即彷徨。

厉神：主杀罚的大神，或指身附厉神且能执占卜之事的巫。曰有志极而无旁：大意为，神说志向高远却缺少帮助。

危独：危险孤独。离异：指遭众人疏远。恃：依靠。

初若是而逢殆：当初像这样（指上句依靠君王）而如今遭遇祸患。逢殆：遭遇祸患。

惩于羹者而吹齑：大意为，被滚汤烫过的人，吃冷食也要吹一吹。惩：警戒。羹：此处指热汤。齑：此处指凉菜。

nǎng

欲释阶而登天兮 犹有曩之态也

jù

众骇遽以离心兮 又何以为此伴也

同极而异路兮 又何以为此援也

hào

晋申生之孝子兮 父信谗而不好

xíng xìng

行婞直而不豫兮 鲧功用而不就

吾闻作忠以造怨兮 忽谓之过言

九折臂而成医兮 吾至今而知其信然

释阶：撤掉台阶，喻不走众人谄媚之道。曩之态：以往的做派。

“众骇遽”句：众人害怕而不和你同心，又怎会视你为同伴。骇遽：惊慌。

同极：共事一个君主，一说出身相同。

申生：晋献公之子、晋文公异母兄。原为太子，忠孝且贤，后受献公宠姬骊姬的谗言迫害，被逼自杀。

行婞直：行为刚直。不豫：不犹豫。鲧功用而不就：鲧的治水事业因而未成功。鲧，神话中大禹的父亲，因治水未成功而被舜放逐到羽山。

作忠：尽忠。造怨：结怨。忽谓之过言：我忽略了并认为这些话言过其实。忽：忽略。

九折臂而成医：大意即“久病成良医”。九，虚数。

zēng yì　　　　　　wèi
矰弋机而在上兮　罻罗张而在下

设张辟以娱君兮　愿侧身而无所

chán huái　　chì　　chóng
欲儃佪以干傺兮　恐重患而离尤

欲高飞而远集兮　君罔谓汝何之

欲横奔而失路兮　坚志而不忍

yīng pàn　　　　　　　　　yū zhěn
背膺牉以交痛兮　心郁结而纡轸

dǎo　　　　　　　zuò
梼木兰以矫蕙兮　糳申椒以为粮

矰弋：用来射鸟的短箭。机：机括，这里作动词，张机待发。在上：对天空射鸟，故曰在上。罻罗：捕鸟的小网。

“设张辟”句：设置机关讨好君王，使我无容身之地。张辟：有解为弓，或解为罗网。侧身：置身。

儃佪：徘徊。干傺：寻求机会。重患：再次遭遇祸患。离尤：遭怨恨。

“欲高飞”句：大意为，想要远走高飞，又怕君王诬我逃向何方。罔：诬陷。之：去。

横奔：乱跑。失路：不行正道，喻变节从俗。

背膺牉：后背、前胸分裂。交痛：一起痛，一说剧痛。纡轸：心中隐痛、愁苦。

梼：通“捣”。木兰：一种香草。矫：揉合，混合。糳：舂。

播江离与滋菊兮　愿春日以为糗（qiǔ）芳

恐情质之不信兮　故重（chóng）著以自明

挢兹媚以私处（chǔ）兮　愿曾思而远身

江离：香草名，又称蘼芜。滋：栽种。糗芳：芬芳的干粮。

情质：真情本性。不信：不能取信于君王。重著：一再申明。

挢兹媚：举起这些美好的东西，或指上文中众香草。私处：独处。曾思：反复思考。

傅抱石 / 云台山（局部）

涉江

本篇是屈原在顷襄王时期被放逐江南的过程中所作。诗中叙写作者南渡长江，又溯沅水西上，独处深山的情景；于纪行中自述心志之高洁，痛斥当时楚国政局的污秽混乱。

诗中对山林风光的出色描写，为后世山水诗的滥觞。

余幼好此奇服兮　年既老而不衰

带长铗(jiá)之陆离兮　冠切云之崔嵬

被(pī)明月兮　珮宝璐

世溷(hùn)浊而莫余知兮　吾方高驰而不顾

驾青虬(qiú)兮　骖(cān)白螭(chī)

奇服：奇异的服饰，指特立独行。衰：衰退、懈怠。

长铗：长剑。陆离：长貌，或解作斑斓貌。冠：帽子，此处名词动用，戴。切云：当时一种高冠之名，取“高切青云”之意。崔嵬：高峻貌。

被：同“披”。明月：夜明珠。珮宝璐：佩戴美玉。

溷浊：混浊。莫余知：倒装，即“莫知余”，无人理解我。方：将要。高驰：远走高飞。顾：回头。

虬：无角的龙。骖：古代四马驾一车，外侧两匹称“骖”，这里指用螭来做骖马。螭：一种龙。

chóng
吾与重华游兮 瑶之圃

登昆仑兮 食玉英

与天地兮 同寿

与日月兮 同光

哀南夷之莫吾知兮 旦余济乎江湘

è zhǔ āi
乘鄂渚而反顾兮 欸秋冬之绪风

gāo dǐ
步余马兮 山皋 邸余车兮 方林

líng
乘舲船余上沅兮 齐吴榜以击汰

重华：帝舜的名字。瑶之圃：神话中天帝盛产美玉的花园。瑶，美玉。圃，花园。

玉英：玉树之花。英，花朵。

南夷：楚国南部民族。有认为屈原被流放到楚国南部，故有此哀叹。旦：清晨。济乎江湘：渡过长江、湘江，指屈原南下。

乘：登上。鄂渚：地名，即湖北鄂州。反顾：回头看。欸：叹息。绪风：余风。

步余马：放开缰绳让我的马徐行。山皋：山冈。邸：停留，到。方林：大树林。

舲船：有窗的小船。上：指沿着沅水溯流而上。齐：同时并举。吴榜：大船桨。汰：水波。

船容与而不进兮　淹回水而凝滞

朝发枉陼(zhǔ)兮　夕宿辰阳

苟余心其端直兮　虽僻远之何伤

入溆(xù)浦余儃佪(chán huái)兮　迷不知吾所如

深林杳(yǎo)以冥冥兮　猿狖(yòu)之所居

山峻高以蔽日兮　下幽晦以多雨

霰(xiàn)雪纷其无垠兮　云霏霏而承宇

哀吾生之无乐兮　幽独处乎山中

吾不能变心而从俗兮　固将愁苦而终穷

"船容与"句：船徘徊在回旋的水流中停滞不前。容与：徘徊貌。淹：停留。回水：回旋的水。

枉陼：地名，今湖南常德一带。辰阳：地名，今湖南辰溪县西。
苟：如果。僻远：身处流放僻远之地。伤：伤感、伤痛。

溆浦：地名，溆水之滨。儃佪：徘徊。如：往、去哪里。
杳：幽深貌。冥冥：昏暗貌。猿狖：泛指猿猴。

霰：雪珠。垠：边际。云霏霏而承宇：大意为，阴云密布，弥漫天空。霏霏：雨雪盛多貌。承：弥漫。宇：天空。

变心：改变志向。终穷：终生不得志。

yú kūn luǒ

接舆髡首兮　桑扈臝行

忠不必用兮　贤不必以

zū hǎi

伍子逢殃兮　比干菹醢

与前世而皆然兮　吾又何怨乎今之人

chóng

余将董道而不豫兮　固将重昏而终身

乱曰

鸾鸟凤皇　日以远兮

燕雀乌鹊　巢堂坛兮

接舆：春秋时楚国的隐士。髡首：剃发，此处指接舆剃去头发以避世。桑扈：古代隐士。臝行：即裸行，裸体行走。

以：用。

伍子逢殃：指伍子胥被吴王杀害。伍子胥，春秋时吴国贤臣。比干：商纣王时贤臣。菹醢：古代的酷刑，将人剁成肉酱。

“与前世”句：自古以来都一样，我又何必怨恨当今世人。

董道：坚守正道。豫：犹豫。重昏：一再遭遇暗昧之世道。此句大意为，必将终身看不到光明。

乱：古代乐曲的尾声。鸾鸟、凤皇：皆祥瑞之鸟。

巢：筑巢。堂坛：殿堂和祭坛，指瑞鸟远去，凡鸟却在此安居。

露申辛夷 死林薄兮

腥臊并御 芳不得薄兮

阴阳易位 时不当兮

chà chì
怀信侘傺 忽乎吾将行兮

露申：一作“露甲”，即瑞香花，二说申椒。辛夷：香木名。林薄：草木从杂之地，指香草们死于这恶劣的环境。

腥臊：恶臭气。并御：指都被楚王任用。芳：芳洁之物。薄：靠近。不得薄，即不得靠近楚王。

时不当：生不逢时。当，恰当。

怀信：怀抱忠信。侘傺：惆怅失意貌。忽：恍惚。

傅抱石 / 云台山（局部）

哀郢

本篇作于顷襄王二十一年（前278）秦攻陷楚都郢以后，诗中描述都城已废。“哀郢”是双重的。一用倒叙笔法，写九前年自己被放逐而离开郢都，走上流亡之路，沉痛无比。二是当下，都城已被秦军攻破，归去无路；政权操于邪恶小人之手，报国无门。但对于故都祖国的一切，永远不能忘怀。

皇天之不纯命兮　何百姓之震愆(qiān)

民离散而相失兮　方仲春而东迁

去故乡而就远兮　遵江夏以流亡

出国门而轸(zhěn)怀兮　甲之鼂(zhāo)吾以行

发郢(yǐng)都而去闾(lú)兮　怊(chāo)荒忽其焉极

皇天：上天，老天。不纯命：天命无常。百姓：指楚国贵族。震愆：震惊失态。

方：正当。仲春：阴历二月份。东迁：迁徙，指逃难。

去：离开。故乡：指郢都。就远：指往远方流浪。遵：循，顺着。江夏：指长江和夏水。

国门：国都的城门。轸怀：悲痛地怀念。甲之鼂：甲日早晨。鼂，通“朝”。

发郢都：从郢都出发。去闾：离开故乡。闾，原指里巷之门，这里代指故里。怊：忧愁。荒忽：心绪茫然，或接为前路茫茫。焉极：哪有尽头。

楫(jí)齐扬以容与兮　哀见君而不再得

望长楸(qiū)而太息兮　涕淫淫其若霰(xiàn)

过夏首而西浮兮　顾龙门而不见

心婵(chán)媛(yuán)而伤怀兮　眇(miǎo)不知其所蹠(zhí)

顺风波以从流兮　焉洋洋而为客

凌阳侯之泛滥兮　忽翱翔之焉薄

心絓(guà)结而不解兮　思蹇(jiǎn)产而不释

楫齐扬：船桨并举。容与：徘徊不前貌。哀见君而不再得：指令人哀痛的是再也见不到君王了。

长楸：高大的楸树。太息：叹息。涕淫淫：泪流满面。霰：雪粒、雪珠。

过：经过。夏首：地名，今湖北省沙市附近，夏水的起点，长江在此分出夏水。西浮：船向西漂行。顾：回首。龙门：郢都的东门。

婵媛：情思牵萦。眇不知其所蹠：大意为，前路邈远，不知能在何处落脚。眇：同“渺”，远貌。蹠：践踏，指落脚之处。

顺风波：顺风随波。从流：从流而下。焉：兼词，于是，于此。洋洋：漂泊不定貌。客：客居他乡。

“凌阳侯”句：大意为乘着水神掀起的巨浪，如小鸟翱翔却不知停在何方。凌：乘。阳侯：波涛之神。薄：停留。

絓结：牵挂郁结。蹇产：曲折纠缠。释：解开，消除。

将运舟而下浮兮 上洞庭而下江

去终古之所居兮 今逍遥而来东

羌灵魂之欲归兮 何须臾而忘反

背夏浦而西思兮 哀故都之日远

登大坟以远望兮 聊以舒吾忧心

哀州土之平乐兮 悲江介之遗风

当陵阳之焉至兮 淼(miǎo)南渡之焉如

运舟：行船。下浮：向下游漂行。上洞庭而下江：这里指经洞庭湖汇入长江顺流而下。

去终古之所居：离开世代居住的地方，指郢都。逍遥：无拘无束、自由自在貌，这里指漂泊。

“羌灵魂”句：大意为，灵魂无时无刻不想着要回归故土。羌：发语词。须臾：片刻。反：同“返”。

背：背对着，指离开。夏浦：地名，指夏口（在今湖北武汉）。西思：思念西方，指思念西面的故都郢都。

大坟：指水边高地，一说指江堤。聊：姑且。舒：舒展。

州土：楚国州邑乡土。平乐：升平安乐。江介：长江两岸。

“当陵阳”句：面对汹涌的波涛，该去哪里，渡过茫茫大水，又能去哪里。当：面对。陵阳：江波，有解为地名，位于今安徽省。淼：大水茫茫貌。焉如：何往。

曾不知夏之为丘兮　孰两东门之可芜

心不怡之长久兮　忧与愁其相接

惟郢路之辽远兮　江与夏之不可涉

忽若不信兮　至今九年而不复

惨郁郁而不通兮　蹇侘（chà）傺（chì）而含戚

外承欢之汋（chuò）约兮　谌荏（chén rěn）弱而难持

忠湛湛而愿进兮　妒被（pī）离而鄣（zhàng）之

尧舜之抗行（xíng）兮　瞭杳杳而薄天

曾不知：谁曾想。夏：同“厦”，指楚都之宫殿。丘：土丘，指废墟。孰：谁。两东门：郢都东向有二门；也有以为“两”为衡量义。芜：荒芜。

郢路：通往郢都之路。江：长江。夏：夏水。涉：渡水。

忽若不信：指时间快得让人难以相信。复：指返回郢都。

惨郁郁：忧思积郁貌。不通：心情不通畅。蹇：发语词，楚方言。侘傺：失意貌。戚：忧伤。

外：表面。承欢：因讨好而受宠。汋约：同“绰约”，姿态柔媚貌。谌：诚，实在。荏弱：软弱。难持：难以依靠。

湛湛：厚重貌。进：进用。被离：同“披离”，纷乱貌。鄣：同“障”，阻碍，遮蔽。

抗行：高尚伟大的行为。抗，通“亢”。瞭杳杳而薄天：指尧舜的英明直逼云天。瞭：亮。杳杳：高远貌。薄：近。

众谗人之嫉妒兮　被(pī)以不慈之伪名

憎愠(yùn)惀(lún)之修美兮　好(hào)夫(fú)人之忼慨

众踥(qiè)蹀(dié)而日进兮　美超远而逾迈

乱曰

曼余目以流观兮　冀壹反之何时

鸟飞反故乡兮　狐死必首丘

信非吾罪而弃逐兮　何日夜而忘之

被以不慈之伪名：指被小人们冠以不慈爱的虚假恶名。不慈：不爱自己的儿子，指尧舜禅让天下于他人而不传给儿子。

憎：憎恶。愠惀：忠厚诚朴。修美：高洁美好。好：爱好，喜欢。夫人：彼人，那些人。忼慨：同“慷慨”，这里指巧言令色能说会道。

踥蹀：小步行走貌。美：美人，指贤人。逾迈：愈发疏远。

乱：乐章最末曰乱。

曼余目：眼光放远。流观：四处观望。冀：盼望。壹反：即“一返”，回一趟。

“鸟飞”句：大意为鸟飞得再远也会返回故乡，狐狸死前定会把头朝向自己出生的山丘。

信：确实。弃逐：指遭放逐、遭流放。之：指故乡郢都。

傅抱石 / 云台山（局部）

抽思

“抽思”，意为寻绎、清理纷乱的思绪。诗着重写自己最初被楚怀王所信任，一意为国推行美政，不料怀王听信谗言，中途生变，导致自己蒙受冤屈。全诗反复申诉忠君爱国之心和人生失路的哀怨，情意深切委婉，当是楚怀王时期的作品。

心郁郁之忧思兮　独永叹乎增伤

思蹇（jiǎn）产之不释兮　曼遭夜之方长

悲秋风之动容兮　何回极之浮浮

数（shuò）惟荪（sūn）之多怒兮　伤余心之忧忧

愿摇起而横奔兮　览民尤以自镇

结微情以陈词兮　矫以遗（wèi）夫美人

郁郁：忧思郁结貌。永叹：长叹。增伤：加倍忧伤。

蹇产：指思绪曲折纠缠。曼：长。方长：正长，形容睡不着。

动容：动摇、摇摆。回极：回旋飘动貌，一说指北极星。浮浮：动荡不定貌。

数：屡次。惟：思，想起。荪：香草名，这里代指楚王。

“愿摇起”句：大意为，想不顾一切远走高飞，看到百姓疾苦心又坚定下来。尤：遭罪。镇：安定。

结微情：将微末的心情集结成言。矫：举。美人：代指怀王。

昔君与我诚言兮　曰黄昏以为期

羌中道而回畔兮　反既有此他志

jiāo　　　　　　　　　　　　kuā
憍吾以其美好兮　览余以其修姱

与余言而不信兮　盖为余而造怒

愿承间而自察兮　心震悼而不敢

　　　　　　　　　　　　　dàn
悲夷犹而冀进兮　心怛伤之憺憺

　　　　　　　yáng
兹历情以陈辞兮　荪详聋而不闻

诚言：诚恳地说，或约定之言。黄昏：代指晚年。期：约。

羌：表反诘语气，同“何为”，为什么。回畔：背叛，反悔，“畔”通“叛”。他志：别的念头。

“憍吾”句：大意为，楚王向我夸耀、显示自己的美好。憍吾：向我夸耀。憍，通“骄”，骄傲、夸耀。览余：向我显示。览，显示，炫耀。修姱：美好。

“与余言”句：大意为，跟我说的话不守信用，为何还对我发怒。盖：通“盍”，何以，为什么。造怒：找茬生气。

承间：一作“承闲”，找个机会。自察：自白。震悼：惶恐。

“悲夷犹”句：大意为，悲伤啊我仍寄希望于能向楚王进言，心中却又惴惴不安。夷犹：犹豫。憺憺：心中动荡不安。

兹历情：一作“历兹情”，列举这些情况。荪：代指楚怀王。详聋：装聋，详通“佯”，指楚怀王装聋听不见。

固切人之不媚兮　众果以我为患

初吾所陈之耿著兮　岂至今其庸亡(wàng)

何毒药之謇(jiǎn)謇兮　愿荪美之可完

望三五以为像兮　指彭咸以为仪

夫何极而不至兮　故远闻而难亏

善不由外来兮　名不可以虚作

孰无施而有报兮　孰不实而有获

“固切人”句：本来正直之人不屑谄媚，大家果然视我为眼中钉。切人：正直坦诚的人。一说应作“切言”，即直言。

所陈之耿著：陈词明白清楚。岂至今其庸亡：大意为，难道今天竟全部忘却。庸：乃，就。亡：通“忘”，忘记。

“何毒药”句：大意为，我为何要这样忠言直谏。毒药：忠言不美，故曰毒药，后多以“毒药之”为“独乐斯”之讹。謇謇：忠直敢言貌。荪：指楚王。完：使完美，发扬光大。

三五：三王五霸，即夏禹、商汤、周文王，以及春秋五霸。像：榜样。彭咸：古代贤臣。仪：典范，表率。

“夫何极”句：大意为，（若如此）有什么高远的目标是达不到的？故而能声名远扬，流芳百世。极：目的地。至：达到。远闻：声名远扬。难亏：难以损耗。

外来：指善心不会自外而来。虚作：指名声不会凭空出现。

实：果实，这里指播种。

少歌曰

与美人抽怨兮　并日夜而无正

jiāo　　　　　　　ào
憍吾以其美好兮　敖朕辞而不听

倡曰

有鸟自南兮　来集汉北

　　　　　pàn
好姱佳丽兮　牉独处此异域

　qióng
既惸独而不群兮　又无良媒在其侧

道卓远而日忘兮　愿自申而不得

少歌：古代乐章音乐的名称。这里指前半部分内容的小结。
抽怨：指向楚王剖白心迹。抽，抒发。并日夜而无正：夜以继日却无人评断是非。

“憍吾”句：大意为，楚王向我夸耀自己的美好，对我的陈辞却傲而不听。敖：通“傲”，轻慢。朕：我，我的。

倡：通“唱”，古代音乐章节的名称。或指诗歌中间穿插的合唱部分。鸟：屈原自喻。

好姱佳丽：四字皆为美好之意。牉：分离。异域：指单独迁于汉北。

惸独：孤独无依。不群：失群。

　卓远：遥远。自申：自己申诉。

望北山而流涕兮　临流水而太息

望孟夏之短夜兮　何晦明之若岁

惟郢（yǐng）路之辽远兮　魂一夕而九逝

曾不知路之曲直兮　南指月与列星

愿径逝而未得兮　魂识路之营营

何灵魂之信直兮　人之心不与吾心同

理弱而媒不通兮　尚不知余之从容

北山：有解为某山名，可能为郢都附近的山。太息：叹息。

孟夏：夏季的第一个月。晦明：从黑夜到白天，指一夜。若岁：度日如年。

郢路：由汉北通往郢都之路。九逝：去了许多次。九，虚数，表示多；逝，往、去。

曾：竟然。南指：指向南方。这句大意为，靠星星和月亮来辨别往南的方向。

“愿径逝”句：大意为，想径直返回郢都而不能啊（指君王不接纳），我的魂魄却忙着辨别归路。径逝：一直前往。营营：忙忙碌碌来回行走貌。

信直：忠诚正直。人之心：指别人的心。这句指我心之所向，而使我的灵魂忠诚正直，故与他人之心不同。

“理弱”句：大意为，使者太弱，无人去为我说合，也就无人知我心思言行。理：使者，媒人。媒：动词，说合。从容：举止行为。

乱曰

长濑湍流　溯江潭兮

狂顾南行　聊以娱心兮

zhěn　wēi wéi
轸石崴嵬　蹇吾愿兮

duó
超回志度　行隐进兮

低徊夷犹　宿北姑兮

mào　cú
烦冤瞀容　实沛徂兮

愁叹苦神　灵遥思兮

乱：尾声。

濑：沙石滩上的流水。湍：急流。溯：逆流而上。潭：深渊。

狂顾：急切地回顾。

轸石：扭曲的怪石。崴嵬：高耸不平貌。蹇：阻碍。吾愿：我返回故乡的愿望。

超回：有以为“迟回”之讹，徘徊意。志度：即踟躇，忽进忽退徘徊意。行隐：隐蔽而行，一说缓缓前行。

低徊夷犹：徘徊犹豫。北姑：地名。

烦冤：烦乱委屈。瞀容：忧愁容苦貌。实：同“寔”，“这样”的意思。沛徂：颠沛奔走。徂，往。

苦神：痛苦的呻吟，神同“呻”。灵：灵魂，神魂。

路远处幽 又无行媒兮
道思作颂 聊以自救兮
忧心不遂 斯言谁告兮

处幽：居偏僻遥远处。行媒：媒人，或指将自己想法传达给楚王的人。

道思作颂：述志作歌，指写作本篇。自救：自我解脱。

遂：畅达。斯：此。谁告：即“告谁”。

傅抱石 / 云台山（局部）

怀沙

本篇是屈原的绝命词，临终前所作。诗中讲述自身遭遇的不幸与伤感，同时以高昂的情绪表达自己不可改变的志趣与理想，并希望自己的死亡能够使世人有所警醒。“怀沙”题意，大都认为指怀抱沙石以自沉，但也有人认为是怀念长沙之意。

滔滔孟夏兮　草木莽莽

伤怀永哀兮　汩(yù)徂(cú)南土

眴(shùn)兮杳杳　孔静幽默

郁结纡轸兮　离愍(mǐn)而长鞠

抚情效志兮　冤屈而自抑

滔滔：一作“陶陶”，气候温暖貌。孟夏：初夏，指夏季的第一个月。莽莽：茂密貌。

伤怀：伤心。永：长。汩：疾行貌。徂：往。

“眴兮”句：描写眼前景象四野茫茫，寂静幽远。有以为“眴兮杳杳”应作“眴眩杳杳兮”。眴：同“瞬”，看；一说通“洵”，远。杳杳：幽远貌。孔静幽默：很是寂静。孔，很。

纡轸：绞痛。轸，痛。离愍：遭忧患痛苦。鞠：穷困。

“抚情”句：大意为，抚慰自己的情绪，考量自己的心志，压抑着内心的委屈。效：通“校”，考核。

wán　　yuán
刓方以为圜兮　常度未替

易初本迪兮　君子所鄙

章画志墨兮　前图未改

内厚质正兮　大人所盛

chuí　zhuó
巧倕不斫兮　孰察其拨正

méng sǒu
玄文处幽兮　矇瞍谓之不章

dì　　gǔ
离娄微睇兮　瞽以为无明

“刓方”句：可解为，他人削方为圆，而我不改初衷。刓：削。圜：同“圆”。常度：正常的法度。未替：不废除。

易初：变易初衷。本迪：常道，指高尚的志趣。

章画志墨：四字分别意为明确、规划、牢记、法度。章，通“彰”。墨：绳墨，喻法度。图：法度。

内厚质正：内心敦厚、品质正直。大人所盛：为君子所称赞。

“巧倕”句：大意为，巧匠倕不动斧子，谁知道他能把曲木变直。倕：人名，尧时巧匠。斫：砍、削。

“玄文”句：大意为，黑色的花纹放在暗处，盲人说它不漂亮。玄：黑色。文：通“纹”。矇瞍：盲人。矇，有眼珠而看不见的盲人。瞍，无眼珠的盲人。不章：没有文彩。

离娄：人名，传说中视力很好的人。微睇：微闭着眼睛看。

瞽：盲人。无明：指盲人以为离娄眼睛无光。

变白以为黑兮 倒上以为下

凤皇在笯(nú)兮 鸡鹜(wù)翔舞

同糅玉石兮 一概而相量

夫惟党人鄙固兮 羌不知余之所臧

任重(zhòng)载盛兮 陷滞而不济

怀瑾握瑜兮 穷不知所示

邑犬之群吠(fèi)兮 吠所怪也

非俊疑杰兮 固庸态也

笯：竹笼。鹜：鸭子。翔舞：翱翔舞蹈，指鸡、凤错位。

糅：混杂。玉石：玉与石头。一概而相量：使用同一个概念去量不同的东西，等量齐观。

夫惟：正因为。鄙固：鄙陋。臧：善；一说同“藏”，指藏于胸中之抱负。

任重载盛：指作者处高位，责任重大。陷滞而不济：沉陷停滞，无法摆脱困境。此句暗示自己在高位时曾犯过某种错误。

瑾、瑜：均美玉。穷：处境窘迫。示：拿给人看。此句大意为，尽管品质端纯，却身处窘境而无法辩白。

邑：村庄。吠所怪也：少见多怪。

非：诽谤。庸态：庸人之态，指“党人”“邑犬”等。

文质疏内兮 众不知余之异采

材朴委积兮 莫知余之所有

chóng
重仁袭义兮 谨厚以为丰

chóng　　　è
重华不可逻兮 孰知余之从容

古固有不并兮 岂知其何故

汤禹久远兮 邈而不可慕

　　　　　yì
惩违改忿兮 抑心而自强

　mǐn
离慜而不迁兮 愿志之有像

文质疏内：文雅质朴、表里通达。

“材朴”句：优劣木堆积一处，无人知我才能。委积，堆积。

重、袭：增加，积累。谨厚：谨慎忠厚。丰：充实自己。

重华：虞舜。逻：遇。从容：举止行为。

不并：指明君贤臣不能同时而生。

汤禹：成汤、大禹。邈：遥远。慕：思慕。

惩违改忿：克制怨恨，改掉愤怒。惩，克制。违，恨。抑心：抑制心绪。

离慜：遭受忧患。不迁：不改变。愿志之有像：愿志行能有效法的榜样，一说愿志行成为后世效法的榜样。像，榜样。

进路北次兮 日昧昧其将暮

舒忧娱哀兮 限之以大故

乱曰

浩浩沅湘 分流汩(gǔ)兮

修路幽蔽 道远忽兮

怀质抱情 独无匹兮

伯乐既没(mò) 骥焉程兮

万民之生 各有所错兮

进路北次：望北进发，暂时停歇。次，住宿。昧昧：昏暗貌。

舒忧娱哀：舒缓忧愁、排遣哀伤。限之以大故：指到了生命的最后关头。大故，死亡。

乱：古代乐曲的尾声，全篇结语。

沅湘：沅水、湘水。汩：波流貌。

修：长。幽蔽：幽暗隐蔽。道：道路、前途。忽：辽阔渺茫。

怀质抱情：指自己拥有高尚的品质和情怀。正：评断。

伯乐：春秋时人，以善相马著称。骥：骏马。没：通“殁”，死。骥焉程：千里马靠谁衡量。程，衡量。

错：同“措”，安排。此句指上天对每一个生命都有安排。

定心广志 余何畏惧兮

曾伤爰哀 永叹喟(kuì)兮

世溷(hùn)浊莫吾知 人心不可谓兮

知死不可让 愿勿爱兮

明告君子 吾将以为类兮

定心广志：坚定意志，拓宽志向。

曾伤爰哀：无尽悲伤，无止哀痛。叹喟：叹气。

溷浊：浑浊。莫吾知：倒装，即莫知吾。不可谓：没法说，指人心难测。

让：退让。勿爱：不吝惜，指为了理想不吝惜自己的生命。

 类：榜样。最后一句大意为，我将以此为榜样。

傅抱石 / 山水

思美人

本篇以“美人”喻君王（应指楚怀王），表达对君王的忠诚与向往，但同时更多地写自己追慕先贤，不可能变节从俗，故唯有期待君王及时醒悟。一般认为作于楚怀王时期。

思美人兮 擥（lǎn）涕而伫（zhù）眙（chì）

媒绝路阻兮 言不可结而诒（yí）

蹇（jiǎn）蹇之烦冤兮 陷滞而不发

申旦以舒中情兮 志沈（chén）菀（yùn）而莫达

愿寄言于浮云兮 遇丰隆而不将

美人：壮美之人，喻托楚王。擥涕：揩干涕泪。擥，同“揽”。伫眙：久立呆望。伫，长久站立。眙，直视。

言不可结而诒：意谓无法结言以倾诉。结而诒：封寄。结，缄。诒，赠。

蹇蹇：忠言直谏貌。陷滞而不发：情绪滞塞郁结不能抒发；另有解为，停滞不能出发。

申旦：一再表明；一说天天。申，重复。舒中情：诉说内心的感情。沈菀：沉闷而郁结。沈，通“沉”。菀，同“蕴”，郁结。达：通达。

 丰隆：云神。不将：不听从，指云神不愿替我寄信给浮云。

qiāng

因归鸟而致辞兮 羌迅高而难当

yí

高辛之灵盛兮 遭玄鸟而致诒

kuì

欲变节以从俗兮 媿易初而屈志

mǐn píng

独历年而离愍兮 羌冯心犹未化

nìng mǐn

宁隐闵而寿考兮 何变易之可为

知前辙之不遂兮 未改此度

jiǎn

车既覆而马颠兮 蹇独怀此异路

因：凭借。归鸟：指鸿雁。致辞：指想让鸿雁代为送信、致辞。羌：表反诘语气。迅高：鸟飞高且快。难当：难以遇到。

高辛：帝喾即位后的封号。灵盛：灵性充沛旺盛。玄鸟：燕子。致诒：赠送的蛋。诒，通“贻”，名词用，指送的蛋。玄鸟致诒，指帝喾妃简狄因吞玄鸟蛋而生商人始祖契的传说。

媿：同“愧”。易初：改变初衷。屈志：委屈心志。

历年：经历了很长时间。离愍：遭遇祸患。离，通“罹”，遭受。冯心：愤懑的心情。冯，同“凭”，怒。未化：未消失。

“宁隐闵”句：宁肯隐忍着忧悯以致终老，又怎能改变我的节操。隐：隐忍。闵：通“悯”，忧愁、烦闷。寿考：终老。

前辙：前路。不遂：不顺利。度：原则，法度。

蹇：发语词。异路：不同的路。这里指作者选择了一条车覆马颠，艰辛而与众不同的道路。

qí jì
勒骐骥而更驾兮　造父为我操之

qūn　　　jiǎ
迁逡次而勿驱兮　聊假日以须时

bō zhǒng　　wēi　　xūn
指嶓冢之西隈兮　与纁黄以为期

开春发岁兮　白日出之悠悠

吾将荡志而愉乐兮　遵江夏以娱忧

lǎn　　zhǐ　　qiān
擥大薄之芳茝兮　搴长洲之宿莽

勒：控，御。骐骥：骏马。更驾：重新驾起车子。造父：周穆王时人，以善驾车闻名。操：驾驭。

“迁逡次”句：大意为，我要造父慢慢前行，不要纵马疾驰，聊度光阴以等待时机。迁：前进。逡次：徘徊。假日：费些日子。须时：等待时机。

“指嶓冢”句：大意为，指着嶓冢山的西崖，约好黄昏在这里相见。嶓冢：山名，约位于今甘肃省，汉水发源地。隈：山边。纁黄：即黄昏。纁，通“曛”，黄昏的阳光。

发岁：一年之始，与“开春”呼应。白日出之悠悠：春日时光变得悠长。

荡志：纵情放志。遵江夏以娱忧：大意为，沿着长江、夏水而行，排遣忧愁。娱忧，排遣忧愁。

擥：揽，采摘。大薄：草木丛生之大地。芳茝：香芷，一种香草。搴：拔取。宿莽：冬生不死的一种香草。

惜吾不及古人兮　吾谁与玩此芳草

解萹(biān)薄与杂菜兮　备以为交佩

佩缤纷以缭转兮　遂萎绝而离异

吾且儃佪(chán huái)以娱忧兮　观南人之变态

窃快在其中心兮　扬厥凭而不俟(sì)

芳与泽其杂糅兮　羌芳华自中出

纷郁郁其远承兮　满内而外扬

惜吾不及古人：叹息与先贤不在同一个时代。吾谁与：倒文，即谁与吾。玩此芳草：欣赏这芳草。

解：采摘。萹薄：丛生的扁竹。杂菜：恶菜。萹、菜都不是香草。备：备置、备办的意思。交佩：左右佩带。

缤纷：繁盛。缭转：环绕。萎绝：（芳草）枯萎绝灭。离异：离弃而不用。

儃佪：徘徊。娱忧：消除忧伤。南人：即“南夷”，一说是楚国的统治集团，朝廷中人。变态：变化的动态。

窃快：私下的欢快，暗喜。中心：心中。扬：弃。厥凭：那些愤懑。不俟：不用再等待。

芳与泽：芬芳与污秽。其：语气助词。芳华：芬芳的花朵，这里指虽然芳泽杂糅，但不能掩盖花朵的芬芳。

郁郁：香气浓郁。承：同“蒸”，散发。满内：内里充实。外扬：向外发散。

情与质信可保兮 羌居蔽而闻章

bì lì dàn
令薜荔以为理兮 惮举趾而缘木

qiān cháng rú
因芙蓉而为媒兮 惮褰裳而濡足

yuè
登高吾不说兮 入下吾不能

固朕形之不服兮 然容与而狐疑

广遂前画兮 未改此度也

情：情志，指人的外在感情。质：品质，指人的内在本质。信：确实。保：保持。居蔽：隐居。闻章：声名远播。章，同“彰”。

薜荔：香草名，又称木莲，藤本植物。理：使者、媒人。惮举趾而缘木：害怕（或谓不愿意）抬脚爬树。惮：害怕。缘木：攀援树木。

因：依靠。芙蓉：荷花。惮：害怕。褰裳：提起衣服。裳，下衣。濡：沾湿。

登高：喻攀附权贵。说：同“悦”，欢喜。入下：同流合污，喻降格变节。

朕：我。形：指显形于外的一个人的作风；一说身形。不服：不适合俗世。容与：徘徊不前貌。狐疑：犹豫。

广遂：犹言多方以求实现。前画：指前面所说任用贤才，发愤图强的策划。一说往日理想。

pí
命则处幽吾将罢兮 愿及白日之未暮也

qióng
独茕茕而南行兮 思彭咸之故也

"命则"句：大意为，命中注定居于这幽僻之地，我将认命，但仍愿趁着年轻有所作为。罢：同"疲"，疲倦，完、尽的意思。及：趁着、赶上。

茕茕：孤单貌。思彭咸之故：指彭咸谏君不听而自杀的故事。

傅抱石 / 大涤草堂图

惜往日

本篇以起首三字为题。全诗以此为中心，述说自己往日深受楚怀王信任，竭尽忠勤，努力使国家清明而富强；叹息怀王信谗谀而变心，使自己无辜而遭罪；最后表示在大势不可改变、“壅君”（受蒙蔽的君主）不可能觉醒的情况下，宁可自沉深渊。本篇与《怀沙》相类，都是屈原最后的作品。

惜往日之曾(céng)信兮　受命诏以昭时

奉先功以照下兮　明法度之嫌疑

国富强而法立兮　属贞臣而日娭(xī)

秘密事之载心兮　虽过失犹弗治

心纯庬(dūn máng)而不泄兮　遭谗人而嫉之

曾信：曾经被楚王信任。命诏：诏令，这里指传达君王的诏令。以昭时：使政治昭明。

奉：继承。先功：祖先的功业。明：动词用，将法度用之于嫌疑，使法度明。嫌疑：疑惑难辨之事。

属贞臣：托付忠贞之臣，屈原自指。娭：游戏、玩乐，这句指楚王托付贤臣而自己轻松。

“秘密事”句：大意为，勤勉从政，用心良苦，虽有过时也不会被治罪。秘密：同“黾勉”。

纯庬：淳朴敦厚。不泄：没有疏漏、行事严谨。谗人：指谗佞小人。

君含怒而待臣兮　不清澈其然否

蔽晦君之聪明兮　虚惑误又以欺

弗参验以考实兮　远迁臣而弗思

信谗谀之溷(hùn)浊兮　盛气志而过之

何贞臣之无罪兮　被(pī)离谤而见尤

惭光景之诚信兮　身幽隐而备之

临沅湘之玄渊兮　遂自忍而沉流

清澈：辨明真相。然否：是非。

蔽晦：蒙蔽。聪明：看到的和听到的，耳听清晰则聪，眼视清晰则明，这里引申为判断辨别是非的能力。虚、惑、误：无中生有、以假乱真、迷惑坑骗。欺：欺骗。

弗参验：不参较验证。考实：考察核实。远迁：远远放逐。

谗谀：惯进谗言谀辞的人。溷浊：混沌。盛气志：大发脾气。过：责备。

被：蒙受，或以为“反”之讹，反而。离谤：遭毁谤。见尤：被指责。

“惭光景”句：大意为惭愧的是光与影从不分离，而我却隐身躲避。光景：明暗。景通“影”，暗处。备：同“避”，躲避。

玄渊：黑色的深渊。自忍：忍心。沉流：跳江自杀。

卒没（mò）身而绝名兮　惜壅（yōng）君之不昭

君无度而弗察兮　使芳草为薮（sǒu）幽

焉舒情而抽信兮　恬死亡而不聊

独鄣（zhàng）壅而蔽隐兮　使贞臣为无由

闻百里之为虏兮　伊尹烹于庖厨

吕望屠于朝歌兮　宁戚歌而饭牛

不逢汤武与桓缪（mù）兮　世孰云而知之

卒：终于。没身、绝名：身死名灭。壅君：被蒙蔽的国君。不昭：不明白。

无度：没有准则。为薮幽：丢弃在湖泽深幽处。

舒情：抒发情怀。抽信：陈述一片忠诚。恬死亡：安静地死去。不聊：不苟且偷生。

独：只是。鄣壅：与"蔽隐"同义，指重重障碍。无由：无路。

百里：即百里奚，秦穆公贤臣，原虞国人，曾被晋国所俘。伊尹：辅助商汤灭夏的贤臣，出身奴隶，因善于烹调而受重用。

吕望：即姜尚，辅佐周武王灭商，传说他曾在殷都朝歌当过屠夫。宁戚：卫国人，齐桓公曾见他喂牛而歌，知其为贤人，用他做辅佐。饭：饲养，喂养。

汤：商汤。武：周武王。桓：齐桓公。缪：秦穆公。

吴信谗而弗味兮 子胥死而后忧

介子忠而立枯兮 文君寤而追求

封介山而为之禁兮 报大德之优游

思久故之亲身兮 因缟（gǎo）素而哭之

或忠信而死节兮 或訑谩（tuó mán）而不疑

弗省（xǐng）察而按实兮 听谗人之虚辞

吴：指吴王夫差。弗味：不辨忠奸。子胥：伍子胥，吴国大将。吴王夫差打败越王勾践后伐齐，伍子胥认为应先乘胜灭越，吴王不听，反而听信谗言，逼他自杀，后吴为越所灭。

介子：介子推，晋国名臣。晋文公曾流亡在国外，介子推等从行，文公回国即位后，大家争功求赏，介子推不屑与争，独奉母逃隐山中，后文公派人去找并令人烧山，希望他能够出来，结果介子抱树被烧死。文君：晋文公。寤：觉悟。

介山：介子推所隐之山，位于今山西介休。禁：封山，这里指晋文公为报德而将介山作为介子推的封地，并禁止樵猎。大德：指介子推在跟从晋文公流亡的途中，缺乏粮食，他割了自己的股肉给文公吃。优游：形容介子推的恩德宽厚。

久故：故旧。亲身：亲密之人。缟素：白色的丧服，指晋文公为介子着丧服。

“或忠信”句：有人忠贞诚信守节而死，有人虚伪欺诈却不被怀疑。訑谩：欺诈。訑，通“诞”。

 省：审察。按实：核实。

芳与泽其杂糅兮 孰申旦而别之

何芳草之早殀(yāo)兮 微霜降而下戒

谅聪不明而蔽壅兮 使谗谀而日得

自前世之嫉贤兮 谓蕙若其不可佩

妒佳冶之芬芳兮 嫫(mó)母姣而自好

虽有西施之美容兮 谗妒入以自代

愿陈情以白行兮 得罪过之不意

情冤见(xiàn)之日明兮 如列宿(xiù)之错置

泽：疑为“臭”之讹。杂糅：指芳香、腐臭混杂一处。申旦：日复一日。指日子久了就无法辨别。

殀：同“夭”，死亡。戒：警示。

谅：诚然。聪不明：即“不聪明”，听不清，看不明。蔽壅：指被蒙蔽。日得：日益得志。

蕙若：蕙草和杜若，皆香草。

佳冶：美丽，指代美人。嫫母姣而自好：嫫母弄姿，自认很美。嫫母，传说是黄帝的妃子，貌极丑。

西施：春秋时越国著名的美女。谗妒：忌妒陷害，这里亦指忌妒陷害他人的人。

白行：表白行为。得罪过之不意：获罪实在出乎意料。

情冤：衷情和冤屈。见：同“现”，显现。错置：杂然罗列。

乘骐骥而驰骋兮　无辔衔而自载

乘泛泭以下流兮　无舟楫而自备

背法度而心治兮　辟与此其无异

宁溘死而流亡兮　恐祸殃之有再

不毕辞而赴渊兮　惜壅君之不识

骐骥：骏马，良马。辔衔：御马的缰绳和嚼子。

泛：漂浮。泭：桴，木筏子。舟楫：船桨。自备：任舟自行。

背：违背。心治：空凭主观意愿理政。辟：通“譬”，譬如。此：前面的例子。此句指不遵法度而凭主观治理政事，如同无缰之马，无楫之舟。

溘死：忽然死亡。流亡：随水而去。有再：再一次。

毕辞：把话说完。赴渊：投水自尽。壅君：受蒙蔽的君王。

橘颂

本篇一般认为是屈原早期之作。全诗用拟人化的手法，细致描绘橘树的灿烂夺目的外表，和“深固难徙”的品质，以表现自我优异的才华、高尚的品格，和眷恋故土、热爱祖国的情怀。此诗在描写过程中，既不黏滞于作为象征物的橘树本身，又没有脱离其基本特征，为后世的咏物诗树立了最早的典范。

后皇嘉树　橘徕(lái)服兮

受命不迁　生南国兮

深固难徙　更壹志兮

绿叶素荣　纷其可喜兮

曾(céng)枝剡(yǎn)棘　圆果抟(tuán)兮

后皇：指天地间。后，即后土。皇，即皇天。嘉树：最好的橘树。橘徕服兮：大意为，橘树生来适宜此地水土。徕，通“来”。服，习惯。

“受命”句：大意为，橘树禀受自然之命难以迁移，只生长在南方的楚国。

壹志：志向专一。

素荣：白色花。纷：茂盛貌。

曾枝：繁枝。曾，同“层”，层层叠叠。剡棘：尖锐的刺。抟：通“团”，圆；一说同“圜”，环绕，楚地方言。

青黄杂糅　文章烂兮

精色内白　类可任兮

纷缊宜修　姱(kuā)而不丑兮

嗟尔幼志　有以异兮

独立不迁　岂不可喜兮

深固难徙　廓其无求兮

苏世独立　横而不流兮

闭心自慎　不终失过兮

文章：锦纹色彩。烂：斑斓。此句是说橘子皮色青黄相杂，文采斑斓。

精色：鲜明的色泽。内白：内里洁白。类可任兮：就像君子能担重任。

纷缊宜修：花团锦簇，修饰得体。姱：美好。

“嗟尔”句：大意为，叹你自幼有志向，出众不一般。嗟：赞叹词。尔：你，指橘树。异：非同一般。

“独立”二句：大意为，独立而不变，令人欢喜；深固其根难以迁徙，心胸广阔不求私利。廓：心胸旷远而无所牵累。

苏世独立：保持清醒独立于世。苏，醒。横：指气节充盈。流：随波逐流。

闭心：固守其心，无求于外。失过：即“过失”，犯错。

sān
秉德无私 参天地兮

愿岁并谢 与长友兮

淑离不淫 梗其有理兮

年岁虽少 可师长兮

行比伯夷 置以为像兮

秉德：保持美德。参天地：即三天地，指与天地同在。

“愿岁”句：大意为，愿与橘树同心并志，长久为友。岁：年岁。谢：死。

“淑离”句：大意为，内在美好，不骄傲自满，外表美观，富于纹理。淑离：善良美丽。离，通“丽”。理：纹理。

可师长：可效法，可做人们师长。

行：品行。伯夷：古代的贤人，纣王之臣，固守臣道，不食周粟而死。置：植。像：榜样。

傅抱石 / 满身苍翠惊高风

悲回风

本篇以首句三字命名，同时以首句所描写的旋风吹折芳草的景象为象征贯穿全诗，抒写作者遭受邪恶势力的打击、人生理想无从实现的悲哀，和初心不改、宁死不屈的志向。全诗叙述成分很少，而以各种譬喻、象征手法呈现心理活动，声调也很优美，艺术成就颇为突出。有人因为它文字太奇而疑为伪作。

悲回风之摇蕙兮　心冤结而内伤

物有微而陨（yǔn）性（shēng）兮　声有隐而先倡

夫何彭咸之造思兮　暨（jì）志介而不忘

万变其情岂可盖兮　孰虚伪之可长

鸟兽鸣以号群兮　草苴（chá）比而不芳

回风：旋风，秋季大风。摇蕙：指秋风摧残蕙草。冤结：冤气郁结。内伤：心中悲痛。

物有微：指秋风面前微小的蕙草。陨性：损伤生命。性，通“生”，生命。声：秋风之声。隐：指风声藏匿无形。倡：起始，先导。

彭咸：殷朝贤大夫。造思：追思彭咸，或解为彭咸树立的思想。暨：及，一说通“冀”，希望。志介：志向坚定。

“万变”句：大意为，万变之情也不可掩盖心中的真实，虚伪的东西岂可长久。盖：覆盖、遮掩，指掩盖内心的真实。

号群：招呼同类。草苴：荣草，枯草。比而不芳：挨在一起而不能散发芬芳。

qì
鱼葺鳞以自别兮 蛟龙隐其文章

chǎi
故荼荠不同亩兮 兰茝幽而独芳

kuàng
惟佳人之永都兮 更统世而自贶

miǎo cháng
眇远志之所及兮 怜浮云之相羊

介眇志之所惑兮 窃赋诗之所明

惟佳人之独怀兮 折若椒以自处

zēng xū xī
曾歔欷之嗟嗟兮 独隐伏而思虑

涕泣交而凄凄兮 思不眠以至曙

葺鳞：整理修饰鱼鳞。自别：自认为有别于他类，即自我夸耀。文章：（龙鳞的）锦纹色彩。

荼：苦菜。荠：甜菜。茝：香草名，也称白芷。

佳人：君子、贤人。永都：永远美好。都，娴雅。更：经历。统世：世世代代。贶：同“况”，“皇”之假借字，光大。

眇远志：高远的志向。眇，通“渺”，遥远。相羊：同“徜徉”。

介眇志：坚守高远的志节。所惑：被怀疑。窃：私下，谦辞。

独怀：独思，一说与众不同。若椒：杜若和申椒，皆香草名。

曾：通“增”，屡次。歔欷：叹息。嗟嗟：叹词，表感慨。

涕泣交：涕泪交流不止。曙：天明。

终长夜之曼曼兮　掩此哀而不去

寤从容以周流兮　聊逍遥以自恃(shì)

伤太息之愍(mǐn)怜兮　气于邑而不可止

糺(jiū)思心以为纕(xiāng)兮　编愁苦以为膺

折若木以蔽光兮　随飘风之所仍

存髣髴而不见兮　心踊跃其若汤

抚佩衽(rèn)以案志兮　超惘(wǎng)惘而遂行

岁曶(hū)曶其若颓兮　时亦冉冉而将至

“终长夜”句：长夜漫漫无尽，挥之不去的是忧愁。

寤：醒来。周流：周游。自恃：指自我安慰、支持自己。

伤太息：哀伤叹息。愍怜：哀怜。于邑：郁闷、烦闷。

糺：通“纠”，缠绕。纕：佩带。膺：胸，指护胸的内衣。

若木：神树，生于西方日落处。仍：到达，风吹到的地方。此句大意为，仍由那狂风来吹荡。

“存髣髴”句：大意为，眼前模糊看不清，心思跳动似沸汤。髣髴：模糊不清貌。踊跃：跳动。汤：沸水。

佩、衽：玉佩，衣襟。案志：按捺感情。超惘惘：遑遽，无所适从貌。

岁曶曶：岁月忽忽。曶，迅速。若颓：将没落。时：这里指生命的时限。冉冉：渐渐。

fán
薠蘅槁而节离兮　芳以歇而不比

怜思心之不可惩兮　证此言之不可聊

宁溘死而流亡兮　不忍为此之常愁

wěn
孤子吟而抆泪兮　放子出而不还

孰能思而不隐兮　昭彭咸之所闻

登石峦以远望兮　路眇眇之默默

入景响之无应兮　闻省想而不可得

薠蘅：薠、蘅皆为芳草名。节离：草枯萎时茎节断落。以：通“已”，停止。不比：分散飘零。比，聚合。

思心：忧思、痴心。惩：制止。此言：指以上这些克制忧愁自我安慰的话。不可聊：不可依赖。

溘死：突然死去。流亡：让灵魂漂流。

孤子：孤儿。吟：呻吟。抆：擦拭。放子：被放逐的人。

思而不隐：想到这些而不悲痛。昭彭咸之所闻：指作者终于明白彭咸的作为。昭，明白。闻，名声、声誉。

石峦：石头山。眇眇：辽远。默默：幽寂无声。

景：通“影”，影子。有影就有形，有响就有应，响之无应，指环境极为幽静。闻省想而不可得：指作者处于一种耳不能听，目不能视，心不能想的状态。闻，耳听。省，目视。想，心想。

愁郁郁之无快兮　居戚戚而不可解

心鞿(jī)羁(jī)而不形兮　气缭转而自缔

穆眇眇之无垠兮　莽芒芒之无仪

声有隐而相(xiāng)感兮　物有纯而不可为

邈蔓蔓之不可量(liáng)兮　缥绵绵之不可纡(yū)

愁悄悄之常悲兮　翩冥冥之不可娱

凌大波而流风兮　托彭咸之所居

“愁郁郁”句：忧愁郁郁不快乐，身居忧患不可解脱。

鞿羁：缰绳，指受到束缚。形：当作“开”，开释。气：气息，指内心思绪。缭转：缭绕。缔：结。

穆：深远、幽微。眇眇：同“渺渺”，幽远貌。无垠：无边际。莽：广阔。芒芒：同“茫茫”，广阔无垠貌。无仪：无影无形。

“声有隐”句：声虽隐蔽尚能相感应，事物纯美却难有作为。纯：纯正，比喻自己遭受挫折的政治主张。

“邈蔓蔓”句：道路遥远漫长得无法丈量，忧思飘渺绵延难以迂回。邈：远。蔓蔓：同“漫漫”，漫长、久远貌。量：度量。缥绵绵：细微绵长貌。

悄悄：忧愁貌。翩冥冥：暗夜里疾飞，或喻指梦中思绪。娱：舒畅、抒发。

凌：乘。流风：随风漂流。托彭咸：以彭咸为寄托。

上高岩之峭岸兮　处雌蜺(ní)之标颠

据青冥而摅(shū)虹兮　遂倏(shū)忽而扪天

吸湛露之浮源兮　漱凝霜之雰雰

依风穴以自息兮　忽倾寤以婵媛

冯(píng)昆仑以瞰(kàn)雾兮　隐岷山以清江

惮(dàn)涌湍(tuān)之磕(kē)磕兮　听波声之汹汹

纷容容之无经兮　罔芒芒之无纪

上：登上。雌蜺：即霓，虹的一种，色彩较淡。标颠：顶端。

青冥：青天，摅：舒展、挥舞。倏忽：迅速。扪天：摸天。极言其高。

湛露：浓重的露水。浮源：露水浓厚貌。漱：吮，与“吸”互文。雰雰：凝霜浓重貌。

风穴：洞穴名。相传北方寒风出自其中。自息：自己休息。倾寤：翻身醒来，或解为全都醒悟了。婵媛：情思缠绵，或伤感、悲伤貌。

冯：同“凭”，依傍。瞰：俯视。隐：依凭、依靠。清江：察看、看清江水的面貌，一说指清澈的江水。

惮：怕，与下句“听”互文见义。涌湍：急流。磕磕：形容水石轰击声。波声：水声。汹汹：波浪澎湃相击声。

纷容容：纷乱动荡貌。无经：没有常规或法度，这里形容内心没有条理和头绪，与“无纪”意略同。罔芒芒：迷惑失意貌。

yà
轧洋洋之无从兮　驰委移之焉止

漂翻翻其上下兮　翼遥遥其左右

yù
泛潏潏其前后兮　伴张弛之信期

观炎气之相仍兮　窥烟液之所积

悲霜雪之俱下兮　听潮水之相击

yǐng
借光景以往来兮　施黄棘之枉策

求介子之所存兮　见伯夷之放迹

心调度而弗去兮　刻著志之无适

轧：指波涛相互倾轧。洋洋：水势盛大貌。委移：同“逶迤”，水流迂远貌。此句形容内心彷徨无所适从，情绪悲伤没有终点。

漂翻翻：翻飞，飞翔貌。翼遥遥：摇摆不定貌。

泛潏潏：水涌出貌。伴张弛之信期：判别潮水涨落的周期。张弛：潮水的涨落。信期：因潮水涨落有其规律，故称信期。以上二句仍以目之所视形容内心思绪。

炎气：火焰与火气，一说暑气。相仍：相继；连续不断。烟液：云和雨，有解为烟波，即秋季水面上弥漫的雾气。

光景：日光月影，通“光影”，喻指时光。黄棘：神话中的树木名，一说古地名。枉策：弯曲的马鞭。

介子：介之推。所存：隐居处。放迹：隐居的遗迹，或远行。

心调度：调适心情。刻著志：意志坚决。无适：别无所从。

曰

吾怨往昔之所冀兮　悼来者之悐悐(tì)

浮江淮而入海兮　从子胥而自适

望大河之洲渚兮　悲申徒之抗迹

骤谏君而不听兮　重任石之何益

心絓(guà)结而不解兮　思蹇(jiǎn)产而不释

曰：乱曰的省略，尾声。
冀：希望。悐悐：忧惧貌。

“浮江淮”句：喻指学子胥而投水自尽。子胥：伍子胥，传说其被吴王夫差赐死之后，尸体被抛入江中，神化而归大海。自适：顺从自己的心意。

大河：黄河。洲渚：水中的沙洲。申徒：申徒狄，商末贤臣，力谏纣王不听，抱石自沉而死。抗迹：高尚的行为。

骤：屡次，多次。重任石：负以重石。任，抱。

 絓结：愁思郁结。蹇产：纠结。不释：不能解开，不能消释。

傅抱石 / 蜀山图

祁崑 / 仙山观海图（局部）

远 游

屈 原

此篇题目取之全诗首句。写诗人因秉持正直而不容于世，遂鄙夷俗类，想象在天上远游，驰骋云霞，与神灵为侣，使心情得以舒展。诗中历述各方神祇与灵怪之物，景象奇异迷离，文辞华丽，表现出丰富的想象力。后世借游仙抒写情志之作，深受其影响。

近代研究者多有怀疑本篇非屈原之作，但迄无定论。

悲时俗之迫阨(è)兮 愿轻举而远游

质菲薄而无因兮 焉托乘而上浮

遭沉浊而污秽兮 独郁结其谁语

夜耿耿而不寐兮 魂茕(qióng)茕而至曙

惟天地之无穷兮 哀人生之长勤

往者余弗及兮 来者吾不闻

“悲时俗”句：大意为，悲哀在这俗世中的困厄。迫阨：困阻、灾难。轻举：轻轻地飞升，指升仙。

质菲薄：秉性鄙陋，自谦词。因：机缘。焉托乘：凭什么能攀附仙人的乘车。上浮：略同“轻举”。

沉浊：指败坏的社会风气。谁语：向谁倾诉。

耿耿：内心郁结。不寐：难以入睡。茕：孤独而忧愁貌。曙：天明。

无穷：广博、无穷无尽。勤：愁苦艰辛。长勤，谓人生多艰。

往者：往之圣贤。来者：未来之贤，或今之高人。

chāo chǎng huǎng

步徙倚而遥思兮　怊惝怳而乖怀

意荒忽而流荡兮　心愁凄而增悲

shū

神倏忽而不反兮　形枯槁而独留

xǐng

内惟省以端操兮　求正气之所由

tián dàn

漠虚静以恬愉兮　澹无为而自得

闻赤松之清尘兮　愿承风乎遗则

贵真人之休德兮　美往世之登仙

徙倚：徘徊不定、犹豫不前。怊惝怳：惆怅失意。乖怀：心愿违背，心气不顺。

荒忽：恍惚。流荡：心神不定、无所依托。

“神倏忽”句：大意为，我的魂魄忽然远去而不复返，只留下枯槁的肉身。倏：快速、忽然。反：同“返”。形：指肉身。

内：内心。省：反省。端操：端正操守。所由：所由来的途径和方法。

漠：淡泊。恬愉：恬静愉悦。澹：同“淡”，淡泊。无为：指道家顺其自然的思想。

赤松：赤松子，上古仙人。清尘：指清静无为的境界。遗则：遗留下来的法则。

贵：崇尚。休德：美德。美：羡慕。往世：古之圣人。

与化去而不见兮　名声著而日延

奇傅说(yuè)之托辰星兮　羡韩众之得一

形穆穆以浸远兮　离人群而遁逸

因气变而遂曾(zēng)举兮　忽神奔而鬼怪

时髣髴以遥见兮　精皎皎以往来(jiǎo)

绝氛埃而淑尤兮　终不反其故都

免众患而不惧兮　世莫知其所如

化去：指仙去。日延：指流传下去。

奇：惊讶于。傅说：殷高宗武丁的宰相，传说他死后，精魂乘星上天。托：乘、登上。晨星：星宿名，二十八宿之一。韩众：上古仙人。得一：得道。

穆穆：默默。浸：渐。

“因气变”句：我凭借精气神的变化而向上飞升，快如天神奔跑令鬼怪慌张。因：凭借。曾：同“增”。曾举：高举。

“时髣髴”句：大意为，仿佛远远看见，那精魄明亮着来来往往。髣髴：仿佛。皎皎：明亮貌。

绝氛埃：超脱世俗。绝，同“超”，超越，有版本作“超”。氛埃，尘埃，指俗世污浊的环境。淑尤：洗涤尘垢，有解为到达更好（修善）的境界。故都：故国。

“免众患”句：大意为，避开群小，我无所畏惧，世人不知我将往何方。如：往。

恐天时之代序兮 耀灵晔而西征

微霜降而下沦兮 悼芳草之先零

páng yáng
聊仿佯而逍遥兮 永历年而无成

谁可与玩斯遗芳兮 晨向风而舒情

高阳邈以远兮 余将焉所程

chóng
重曰

春秋忽其不淹兮 奚久留此故居

代序：时节轮转。耀灵：太阳。晔：光耀。西征：西下。此句指时光易逝。

下沦：下降、下临。零：凋零。

仿佯：同“彷徉”，即彷徨、徜徉。永历年：多年。永，久。无成：无所成就。

谁可与玩斯遗芳：大意为，谁能与我同赏这凋零的芳草。斯：这。舒情：抒发情怀。

“高阳”句：意为高阳帝离我太遥远，我将如何追随他的遗风。高阳：即颛顼，楚人以高阳为祖，尊其为神。程：效法。

重曰：再曰、又曰。

春秋忽其不淹：时光飞逝迅速不止。忽：迅速。淹：停滞。奚：为何。

轩辕不可攀援兮　吾将从王乔而娱戏

hàng xiè

餐六气而饮沆瀣兮　漱正阳而含朝霞

cū

保神明之清澄兮　精气入而麤秽除

顺凯风以从游兮　至南巢而壹息

见王子而宿之兮　审壹气之和德

曰

道可受兮　不可传

轩辕：即黄帝，姓公孙，名轩辕。攀援：攀附、攀扯。王乔：即王子乔，传说中得道成仙者，《列仙传》载其为周灵王太子，故以王子为称。

六气：指天地四时之正气。据道家之说，修炼者服六气而成仙。六气具指朝旦之气（朝霞）、日中之气（正阳）、日没之气（飞泉）、夜半之气（沆瀣）、天之气、地之气。漱：吮，与“餐”“饮”义略同。

保神明：保持神志（精神）明澈。麤秽：粗浊污秽之气。

凯风：南风。南巢：南方古国名。壹息：稍息。

王子：即王子乔。宿：停；有以为通“肃”，肃然起敬。审壹气之和德：大意为，向他请教养气求道之法。壹气，元气。和德，道家术语，将六气合为一气。

曰：此节为王子乔所言。

受：心神领会。传：用语言传达。

其小无内兮　其大无垠(yín)

无滑而魂兮　彼将自然

壹气孔神兮　于中夜存

虚以待之兮　无为之先

庶类以成兮　此德之门

闻至贵而遂徂(cú)兮　忽乎吾将行

仍羽人于丹丘兮　留不死之旧乡

其：指道，内：同“纳”，容纳，指小到无可容物，不能再小。无垠：无边。

“无滑”句：大意为，不要搅乱你的神魂，“道”就会自然而然地出现。无：同“毋”。滑：紊乱。而：同“尔”，你。

“壹气”句：大意为，元气非常神秘啊，往往存在（出现）于夜半之时。孔神：很神秘。孔，很。中夜：半夜。

“虚以”句：大意为，要先以无为的态度，虚心等待。

“庶类”句：大意为，万物自然生长就是成道的法门。庶类：万事、万物。

至贵：非常宝贵，指王子乔上述之言。徂：往。忽：快速。

仍羽人：追随仙人。丹丘：传说中的仙境之地，昼夜长明。不死之旧乡：指仙境。

傅抱石 / 柳畔

zhāo zhuó yáng xī
朝濯发于汤谷兮 夕晞余身兮九阳

wǎn yǎn
吸飞泉之微液兮 怀琬琰之华英

pīng wàn
玉色頩以脕颜兮 精醇粹而始壮

shuò chuò yāo miǎo
质销铄以汋约兮 神要眇以淫放

嘉南州之炎德兮 丽桂树之冬荣

山萧条而无兽兮 野寂漠其无人

载营魄而登霞兮 掩浮云而上征

濯发：洗濯头发。汤谷：即旸谷，神话中日出之处。晞：晒干。九阳：古传旸谷有扶桑树，上有一个太阳，下有九个，十个太阳轮流值班一天。另有认为“余身兮”的“兮”应作“乎”。

飞泉：山谷名，在昆仑西南。微液：汁液之精华。琬琰：泛指美玉。华英：指玉之精华。

“玉色頩”句：大意为，我面润如玉，容光焕发啊，精神纯美，气息渐强。頩：面色光润。脕颜：滋润颜面。醇粹：指精神纯而不杂。

销铄：熔化，指脱胎换骨。汋约：同“绰约”，柔美。神要眇：精神高远。淫放：指洒脱不受拘束。

“嘉南州”句：大意为，赞南方之温暖，喜桂树之冬季长青。嘉：赞，与下句“丽”之义略同。

野寂寞：指山野旷寂。无人：没有人的踪迹。

营魄：魂魄。上征：向上飞升。

命天阍(hūn)其开关兮　排阊(chāng)阖(hé)而望予

召丰隆使先导兮　问大微之所居

集重(chóng)阳入帝宫兮　造旬始而观清都

朝(zhāo)发轫于太仪兮　夕始临乎於微闾(lǘ)

屯余车之万乘(shèng)兮　纷溶与而并驰

驾八龙之婉婉兮　载云旗之逶(wēi)蛇(yí)

建雄虹之采旄(máo)兮　五色杂而炫耀

天阍：天宫的看门人。开关：开门。阊阖：天门。

丰隆：雷神，一说云神。大微：即“太微”，古星名。

集：止、停留。重阳：天，古以为积阳为天，天有九层，故称天为重阳。造：到，造访。旬始：皇天。一说星宿名。清都：天帝所居的宫阙。

发轫：发车。太仪：天上的太仪殿。於微闾：山名，又名医巫闾山，古人认为神仙所居。

屯：聚集。乘：量词；万乘，言车之多。纷：众多貌。溶与：从容安详貌。

婉婉：同“蜿蜿”，曲折而行貌。逶蛇：即逶迤，车旗迎风飘扬貌。

建：竖起。雄虹：古人以阴阳分虹之雄雌，色艳者为雄名虹，色淡者为雌名霓。采旄：牦牛尾做的彩旗，这里指以虹为旄。

yǎn jiǎn　　　　　cān　　　　ào
服偃蹇以低昂兮　骖连蜷以骄骜

　　　　　　　　　　　　háng
骑胶葛以杂乱兮　斑漫衍而方行

　　　　　　　　　　　gōu
撰余辔而正策兮　吾将过乎句芒

　hào
历太皓以右转兮　前飞廉以启路

gǎo
阳杲杲其未光兮　凌天地以径度

风伯为余先驱兮　氛埃辟而清凉

　　　　qí　　　　rù
凤皇翼其承旂兮　遇蓐收乎西皇

服：古代一车驾四马，中间两匹为服。偃蹇：形容马匹高大健壮。低昂：形容马匹奔跑的姿态。骖：驾车中位于两边的马。连蜷：屈曲貌，有解为矫健貌。骄骜：纵恣奔驰貌。

骑：名词，车骑。胶葛：交错纠缠貌。斑：同“班”，队列。有解为缤纷盛多而错杂貌。漫衍：绵延不绝。方行：并行。行，前行，古音读如“航”。

撰：持、拿。正策：指拿好马鞭策马前行。正，拿好。策，马鞭。句芒：东方木神之名。

太皓：即太皞，东方上帝。飞廉：风神，即下文“风伯”。

杲杲：明亮貌。未光：指旭日还未散发光芒。凌：越过、超越。天地：一说应作“天池”，星名。径度：径直向前。

氛埃辟：清除尘埃。辟，除。

“凤皇”句：大意为，凤凰翅膀连接着云旗，在西皇那里遇见了蓐收。旂：画有龙系铜铃的旗。蓐收：金神之名，为西方上帝少昊之子。

揽彗星以为旍(jīng)兮　举斗柄以为麾(huī)

叛陆离其上下兮　游惊雾之流波

时暧(ài)曃(dài)其曭(tǎng)莽兮　召玄武而奔属(zhǔ)

后文昌使掌行兮　选署众神以并毂(gǔ)

路曼曼其修远兮　徐弭节而高厉

左雨师使径侍兮　右雷公以为卫

欲度世以忘归兮　意恣(zì)睢(suī)以担挢

内欣欣而自美兮　聊媮(yú)娱以自乐

旍：旗帜。斗柄：北斗星之“柄”。麾：指挥作战用的旗帜。

叛陆离：即斑陆离，色彩斑斓貌。游惊雾：形容流动的云。流波：流水。

暧曃：昏暗不明。曭莽：幽暗迷蒙。玄武：北方之神，龟蛇合体。奔属：指招来玄武跟随相伴。属，跟随。

文昌：星名，亦指星神。掌行：领队。署：部署。并毂：车辆并行。毂，轮轴中心的原木，这里代指车。

弭节：按节缓行。高厉：高升、高飞。

径侍：直接侍卫。

度世：超脱尘世。恣睢：放纵。担挢：飞升。

内欣欣：表示内心欢喜。媮：同“愉”，安乐。

涉青云以泛滥游兮　忽临睨(nì)夫旧乡

仆夫怀余心悲兮　边马顾而不行

思旧故以想像兮　长太息而掩涕

泛容与而遐举兮　聊抑志而自弭

指炎神而直驰兮　吾将往乎南疑

览方外之荒忽兮　沛罔象而自浮

祝融戒而还衡兮　腾告鸾鸟迎宓(fú)妃

泛滥游：指自由自在地四处浪游。临睨：俯视、察看。旧乡：故国。

夫：语助词。怀：感怀，指仆人感怀。顾：回首。

想像：思索其像，回忆、思念之意。太息：叹息。

泛容与：从容泛游。遐举：飞升、飞行。抑志：控制自己的情绪。自弭：自我宽解，自我安慰。

炎神：即炎帝，神化后为南方之神。南疑：南方的九嶷山。

方外：世外。荒忽：指俯视大地之荒远飘忽貌。沛罔象而自浮：如在汪洋大海里沉浮。沛，水流貌。罔象，汪洋。

祝融：火神之名。戒：劝阻、告诫。衡：车辕头上的横木。还衡，回车。腾告：传告。宓妃：伏羲氏之女，洛水女神。

张咸池奏承云兮　二女御九韶歌

píng
使湘灵鼓瑟兮　令海若舞冯夷

chī　　　　liú qiú　yí
玄螭虫象并出进兮　形蟉虬而逶蛇

pián　　rào　　　zhù
雌蜺便娟以增挠兮　鸾鸟轩翥而翔飞

yǎn
音乐博衍无终极兮　焉乃逝以徘徊

wù　chuō
舒并节以驰骛兮　逴绝垠乎寒门

yì　　　　　zhuān xū
轶迅风于清源兮　从颛顼乎增冰

张：奏起。咸池：古乐曲名，传尧时乐曲，一说黄帝所作。承云：黄帝所作的乐曲名。二女：舜帝的两位妃子娥皇、女英，皆尧帝女。御：侍奉弹奏。九韶：舜时乐曲名。

湘灵：湘水之神。海若舞冯夷：指令海若、冯夷并舞。海若，海神。冯夷，河神。

玄螭：玄，黑色。螭，龙生九子之其一。虫象：水怪；一说应作“虫豸”。蟉虬：屈曲盘绕貌。逶蛇：逶迤，蜿蜒曲折貌。

雌蜺：即霓，彩虹之色淡者。便娟：轻盈美好貌。增挠：层层缠绕。挠，通“绕”。轩翥：高飞。

博衍：舒展绵延。焉乃逝以徘徊：于是我远去周游徘徊。

舒并节：放开缰绳。骛：恣意奔跑。逴：远，作动词用，远到。绝垠：天边。寒门：北方极寒之地。

轶：超越。迅风：疾风。清源：北极寒风的源头，传说中八风之府；一说为北海。颛顼：五帝之一，高阳氏，神化为北方上帝。增冰：指跟从颛顼到了这冰天雪地之中。

历玄冥以邪径兮　乘间维以反顾

召黔(qián)嬴(yíng)而见之兮　为余先乎平路

经营四荒兮　周流六漠

上至列缺兮　降望大壑(hè)

下峥嵘而无地兮　上寥廓而无天

视倏(shū)忽而无见兮　听惝(chǎng)恍(huǎng)而无闻

超无为以至清兮　与泰初而为邻

玄冥：北方水神。邪径：崎岖小路，指经过玄冥的小路。乘间维：登上天地间。间维，天地。

黔嬴：即黔雷，造化之神。

经营：往来。四荒：四方荒远之地。周流：周游。六漠：天地四方。

列缺：闪电，这里指天之最高处。大壑：大海。

峥嵘：深远貌。寥廓：广远貌。

倏忽：急速，这里形容看不清。惝恍：形容听起来模糊不清。

泰初：天地万物的元气。

傅抱石／一生好入名山游

祁崑 / 仙山观海图（局部）

卜居

屈原

《卜居》题意为通过占卜决定何所居（怎样安身立命），全篇由屈原和太卜郑詹尹的对话组成。

屈原提出的八个问题，可以归结为：应该不顾安危、坚持正直高贵，还是随俗从流、苟且偷生？但实际上屈原的取舍是明确而坚定的，所以文中太卜回答：此事不能由占卜来决定，当“用君之心，行君之意”。

由于本文用第三人称写成，有较多研究者认为非屈原之作，但也有不同意见。

屈原既放[1]，三年不得复见[2]。竭知[3]尽忠，而蔽鄣于谗[4]。心烦虑乱，不知所从。往见太卜[5]郑詹尹曰：

余有所疑 愿因先生决之[6]

詹尹乃端策拂龟曰：[7]

君将何以教之[8]

1 放：放逐。
2 复见：指再见到楚王。
3 知：通“智”，智慧。
4 蔽鄣于谗：被谗言阻隔。鄣，通“障”。
5 太卜：掌管卜筮的官。郑詹尹即太卜的姓名。
6 因：凭借。决：决断，决定。
7 端策拂龟：将蓍草摆正，拂去龟壳上的灰尘。端，摆正。策，占卜用的蓍草。策、龟皆占卜用的工具。用策的称筮，用龟的称卜，合称卜筮。
8 君将何以教之：大意为，你将用什么教导我。谦辞，实际意为，你要占卜什么事。

屈原曰：

kǔn
吾宁悃悃款款 朴以忠乎[1]

将送往劳来 斯无穷乎[2]

宁诛锄草茅 以力耕乎[3]

将游大人 以成名乎[4]

宁正言不讳 以危身乎

tōu
将从俗富贵 以媮生乎[5]

宁超然高举 以保真乎[6]

zú zǐ wō yī ní
将哫訾栗斯 喔咿儒儿 以事妇人乎[7]

宁廉洁正直 以自清乎

1 “宁……将……”句式：是应该……还是应该……。
宁：宁愿。悃悃款款：诚恳笃实貌。朴以忠：质朴而忠诚。

2 送往劳来：送往迎来，周旋应酬。劳，慰劳。 斯无穷：这样没完没了。

3 诛锄草茅：剪锄杂草。力耕：努力耕作。

4 游：游说。大人：达官贵人。

5 媮：同“偷”。

6 超然高举：远去归隐。保真：保持本质。

7 哫：阿谀奉承。訾：说人坏话。栗斯：看人脸色，谄媚态。喔咿儒儿：强颜欢笑，曲意逢迎貌。妇人：楚王宠妃，指郑袖之流。

gǔ xié yíng
将突梯滑稽 如脂如韦 以洁楹乎[1]

宁昂昂若千里之驹乎[2]

fú
将泛泛若水中之凫乎[3]

与波上下 偷以全吾躯乎[4]

qí jì kàng è
宁与骐骥亢轭乎[5]

nú
将随驽马之迹乎[6]

hú
宁与黄鹄比翼乎[7]

wù
将与鸡鹜争食乎[8]

此孰吉孰凶 何去何从

hùn
世溷浊而不清[9]

1 突梯：圆滑貌。滑稽：委曲顺俗；一说酒器名，终日吐酒不绝，喻口若悬河。如脂如韦：如油脂般光滑，如熟牛皮般柔软，喻极易改变立场。洁：同“絜”，度量物体周长。楹：堂屋前部的柱子。洁楹，善于揣度人之所好。
2 昂昂：出群，气质不凡貌。
3 泛泛：漂浮不定貌。凫：水鸟，即野鸭。
4 偷：一本作“愉”，皆苟且义。
5 亢轭：并驾齐驱。亢，同“伉”，并。轭，驾车时用的横木。
6 驽马：劣马。
7 黄鹄：天鹅。
8 鹜：鸭。
9 溷浊：混沌。

蝉翼为重 千钧为轻[1]

黄钟毁弃 瓦釜雷鸣[2]

谗人高张 贤士无名[3]

xū jiē
吁嗟默默兮 谁知吾之廉贞[4]

詹尹乃释策而谢曰：[5]

夫尺有所短 寸有所长

物有所不足 智有所不明[6]

shù
数有所不逮 神有所不通[7]

用君之心 行君之意

龟策诚不能知此事[8]

1 蝉翼：蝉翅膀，喻极轻。千钧：表极重，三十斤为一钧。
2 黄钟毁弃：喻贤才不用。黄钟，古乐中十二律之一，是最响最宏大的声调，这里指声调合于黄钟律的大钟。瓦釜雷鸣：喻庸才显赫。瓦釜：陶制的锅，这里代表鄙俗音乐。
3 高张：居高位而嚣张跋扈。
4 吁嗟：叹词，表忧伤或有所感。廉贞：廉洁坚贞。
5 释：放下。谢：辞谢。
6 不明：不理解、不明白。
7 数：卦数。不逮：不及。
8 诚：实在。

明 / 仇英 / 莲溪渔隐图（局部）

渔父

屈原

本篇写屈原与渔父的对话。渔父，即老渔翁。渔父针对屈原遭流放而憔悴的现状，建议他与世浮沉、远害全身，屈原则表明宁可葬身鱼腹也不愿苟且偷生。

由于本文用第三人称写成，有较多研究者认为非屈原之作，但也有不同意见。

屈原既放[1]，游于江潭[2]，行吟[3]泽畔[4]，颜色[5]憔悴，形容[6]枯槁[7]。

渔父(fǔ)见而问之曰：

子非三闾(lǘ)大夫与 何故至于斯[8]

屈原曰：

举世皆浊我独清 众人皆醉我独醒[9]

是以见放

1 放：被流放。
2 江潭：本义指江水深处或江边，此处应指沅江流域。
3 行吟：边走边吟咏。
4 泽畔：水边。
5 颜色：面色。
6 形容：形态，容貌。
7 枯槁：消瘦，憔悴。
8 三闾大夫：战国楚官名，掌昭、屈、景三姓贵族。屈原曾任此职。于斯：同“于此”，这个地步。
9 独清：清白自处，不同流合污。

渔父曰：

圣人不凝滞于物　而能与世推移[1]

世人皆浊　何不淈（gǔ）其泥而扬其波[2]

众人皆醉　何不餔（bū）其糟而歠（chuò）其釃（lí）[3]

何故深思高举　自令放为（wéi）[4]

屈原曰：

吾闻之

新沐者必弹冠　新浴者必振衣[5]

安能以身之察察受物之汶（mén）汶者乎[6]

宁赴湘流　葬于江鱼之腹中

安能以皓皓之白蒙世俗之尘埃乎[7]

1 凝滞：拘泥。与世推移：随世道的变化而变化以合时宜。
2 淈：搅浑。
3 餔其糟：吃其酒糟。餔，吃，一作“哺”。糟，造酒剩下的渣滓。歠其釃：饮其酒。歠，饮。釃，味淡之酒。
4 高举：高飞，喻指高于众人的行事方式。为：疑问句句末语气助词。
5 沐，洗头。弹冠，弹去冠上的灰尘。浴，洗澡。振衣，抖衣去尘。
6 察察：清洁。汶汶：玷辱。
7 皓皓：高洁貌。

渔父莞(wǎn)尔而笑，鼓枻(yì)而去。[1]

歌曰：

沧浪之水清兮 可以濯(zhuó)吾缨[2]

沧浪之水浊兮 可以濯吾足

遂(suì)去，不复与言。[3]

1 莞尔：微笑。鼓枻：划桨。枻，短桨。

2 沧浪：古水名，在今湖南常德。濯：洗涤。缨：系在脖子上的帽带。

3 遂：于是。

元／吴镇／渔父图

上卷终

楚辞 下卷

屈原等——著
骆玉明——解注

陕西新華出版 三秦出版社

明／仇英／桃源仙境图（局部）

目录

明 / 仇英 / 仙山楼阁图（局部）

九辩

宋玉

《九辩》作者有屈原与宋玉二说，学界主流的看法是宋玉所作。宋玉，《史记》中说他是略后于屈原的楚辞作者，而东汉王逸《楚辞章句》则说他是屈原的弟子。

屈原《离骚》中将《九辩》与《九歌》并列，称是夏启时代的古歌。宋玉当是借用古题来创新。诗的主题是将悲秋与“贫士失职志不平”的哀怨紧密结合，对楚国政治的昏乱也有所批评。但情绪多忧伤自怜，不像《离骚》等那样激烈。

全诗善于用精致的语言描绘秋季万木凋零、山川萧瑟的景象，以衬托诗人失意徬徨的心绪。此后，悲秋成为古典文学中常见的主题。

1 据本篇行文节奏可分为九节，首节从“悲哉秋之为气也”起笔，凸显秋日景色的萧瑟凄凉，在此背景下展开抒发人生失意与孤独无侣的哀伤，为全诗定下基调。

悲哉 秋之为气也

萧瑟兮 草木摇落而变衰

liáo lì
憭慄兮 若在远行

登山临水兮 送将归

xuè
泬寥兮 天高而气清

jì liáo lǎo
宗廫兮 收潦而水清

萧瑟：风吹树木声。

“憭慄”二句：大意为，心中凄凉，仿佛在独自远行，又像登山临水，送人踏上归程。憭慄：凄凉貌。

“泬寥”二句：大意为，空旷晴朗，秋高气爽，积水消退，水面澄清。泬寥：晴朗空旷貌。宗廫：一作“寂漻”，水清澈平静貌。潦：雨后积水，收潦即雨止。

憯(cǎn)凄增欷(xī)兮　薄寒之中人

怆(chuàng)怳(huǎng)懭(kuǎng)悢(lǎng)兮　去故而就新

坎廪(lǎn)兮　贫士失职而志不平

廓(kuò)落兮　羁旅而无友生

惆怅兮　而私自怜

燕翩翩其辞归兮　蝉寂漠而无声

雁廱(yōng)廱而南游兮　鹍(kūn)鸡啁(zhāo)哳(zhā)而悲鸣

独申旦而不寐兮　哀蟋蟀之宵征

时亹(wěi)亹而过中兮　蹇淹留而无成

“憯凄”二句：大意为，惨淡凄凉，寒气侵袭，失意惆怅地离开故土去往他乡。憯：同“惨”，悲惨，哀伤。增欷：更加悲伤。欷，叹息。薄寒：微寒。怆怳：失意貌。懭悢：失意怅惘。

“坎廪”二句：大意为，困顿失意，贫士失去职位而心中不平，流落异乡孤独无友。坎廪：困顿，不得志。廓落：孤寂貌。羁旅：客居异乡。

“雁廱廱”二句：大意为，大雁南飞，鹍鸡悲鸣，独自通宵达旦难以入眠，夜深蟋蟀哀鸣更让人伤怀。廱廱：和乐貌，一说雁鸣声。鹍鸡：鸟名，似鹤。啁哳：形容声音繁杂而细碎。申旦：自夜达旦，犹通宵。宵征：夜行。

“时亹亹”句：大意为，时光流逝，年过半百，却停滞不前一事无成。亹亹：行进貌。过中：过了中年。蹇：发语词。淹留：隐退、屈居下位。

2 述忠心耿耿却不能为君所知，临行迟疑，冀一见而不可得，为之悲伤，但也自信正直。

悲忧穷戚兮 独处廓(kuò)

有美一人兮 心不绎

去乡离家兮 徕(lái)远客

超逍遥兮 今焉薄

专思君兮 不可化

君不知兮 可奈何

蓄怨兮 积思

心烦憺(dàn)兮 忘食事

穷戚：穷苦而无路可走。廓：孤独，空寂。

有美一人：作者自指。心不绎：心情不好。

徕远客：来这偏远之地为客。徕，同“来”。

超：遥远，或解为惆怅、若有所失。逍遥：这里指漂泊无依。薄：通“泊”，依附，停止。

不可化：不可改变，谓忠心不改。

蓄怨：蓄积怨恨。

烦憺：烦恼焦虑。

愿一见兮 道余意

君之心兮 与余异

qiè
车既驾兮 朅而归

不得见兮 心伤悲

líng
倚结軨兮 长太息

chán yuán
涕潺湲兮 下沾轼

kāng
忼慨绝兮 不得

mào
中瞀乱兮 迷惑

私自怜兮 何极

pēng
心怦怦兮 谅直

“车既驾”句：车已经备好，踏上离程。朅：离去。

结軨：古代车箱前面和左右两面均用交错的木条结成，形似窗棂，故称。长太息：深长地叹息。

潺湲：流动貌。轼：古代车厢前面用作扶手的横木。

“忼慨”二句：激愤之情无法停止，心中迷惘错乱不能平静。忼慨：激昂、愤激。瞀乱：昏乱、精神错乱。

何极：用反问的语气表示没有穷尽、终极。

谅直：诚实正直。

3 述行途景色，点出悲秋的缘由：从草木由盛及衰，感受到自己生命的萎靡。生不逢时，恐怕终究一事无成。

皇天平分四时兮　窃独悲此廪(lǐn)秋

白露既下百草兮　奄离披此梧楸(qiū)

去白日之昭昭兮　袭长夜之悠悠

离芳蔼之方壮兮　余萎约而悲愁

秋既先戒以白露兮　冬又申之以严霜

收恢台之孟夏兮　然欿(kǎn)傺(chì)而沉藏(cáng)

皇天：对天及天神的尊称。四时：四季。窃：私下，暗自。廪秋：寒秋。廪，通“凛”。

奄：忽然。离披：分散下垂貌，纷纷下落貌。梧楸：梧桐与楸树，逢秋皆早凋。

袭：触及，进入。

“离芳蔼”句：繁盛的芳草旺盛时期已经过去，只剩下萎靡和悲愁。芳蔼：芳香而繁盛。壮：旺盛期。萎约：萎靡而穷困。余：剩下。

“秋既”二句：秋以白露为警示，冬以寒霜来申告；收走孟夏的繁盛，万物归藏。先戒：开路警戒。恢台：旺盛、广大貌。孟夏：夏季第一个月，泛指初夏。欿傺：停止、敛藏。

yū　　　　　　　rú
叶菸邑而无色兮　枝烦挐而交横

颜淫溢而将罢兮　柯彷佛而萎黄

shāo xiāo sēn　　　　　shuò
萷櫹椮之可哀兮　形销铄而瘀伤

惟其纷糅而将落兮　恨其失时而无当

lǎn fēi pèi
擥騑辔而下节兮　聊逍遥以相佯

岁忽忽而遒尽兮　恐余寿之弗将

　　　　　　　　　　　kuāng rǎng
悼余生之不时兮　逢此世之俇攘

澹容与而独倚兮　蟋蟀鸣此西堂

"叶菸邑"二句：谓树木枯黄萎败之景象。菸邑：枯萎。烦挐：牵缠、纷乱。淫溢：逐渐浸染。柯彷佛：指树枝模糊，颜色不鲜明。

"萷櫹椮"二句：哀叹树叶凋零，树梢光秃，草木不逢其时。萷：树梢。櫹椮：花叶已落、茎独立貌。销铄：憔悴、枯槁。瘀伤：谓气血郁积成病。惟其：正因为，表示因果关系。纷糅：众多而杂乱。无当：不值、不逢。

擥騑辔而下节：拉着缰绳，让马儿缓缓前行。騑，驾三马曰"骖"，中间的马叫"驾"，两旁的马叫"騑"。下节，扣紧马缰，使马徐行。相佯：徘徊、盘桓。

遒尽：迫近于尽头，终了。弗将：不长。

俇攘：纷乱不安貌。

澹：恬静，安定。容与：徘徊犹豫，踌躇不前貌。

chù tì

心怵惕而震荡兮 何所忧之多方

yǎng

卬明月而太息兮 步列星而极明

4 重述第二节的怨艾，感叹君门九重，猛犬吠人，无由自明。

céng yǐ nǐ

窃悲夫蕙华之曾敷兮 纷旖旎乎都房

何曾华之无实兮 从风雨而飞飏

以为君独服此蕙兮 羌无以异于众芳

闵奇思之不通兮 将去君而高翔

心闵怜之惨悽兮 愿一见而有明

怵惕：戒惧，惊惧。多方：多端，多方面。
卬：同“仰”。步列星而极明：星空下徘徊直至天明。

蕙华：蕙兰的花。华，同“花”。曾敷：层层绽放。曾，通“层”。敷，开花。旖旎：多盛美好貌。都房：大花房。

何曾华之无实：为何花朵重重却没能结果实。飞飏：飞扬。

“以为”句：以为君王独爱佩戴蕙兰，没想到对君王来说与众芳没什么不同。羌：语气助词。

闵：同“悯”。奇思：忠心。不通：阻塞，不通达。

 闵怜：悯怜、哀伤。愿一见而有明：希望见到君王表明心迹。

重(zhòng)无怨而生离兮　中结轸(zhěn)而增伤

岂不郁陶而思君兮　君之门以九重(chóng)

猛犬狺(yín)狺而迎吠兮　关梁闭而不通

皇天淫溢而秋霖兮　后土何时而得漧(gān)

块独守此无泽兮　仰浮云而永叹

5 模仿屈原作品的格调，指责楚国政治昏乱，小人得志，君子失位。自己虽有雄心宏图，无奈君主弃而不察。

何时俗之工巧兮　背绳墨而改错

“重无怨”句：大意为，深思没有过错却要和君王分离，心中郁结沉痛，更加悲伤。结轸：郁结、悲痛。轸，痛。

郁陶：忧思积聚貌。九重：言宫门之多，喻楚王难见。

“猛犬”句：大意为，猛犬迎人狂吠，关口、桥梁都闭塞不通。狺狺：犬吠声。不通：阻塞，不通达。

“皇天”句：大意为，秋雨连绵不止，土地何时才会干燥。淫溢：放纵，恣肆。秋霖：秋日的淫雨。后土：对大地的尊称。漧：同“干”，干燥。

块独：孤独。无泽：君无恩泽，或解为荒芜的水泽。

工巧：善于取巧。绳墨：木工画直线用的工具，喻规矩、准则。改错：改变措施。错，通“措”。

却骐骥而不乘兮　策驽骀(tái)而取路

当世岂无骐骥兮　诚莫之能善御

见执辔者非其人兮　故駶(jú)跳而远去

凫雁皆唼(shà)夫粱藻兮　凤愈飘翔而高举

圜(yuán)凿而方枘(ruì)兮　吾固知其鉏(jǔ)铻(yǔ)而难入

众鸟皆有所登栖兮　凤独遑遑而无所集

愿衔枚而无言兮　尝被君之渥(wò)洽

"却骐骥"句：大意为，拒绝骏马不去乘坐，鞭策驽马上路。骐骥：骏马。驽骀：劣马。

"当世"二句：大意为，如今岂无良马，实在是当权者不擅驾驭；马见持缰绳者不合适，所以奔腾远去。駶跳：跳跃。

"凫雁"句：大意为，野鸭和大雁都满足于吃粟米、藻类，凤凰却愈加展翅高飞。凫雁：野鸭与大雁。唼：吃（多用于水鸟或鱼）。粱：粟米。藻：藻类植物。飘翔：疾飞。

"圜凿"句：大意为，就像圆的榫眼和方的榫头，我当然知道一定会互相抵触。圜：同"圆"。凿：榫眼，容纳榫头的孔洞。枘：榫头，插入榫眼，使两部分连接起来。鉏铻：互相抵触，格格不入。

登栖：止息。遑遑：惊恐匆忙，心神不定。无所集：指无安身之处。

"愿衔枚"句：本想闭口不言，但曾蒙受君王恩泽。衔枚：谓闭口不言。渥洽：深厚的恩泽。

太公九十乃显荣兮　诚未遇其匹合

谓骐骥兮　安归

谓凤皇兮　安栖

变古易俗兮　世衰

今之相者兮　举肥

骐骥伏匿而不见兮　凤皇高飞而不下

鸟兽犹知怀德兮　何云贤士之不处

骥不骤进而求服兮　凤亦不贪餧(wèi)而妄食

君弃远而不察兮　虽愿忠其焉得

“太公”句：大意为，姜太公九十岁才荣耀显达，是未遇到合适的明主。

“谓骐骥”四句：大意为，良马该归依何地，凤凰该栖向何处，风俗改易，世道衰微，今之相马者只选肥壮之马。肥：喻指有权有势的人。

“骐骥”二句：大意为，良马藏匿不出，凤凰高飞不下；鸟兽尚且知道怀德，怎能说贤士不肯留于仕途。处：留下。

“骥不骤进”二句：大意为，良马不会为了被乘用而骤然前行，凤凰不会为了被饲养而乱吃东西；君王疏远不能明察，贤士想要效忠又怎能实现。骤进：疾速前进。服：乘、用。餧：同“喂”，饲养。弃远：丢弃、远离（贤士）。愿忠：指贤士虽愿忠而不能。

傅抱石 / 游九龙渊诗意图

欲寂漠而绝端兮　窃不敢忘初之厚德

独悲愁其伤人兮　冯(píng)郁郁其何极

6 再度回到行程景色，写秋已深、冬将至，霜雪无情，并由此联想到自己无路可通，将“与野草同死”，但也不愿意在浊世中苟取荣名。

霜露惨凄而交下兮　心尚幸其弗济

霰(xiàn)雪雰(fēn)糅其增加兮　乃知遭命之将至

愿徼(jiǎo)幸而有待兮　泊莽莽与野草同死

愿自往而径游兮　路壅绝而不通

寂漠：寂寞。绝端：断绝思绪。厚德：深厚的恩德。

冯：同“凭”，愤懑，气愤。郁郁：忧伤、沉闷貌。何极：用反问的语气表示没有穷尽、终极。

“霜露”二句：大意为，霜露齐下，心里尚且希冀没有什么妨碍；雪珠雪花纷纷增多，才知厄运即将来临。交下：俱下、齐下。霰雪：雪珠和雪花。雰糅：雪盛貌。遭命：行善而遭凶的坏命运。

“愿徼幸”句：大意为，心存侥幸地等待，却只能与野草一起冻死。徼幸：侥幸。泊：停留。莽莽：无涯际貌。

“愿自往”二句：想径直去游玩一番，却遇道路阻塞不能通行；想遵循道路平稳行进，又不知道何去何从。游：一说疑为“逝”之讹，“径逝”即直去。壅绝：阻塞，断绝。

欲循道而平驱兮 又未知其所从

然中路而迷惑兮 自压桉(àn)而学诵

性愚陋以褊浅兮 信未达乎从容

窃美申包胥之气盛兮 恐时世之不固

何时俗之工巧兮 灭规矩而改凿

独耿介而不随兮 愿慕先圣之遗教

处浊世而显荣兮 非余心之所乐

与其无义而有名兮 宁穷处而守高

自压桉而学诵：压制着愤懑作歌吟诵。桉：通“按”。

“性愚陋”句：自谦语，大意为，本性愚笨孤陋，见识短浅，实在难以做到从容。褊浅：狭隘短浅。达：一说通晓。

窃美：暗自赞美。申包胥：楚国大夫，故友伍子胥父兄被楚平王所杀，子胥逃亡吴国，后领兵攻楚，鞭尸楚平王，申包胥逃，使人责备伍子胥，又至秦国求援，于秦城墙外连哭七日夜，秦哀公感动，派兵救楚。不固：不稳固。

工巧：善于取巧。灭规矩而改凿：破坏规矩，妄自改动凿孔。规矩：校正圆形和方形的工具。凿：一说为“错”之讹，错通“措”，“改措”即改变措施。

耿介：正直不阿，廉洁自持。遗教：前人留下来的教训等。

“处浊世”二句：大意为，在污浊的世界里荣耀显达，不是我想要的，与其为了名利而不义，宁可穷困也要守持高尚的情操。显荣：显赫荣耀，多指仕宦。

tōu
食不媮而为饱兮　衣不苟而为温

窃慕诗人之遗风兮　愿托志乎素餐

jiǎn　qū
蹇充倔而无端兮　泊莽莽而无垠

kè
无衣裘以御冬兮　恐溘死不得见乎阳春

7　抒发岁月流逝的感伤。四时交替，日落月残，大自然的一切变化，无不使人感受到生命的荒芜。

jìng miǎo　liáo lì
靓杪秋之遥夜兮　心缭悷而有哀

chuō
春秋逴逴而日高兮　然惆怅而自悲

“食不媮”句：大意为，不能为了饱腹、穿暖而苟且求取衣食。媮：同“偷”，苟且。为：求取。苟：随便。

诗人：特指《诗经》的作者。托志：寄托情志。素餐：简朴的饮食。

蹇：语助词。充倔：充满委屈，倔通“屈”；或解为断绝阻塞，喻无路可走。无端：没有终点，没有希望。泊：漂泊。莽莽：野外无涯际貌。垠：边际。

溘死：忽然死去。

靓：通“静”。杪秋：晚秋。杪，本义为树枝细梢，引申为时间末尾。缭悷：谓忧思萦绕而郁结。

　逴逴：愈走愈远貌。

四时遰(dì)来而卒岁兮 阴阳不可与俪(lì)偕(xié)

白日晼(wǎn)晚其将入兮 明月销铄而减毁

岁忽忽而遒(qiú)尽兮 老冉冉而愈弛

心摇悦而日幸兮 然怊(chāo)怅而无冀(jì)

中憯(cǎn)恻之悽怆兮 长太息而增欷(xī)

年洋洋以日往兮 老嵺(liáo)廓而无处

事亹(wěi)亹而觊(jì)进兮 蹇(jiǎn)淹留而踌躇

遰：同“遞”，交替，指四季交替轮换。卒岁：度过年终。俪偕：偕同，在一起，这里指冬夏不可能同时出现。

晼晚：日将暮。将入：将没，指太阳将要西下。销铄：亏缺，消损。减毁：亏损。

岁忽忽：岁月匆匆。遒尽：迫近于尽头，终了。冉冉：渐渐。弛：松懈，懈怠。

心摇悦而日幸：大意为，心意摇摆不定，每日期盼。摇悦：一会儿动摇，一会儿喜悦的矛盾心理。怊怅：犹“惆怅”。无冀：没有希望。

憯恻：悲痛。太息：叹息。增欷：更加悲伤。

“年洋洋”句：谓时光流逝，世界空旷而无处容身。洋洋：广远无涯貌。嵺廓：空虚、空旷。无处：没地方容身。

“事亹亹”句：大意为，希望勤勉于事积极进取，不要彷徨滞留不前。亹亹：勤勉貌。觊：希望得到。蹇：不顺利。淹留：羁留、逗留。

8 由自身的失败再度回到国政之错乱。感叹浮云蔽日，世路秽暗，毁誉无常，善恶倒置，国家恐面临败亡。

何泛滥之浮云兮　猋（biāo）壅（yōng）蔽此明月

忠昭昭而愿见兮　然露（yīn）曀（yì）而莫达

愿皓日之显行兮　云蒙蒙而蔽之

窃不自聊而愿忠兮　或黕（dǎn）点而污之

尧舜之抗行兮　瞭冥冥而薄天

何险巇（xī）之嫉妒兮　被以不慈之伪名

彼日月之照明兮　尚黯（àn）黮（dǎn）而有瑕

“何泛滥”二句：大意为，奔腾的浮云遮蔽明月，一片忠心希冀君王能明了，可阴云阻碍了圣听，终不能被知晓。泛滥：波动貌。猋：本义为犬奔貌，引申为疾进貌。壅蔽：遮蔽。露曀：云气掩映日光，天气阴晦。露，同“阴”。曀，阴而有风。

显行：光耀地运行。

不自聊：犹无聊，一作“不自料”，自不量力。黕点：污垢。

抗行：坚持高尚的行为。瞭：一作“杳”。冥冥：高远貌。薄：迫近，接近。

巇：崎岖险恶。不慈之伪名：尧、舜与贤而不与子，故有不慈之名。

黯黮：昏暗不明。

何况一国之事兮　亦多端而胶加

被荷裯(dāo)之晏晏兮　然潢(huàng)洋而不可带

既骄美而伐武兮　负左右之耿介

憎愠(yùn)惀(lǔn)之修美兮　好夫人之慷慨

众踥(qiè)蹀(dié)而日进兮　美超远而逾迈

农夫辍耕而容与兮　恐田野之芜秽

事绵绵而多私兮　窃悼后之危败

世雷同而炫曜(yào)兮　何毁誉之昧昧

多端：多头绪，多方面。胶加：缠绕无绪。

“被荷裯”句：穿着荷叶短衣轻柔好看，但太过松垮而不能束上腰带。裯：短衣。晏晏：轻柔。潢洋：宽阔、广大。

伐武：自夸英武。耿介：正直不阿，廉洁自持。

“憎愠惀”句：大意为，憎恶内心美好却不善表达的人，喜好小人情绪激昂的言辞。修美：美好。夫人：众人。

踥蹀：小人竞相钻营之貌。超远：疏远。逾迈：过去。

容与：从容闲舒貌。芜秽：荒芜。

“事绵绵”句：大意为，国事琐碎，群小大多以私害公，担心忧虑国家会败亡。

雷同：随声附和。炫曜：惑乱。毁誉：二字皆名词，不好的和好的。昧昧：昏乱，模糊不清，指好坏是非不分。

今修饰而窥镜兮　后尚可以窜藏

愿寄言夫流星兮　羌倏忽而难当

卒壅蔽此浮云兮　下暗漠而无光

9 深感一切都无可为，即使有崇高的品德、杰出的才能，也不可能得到器重。幻想遨游云天，驱使神灵，纵情嬉乐。但对祖国还是不能忘怀，希望仰仗上天的恩德，归来时君王依然无恙。

尧舜皆有所举任兮　故高枕而自适

谅无怨于天下兮　心焉取此怵惕(chù tì)

椉(chéng)骐骥之浏浏兮　驭安用夫强策

“今修饰”句：如今对镜整妆，尚且可以隐藏。修饰：梳妆打扮。窜藏：隐匿，潜藏。

愿寄言：想托流星代为传话，飘忽无定难以遇到。羌：发语词。难当：难以遇到。

“卒壅蔽”句：最终都被浮云遮蔽，下界昏暗无光。

举任：选用，任用。高枕：枕着高枕头，谓无忧无虑。自适：悠然闲适而自得其乐。

无怨：没有不满。怵惕：戒惧，惊惧。

“椉骐骥”二句：乘坐良马便可顺畅前行，哪里需要用坚硬的马鞭驱使；如果城郭不能依靠，就算穿厚厚的盔甲又有何用。椉：同“乘”。浏浏：顺行无阻。强策：坚硬的马鞭。城郭：城墙内墙曰城，外城曰郭。重介：双层铠甲，厚甲。

谅城郭之不足恃兮　虽重介之何益

zhān　　　　　　　tún hūn
邅翼翼而无终兮　忳惛惛而愁约

生天地之若过兮　功不成而无效

　　　　xiàn
愿沉滞而不见兮　尚欲布名乎天下

　huàng　　　　　　kòu mào
然潢洋而不遇兮　直怐愗而自苦

莽洋洋而无极兮　忽翱翔之焉薄

　　　　　　chéng
国有骥而不知椉兮　焉皇皇而更索

宁戚讴于车下兮　桓公闻而知之

邅：难于行走。翼翼：恭敬谨慎貌。无终：没有结果、没有希望。忳：忧郁烦闷。惛惛：神志不清貌。愁约：谓穷困而悲愁。

生天地：生于天地间。若过：若过客。无效：没有结果。

沉滞：犹隐退。不见：不愿显现。见，通“现”。“尚欲布”句：却又想名满天下。

“然潢洋”句：大意为，世事茫茫而未遇明君，却空怀愚昧的忠心自苦。潢洋：水深貌，一说无所遇合的样子。直：忠直。怐愗：愚昧。

莽洋洋：荒原茫茫无涯。无极：没有边际。薄：通“泊”，依附，停止。

骥：骏马。椉：同“乘”。皇皇：同“遑遑”，匆忙不定。

宁戚：春秋时期卫国人，曾击牛角高歌，被齐桓公纳贤。

xiàng
无伯乐之善相兮　今谁使乎誉之

罔流涕以聊虑兮　惟著意而得之

pī　zhàng
纷纯纯之愿忠兮　妒被离而鄣之

愿赐不肖之躯而别离兮　放游志乎云中

tuán　wù
乘精气之抟抟兮　骛诸神之湛湛

cān　ní
骖白霓之习习兮　历群灵之丰丰

pèi　qú
左朱雀之茇茇兮　右苍龙之躣躣

伯乐：春秋秦穆公时人，姓孙名阳，以善相马著称。今谁使乎誉之：如今还有谁能使得骏马被称赞。誉：赞誉，一作“訾”，估量。

“罔流涕”句：大意为，怆然深思而悲泣，只有用心才能发现良士。罔：同“惘”，忧愁。聊虑：深思。著意：集中注意力，用心。

“纷纯纯”句：大意为，怀着赤诚想效忠君王，被群小嫉妒而阻隔。纯纯：诚挚貌。被离：分散貌。被，同“披”。鄣：同“障”，阻塞、阻隔。

游志：指放心物外的意向。

抟抟：凝聚如团貌。骛：追求。湛湛：聚集貌。

骖：乘，驾驭。霓：虹以阴阳分雄虹和雌霓，霓指颜色较淡的一种。习习：频频飞动貌。群灵：众神。丰丰：多。

朱雀：二十八宿中南方七宿的总称。茇茇：飞翔貌。苍龙：二十八宿中东方七宿的总称。躣躣：蜿蜒而行貌。

属雷师之阗(tián)阗兮 通飞廉之衙(yú)衙

前轾(zhì)辌(liáng)之锵锵兮 后辎乘(shèng)之从从

载云旗之委(wēi)蛇(yí)兮 扈屯骑之容容

计专专之不可化兮 愿遂推而为臧(zāng)

赖皇天之厚德兮 还及君之无恙

属：跟着。阗阗：鼓声，这里指雷声。通：或说作“道”，引路之意。飞廉：风神。衙衙：行走貌。

轾：车前重向下，一作“轻”。辌：古代的卧车。锵锵：形容金石撞击发出的洪亮清越的声音，这里指车铃声。辎乘：辎重车辆。从从：车铃声。

云旗：以云为旗。委蛇：绵延屈曲貌。扈：随从，护卫。屯骑：众多的随从骑兵。容容：盛多貌。

专专：用心专一。臧：善，好。

无恙：没有疾病，没有忧患，多作问候语。

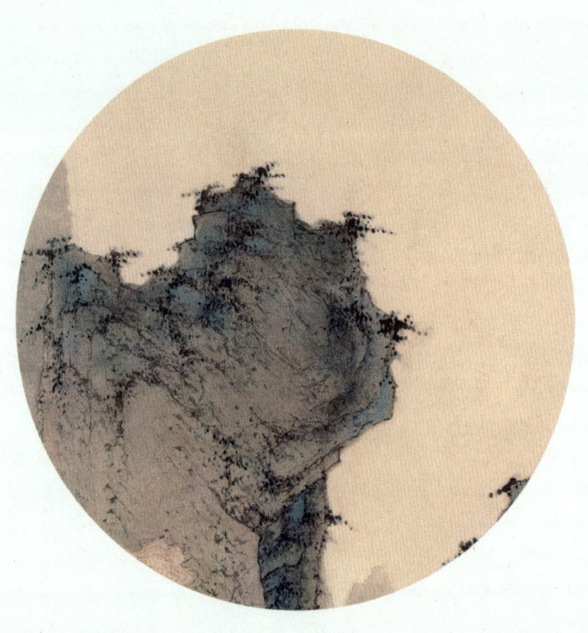

明 / 仇英 / 仙山楼阁图（局部）

招 魂

作者 不详

招魂是源远流长的民间习俗，在现代仍能看到它的遗迹。《招魂》一篇，王逸《楚辞章句》说是宋玉为屈原招魂之作。但司马迁《史记》则视为屈原作品。现代研究者多从后说，且多认为所招为楚怀王之魂。

本篇由序辞、招魂辞、乱辞三个部分组成。主体为招魂辞，又分为“外陈四方之恶”与“内崇楚国之美”两大部分。第一部分写东、南、西、北、天上、地下的可畏可怖，劝“魂”不可留住，其中多用神话材料，写得奇幻而瑰丽；第二部分写楚都的宫室、美女、饮食、歌舞之盛，与上层生活的豪奢，描写极为精彩，以招“魂”归来。

《招魂》善于铺排描写，语言生动而华丽，在《楚辞》中亦属极富于文采之作。

朕幼清以廉洁兮 身服义而未沬(mèi)

主此盛德兮 牵于俗而芜秽

上无所考此盛德兮 长离殃而愁苦

帝告巫阳曰

有人在下 我欲辅之

魂魄离散 汝筮(shì)予之

朕：我。服义：信奉正义。沬：通“昧”，微暗不明。

主：守。盛德：众多的美德。牵于俗：被世俗牵累。芜秽：荒芜污秽，或指荒于淫乐。

上：上天，天帝。考：考察。离殃：遭受祸害。

巫阳：古神话中的巫师。

有人：指楚王。辅：帮助。

魂魄：精神能离形体存在的称魂，依形体存在的称魄。筮予之：通过卜筮知魂魄之所在，招还给予其人。

巫阳对曰

掌梦 上帝其难从

若必筮予之

恐后之谢 不能复用

巫阳焉乃下招曰

魂兮归来

去君之恒干 何为四方些(suò)

舍君之乐处 而离彼不祥些

魂兮归来 东方不可以托些

“巫阳对曰”四句：大意为，占卦是掌梦之官的事，您的命令我难遵从，如果定要占卦给他招魂，恐怕占完后他命已终，招来了他的魂也不能再用。掌梦：掌梦之官。谢：去世。

焉乃：于是。

“去君”句：大意为，你为何离开躯体去四方游荡。恒干：躯干。些：古代南方荆楚一带巫术咒语的语尾音。

乐处：乐土。离：通“罹”，遭遇。

托：寄托、安身。此句意为你的灵魂不能在东方安身。

长人千仞　惟魂是索些(suò)

十日代出　流金铄石些

彼皆习之　魂往必释些

归来兮　不可以托些

魂兮归来　南方不可以止些

雕题黑齿　得人肉以祀　以其骨为醢(hǎi)些

蝮蛇蓁(zhēn)蓁　封狐千里些

雄虺(huǐ)九首　往来倏(shū)忽　吞人以益其心些

长人：巨人。仞：古代七尺或八尺为一仞。惟魂是索：专门索取魂魄吃。

十日代出：十个太阳更替出现。代，更替。流金铄石：高温熔化金石，形容天气酷热。

彼皆习之：指上文中那些“长人”对这些都习惯了。释：消散，指魂飞魄散。

止：停留。

雕题黑齿：额上刻花纹，牙齿染成黑色，指南方未开化的野人。题，额头。黑齿：涂黑的牙齿。醢：肉酱。

蓁蓁：草木茂盛貌。封狐：大狐。

雄虺：古代传说中的大毒蛇。倏忽：疾速貌。益：滋补。

归来兮 不可久淫些

魂兮归来 西方之害 流沙千里些

旋入雷渊 靡(mí)散而不可止些

幸而得脱 其外旷宇些

赤蚁若象 玄蜂若壶些

五谷不生 丛菅(jiān)是食些

其土烂人 求水无所得些

彷徉(páng yáng)无所倚 广大无所极些

久淫：久留。

雷渊：神话中的深渊。靡：同“靡”，粉碎。

“幸而”句：大意为，就算侥幸逃脱，还要面临外面无尽的荒野。旷宇：广大的原野，广阔的天地。

“赤蚁”句：红蚁大如象，黑蜂大如葫芦，极言境况险恶。壶：通“瓠”，葫芦。

丛菅是食：指以茅草充饥。菅，茅草。

烂人：即“使人烂”。烂，糜烂，腐蚀。

彷徉：游荡无定。倚：依靠。极：边界、尽头。

归来兮　恐自遗(wèi)贼(suò)些

魂兮归来　北方不可以止些

增(céng)冰峨峨　飞雪千里些

归来兮　不可以久些

魂兮归来　君无上天些

虎豹九关　啄害下人些

一夫九首　拔木九千些

豺狼从(zòng)目　往来侁(shēn)侁些

遗贼：给予戕害，遭害。遗，给予。

增冰：层冰，亦指冰山。峨峨：高貌。

无上天：不要上天。

九关：天门有九重，每重有一关；一说九通“纠”，“虎豹纠关”意为虎豹把关。啄：咬。

“一夫”句：大意为，有野兽九个脑袋，一口气能拔九千树木；或即《山海经》里的开明兽，人面九首。

从目：竖着眼睛，凶恶貌。从，同“纵”。侁侁：众多貌。

傅抱石 / 风雨归牧

悬人以娭(xī) 投之深渊些(suò)

致命于帝 然后得瞑些

归来 往恐危身些

魂兮归来 君无下此幽都些

土伯九约 其角觺(yí)觺些

敦脄(méi)血拇 逐人駓(pī)駓些

参(sān)目虎首 三身若牛些

此皆甘人

“悬人”句：大意为，把人悬吊起来戏弄，然后扔进深渊。娭：同“嬉”，游戏玩乐。

致命于帝：向上帝复命。瞑：通“眠”，闭目安歇。

幽都：阴间都府。

土伯九约：大意为土伯身体九屈。土伯：神怪名，幽都君王。约：弯曲；一说通“矟”，长矛；一说尾；一说皮肉间褶皱。觺觺：尖利貌。

敦脄：背厚，这里形容土伯广肩厚背。血拇：血染的大拇指。駓駓：趋行貌。

参：同“三”。甘人：以食人为甘美。

归来 恐自遗灾些

魂兮归来 入修门些

工祝招君 背行先些

秦篝齐缕 郑绵络些

招具该备 永啸呼些

魂兮归来 反故居些

天地四方 多贼奸些

像设君室 静闲安些

修门：楚国郢都的城门。

工祝：祭祀的司仪。招：招引。背行：倒退着走。先：领路。

秦篝：秦人编制的熏笼，用以盛被招者的衣物。齐缕：齐国出产的丝线，用以装饰“篝”。郑绵络：郑国出产的织物，用作“篝”上遮盖。

招具该备：招魂用品齐备。该，同“赅”，完备。永啸呼：长长地呼喊。

反：同“返”。

像设君室：您的画像陈设于房间。

高堂邃(suì)宇 槛(jiàn)层轩些(suò)

层台累榭 临高山些

网户朱缀 刻方连些

冬有突(yào)厦 夏室寒些

川谷径复 流潺(chán)湲(yuán)些

光风转蕙 泛崇兰些

经堂入奥 朱尘筵些

砥(dǐ)室翠翘 挂曲琼些

邃：深远。槛：栏杆。层轩：重轩，多层的带有长廊的敞厅。

网户：雕刻网状花纹的门窗。朱缀：红色花格连接。方连：方格相连的图案。

突厦：结构重深的大屋。

川谷径复：川谷水流曲折。径复，往返，迂回曲折；一说“径”为“往”之讹误。潺湲：流动貌。

光风：雨止日出时的和风。转、泛：摇动。蕙：香草名，即蕙草。崇兰：丛生的兰草。

奥：屋的深处，即内室。朱尘：遮尘的红色幕布。筵：竹席。

砥室：用磨平的文石铺砌的屋子。翠翘：翠鸟尾上的长羽。曲琼：玉钩。琼，美玉。

翡翠珠被 烂齐光些

ruò ē chóu
蒻阿拂壁 罗帱张些

zuǎn qǐ gǎo qí huáng
纂组绮缟 结琦璜些

室中之观 多珍怪些

兰膏明烛 华容备些

yì
二八侍宿 射递代些

九侯淑女 多迅众些

jiǎn
盛鬋不同制 实满宫些

翡翠珠被：缀有明珠的翡翠羽毛被。翡翠，此处指鸟名，雄为翡，雌为翠，羽毛美丽。烂：明亮光明。齐光：色彩辉映。

“蒻阿”句：大意为，细软的缯帛遮着四壁，罗帐张挂。蒻：通“弱”，柔软；一说为蒻草所编织的席子。阿：细缯，丝织品。帱：璧帐。

纂组绮缟：各色各样的丝带。纂，赤色丝带。组，杂色丝带。绮，带花纹绸子。缟，白色丝织品。琦璜：美玉。

兰膏：古代用泽兰子炼制的油脂，可以点灯；一说泛指有香气的油脂，用以制烛。华容：指美人。
二八：以八人为行，两行十六人；一说指十六岁女孩。射：厌，厌倦；一说或为“夕”之误，夕，夜晚。递：更替，轮换。

九侯：众多诸侯。迅众：出众。迅，通“迿”，争先。
盛鬋不同制：浓密的鬓发各不相同。鬋，下垂的鬓发。不同制，不同的样式。实满：充满。

容态好比 顺弥代些（suò）

弱颜固植 謇（jiǎn）其有意些

姱（kuā）容修态 絙（gèn）洞房些

蛾眉曼睩（lù） 目腾光些

靡颜腻理 遗（wèi）视矊（mián）些

离榭修幕 侍君之闲些

翡帷翠帐 饰高堂些

红壁沙版 玄玉梁些

好比：同样美好。比，并，一说易于亲近之意。顺弥代：真是绝代。顺，通“洵”，真正、实在。弥代，绝代。

弱颜固植：外貌柔嫩，内心坚贞。弱颜，含羞，容貌柔嫩。固植，心志坚定。謇：发语词。

姱、修：美好。絙：通“亘”，接连、贯通，指美女交错周遍。

蛾眉曼睩：谓美人眉眼之态。蛾眉，喻眉毛细弯如蚕蛾。曼睩，美丽的眼珠转动。腾光：华光四溢。

靡颜腻理：容貌美丽，肌肤细腻。靡，细致。腻，光滑。理，肌肤。遗视：流盼。矊：含情而视。

离榭修幕：离宫的台谢，大而长的帷帐。
翡帷翠帐：饰以翡翠羽毛的帷帐。高堂：高大的厅堂。

红壁沙版：红泥涂的墙壁，丹砂涂的户板。玄玉梁：用黑玉装饰的屋梁。

jué
仰观刻桷 画龙蛇些

jiàn
坐堂伏槛 临曲池些

jì
芙蓉始发 杂芰荷些

紫茎屏风 文缘波些

bēi tuó
文异豹饰 侍陂陁些

xuān liáng
轩辌既低 步骑罗些

兰薄户树 琼木篱些

魂兮归来 何远为些

刻桷：有绘饰的椽子。

伏槛：伏在栏杆上。

屏风：即荇菜，水生植物，茎呈紫色。文缘波：谓荇菜随波摇曳的姿态。

文异：花纹色彩奇异。豹饰：即“以豹皮为饰”，古代侍卫武士的特殊装束。侍陂陁：侍立在山坡。陂，高坡。陁，山冈。

轩、辌：皆轻车名，指有曲辕、障蔽的车和可以卧息的车。低：通“抵”，到达。步骑：步兵骑兵。罗：罗列。

兰薄户树：兰草丛生，户前植木。薄，草木丛生。琼木：玉树，名贵的树木。篱：围上篱笆。

何远为些：“远何为些”的倒装，到远处去干什么。

suò

室家遂宗　食多方些

zī zhuō　rú

稻粢穱麦　挐黄粱些

大苦咸酸　辛甘行些

jiàn　ér

肥牛之腱　臑若芳些

和酸若苦　陈吴羹些

ér biē páo　zhè

胹鳖炮羔　有柘浆些

juǎn fú　cāng

鹄酸臇凫　煎鸿鸧些

huò xī

露鸡臛蠵　厉而不爽些

室家遂宗：家族宗族。遂宗，同“术宗”，古代街道称术，术宗即由街道连接的闾里宗族。多方：多种多样。

粢：小米。穱：一种早熟的麦。挐：掺杂。黄粱：黄米。
大苦：豆豉，一说味极苦。辛：辣。行：用。
腱：蹄筋。臑若芳：煮得烂熟且芳香。臑，煮烂。

“和酸”句：大意为，调和酸、苦之味，摆设吴羹。和：调味。若：和，与。吴羹：吴人所做汤羹，代指美味佳肴。

胹鳖炮羔：煮鳖烤羊羔。胹，煮。炮，烤。柘浆：甘蔗汁。柘，通“蔗”。

“鹄酸”句：指烹饪煎炸飞禽类食物。鹄酸：即“酸鹄”，酸天鹅。臇：少汁的肉羹。凫：野鸭。鸿鸧：大雁和鸧鸹。

露：或通“卤”。臛：肉羹。蠵：大龟。厉而不爽：谓食物滋味浓郁美味。厉，浓烈。不爽，不会败坏胃口。

粔籹蜜饵　有餦餭些

瑶浆蜜勺　实羽觞些

挫糟冻饮　酎清凉些

华酌既陈　有琼浆些

归来反故室　敬而无妨些

肴羞未通　女乐罗些

陈钟按鼓　造新歌些

涉江采菱　发扬荷些

粔籹：用蜜和面粉制成的点心。蜜饵：蜜糖糕。餦餭：即麦芽糖，也叫饴糖。

瑶浆：玉液，指美酒。勺：通“酌”，代指酒。羽觞：古代酒器。

挫糟：压榨酒糟，一说除去酒糟。冻饮：不加温的冷酒，一说冬天酿制的酒。酎：醇酒。

华酌：豪华的酒宴。
无妨：没有妨害。

肴羞未通：鲜美的菜肴还未上齐。女乐：歌舞伎。罗：列。

陈钟按鼓：演奏钟鼓。陈钟，摆放乐钟。按鼓，击鼓。
造：创作。

涉江、采菱：楚歌曲名。扬荷：多作“阳阿”，楚国歌曲名。

徐操／瑶岛仙踪

美人既醉　朱颜酡（tuó）些

娭（xī）光眇视　目曾波些

被（pī）文服纤　丽而不奇些

长发曼鬋（jiǎn）　艳陆离些

二八齐容　起郑舞些

衽（rèn）若交竿　抚案下些

竽瑟狂会　搷（tián）鸣鼓些

宫庭震惊　发激楚些

酡：酒醉的红润面庞。

娭光：目光传神。眇视：眯着眼看。目曾波：眼神如同层层水波。曾，通“层”。

被：披。文：有锦纹的衣衫。纤：细软衣料。不奇：不妖异。

曼鬋：光泽好而下垂的鬓发。陆离：色彩斑斓。

二八：两列各八人的舞队。齐容：容饰齐一。郑舞：郑国舞蹈。

“衽若”句：大意为，舞女曼舞回旋，衣襟如竹影交织，舞毕打着节拍徐徐而退。衽：衣襟。抚案下：用手打着节拍徐徐退下。

竽、瑟：皆古乐器名。狂会：乐器竞奏。

震惊：震动。激楚：楚国的歌舞曲名，音调激昂。

yú　　ōu　　　　suò
吴歈蔡讴　奏大吕些

士女杂坐　乱而不分些

放陈组缨　班其相纷些

郑卫妖玩　来杂陈些

激楚之结　独秀先些

kūn　　　　　bó
菎蔽象棋　有六簙些

分曹并进　遒相迫些

成枭而牟　呼五白些

吴歈：吴地之歌。蔡讴：蔡地之歌。大吕：乐调名。
士女：青年男女，或指未婚的青年男女。士，男子的美称。

放陈组缨：除去冠带。组，系佩饰的丝带。缨，帽带。班：次序。相纷：杂乱交错。

郑卫妖玩：郑国、卫国妩媚妖娆的美女。古称郑、卫之俗轻靡淫逸。
结：尾声。秀、先：优秀出众。

菎蔽：古代博戏所用竹制筹码。象棋：象牙棋子。六簙：六博，一种下棋游戏，双方各六枚竹制簙箸。
分曹：分对，两两。遒相迫：紧相逼迫。

成枭而牟：谓两人下棋争夺胜负的激烈场景，博弈中棋子先期到达者为“枭棋”，势均力敌谓“牟”。呼五白：博弈势均力敌时，以掷六簙决胜负，五枚竹白朝上为胜。

晋制犀比　费白日些

铿(kēng)钟摇簴(jù)　揳(jiá)梓瑟些

娱酒不废　沈(chén)日夜些

兰膏明烛　华镫错些

结撰至思　兰芳假些

人有所极　同心赋些

酎(zhòu)饮尽欢　乐先故些

魂兮归来　反故居些

晋制犀比：晋地出产的犀毗，即黄金带钩；一说是犀角制的带钩，用作赌胜负的彩注；一说用犀角制成的赌具。费白日：很费时间，一玩一天。

铿：撞击。簴：钟架。揳梓瑟：弹奏梓木所制之瑟。

“娱酒”句：大意为，饮酒娱乐不停歇，夜以继日沉湎其中。沈：同“沉”。

兰膏：泽兰子炼制的油脂，可用作灯油。镫：同“灯”。错：错落。

结撰至思：构思诗文，尽心思考。兰芳：兰草的芬芳，或喻优美辞藻。假：借助。

极：极度快乐，一说竭尽所能。
先故：先辈与故旧。

乱曰

yù
献岁发春兮 汩吾南征

lù pín
菉蘋齐叶兮 白芷生

路贯庐江兮 左长薄

zhǎo qí yíng
倚沼畦瀛兮 遥望博

lí sì shèng
青骊结驷兮 齐千乘

zhēng
悬火延起兮 玄颜烝

步及骤处兮 诱骋先

乱：古代乐歌的尾声。

献岁：进入岁首正月。发春：开春。汩：迅疾貌。

菉：通“绿”。蘋：水草。白芷：香草名。
路贯：水路通过。庐江：地名，即今湖北襄阳宜城境内的潼水。长薄：杂草丛生的大泽。

沼畦瀛：沼泽地带。瀛，大泽。博：旷野之地。
青骊：青黑色骏马。驷：拉一乘车的四匹马。齐千乘：千乘齐发。乘，量词，一辆车为一乘。

悬火：火把。延起：火焰蔓延。玄颜：黑里透红，指天色。烝：火气上升。

骤处：车马奔驰所到之处。骤，驰。处，留处。诱：引导。骋先：驰骋于先。

抑骛若通兮 引车右还

与王趋梦兮 课后先

君王亲发兮 惮青兕

朱明承夜兮 时不可以淹

皋兰被径兮 斯路渐

湛湛江水兮 上有枫

目极千里兮 伤春心

魂兮归来 哀江南

抑骛：勒马不前。抑，停止，一说为发语词。骛，奔驰。若：顺。通：通畅。

梦：古代湖名，云梦泽。

惮青兕：怕射中青兕。惮，通“殚”，意为击毙；一说小心。兕，犀牛一类的野兽，楚人传说猎得青兕者，三月必死。

“朱明承夜”句：谓时光流逝很快，催促楚怀王魂魄归来之意。朱明：太阳。承：承接。淹：久留。

皋兰：水边兰草。被：覆盖。渐：遮没。

湛湛：水深貌，一说水清貌。

春心：春景所引发的意兴。

明 / 仇英 / 仙山楼阁图（局部）

大 招

作者 不详

《大招》一篇的作者，王逸《楚辞章句》称："屈原之所作也。或曰景差，疑不能明也。"持不明确的态度，后世争议更多。多数人否定为屈原所作。

本篇内容、形式与《招魂》相仿，先述四方之险恶不可居，后述楚国宫室与宴饮之盛大，音乐、舞蹈与美女之华丽。唯最后部分盛赞楚国政治清明、人民富庶、国力强盛，为《招魂》所无。其语言远较《招魂》简陋。

青春受谢　白日昭只（zhǐ）

春气奋发　万物遽（jù）只

冥凌浃（jiā）行　魂无逃只

魂魄归来　无远遥只

魂乎归来

无东无西　无南无北只

东有大海　溺（nì）水浟（yóu）浟只

青春：春天，春季草木青绿，故称。受谢：即冬去春来。谢，离去。昭：灿烂。只：语气词，相当于《招魂》中的“些”。奋发：大发，形容气或风之猛迅不可遏阻。遽：竞相。

“冥凌”二句：幽冥遍行天地间，魂魄你莫逃啊。冥：幽冥、幽暗。凌：驰骋。浃行：遍行。
远遥：远去漂泊。

无东：指招呼魂魄不要去东边。无，不要。

溺水：水深易沉溺万物。浟浟：水流貌。

chī
螭龙并流 上下悠悠只

雾雨淫淫 白皓胶只

yáng
魂乎无东 汤谷寂只

魂乎无南

fù yán
南有炎火千里 蝮蛇蜒只

ài wān
山林险隘 虎豹蜿只

yú yōng huǐ qiān
鰅鳙短狐 王虺骞只

yù
魂乎无南 蜮伤躬只

螭龙：传说中无角之龙。并流：顺流而行。悠悠：游动貌。

“雾雨”句：大意为，烟雨绵绵，天地间白茫茫一片。淫淫：连绵不绝貌。皓胶：水气凝聚貌。

汤谷：即“旸谷”，神话中日出之处。寂：指汤谷那里很荒寂。

蜒：长而弯曲貌。

险隘：险要处。蜿：行走貌。

鰅、鳙、短狐：善于害人的怪物。王虺：大毒蛇。骞：举头貌。

蜮：即短狐，含沙射人的怪物。

魂乎无西

mǎng zhǐ
西方流沙　漭洋洋只

shǐ pī ráng
豕首纵目　被发鬤只

jù xī
长爪踞牙　诶笑狂只

魂乎无西　多害伤只

魂乎无北

chuō xì
北有寒山　逴龙赩只

代水不可涉　深不可测只

hào
天白颢颢　寒凝凝只

漭洋洋：广大无涯貌。

豕首：猪头。纵目：竖生之目，传说中的一种怪异形象。被：通“披”。鬤：毛发散乱貌。

踞牙：形如锯齿之牙。诶笑：喜而狂獝之笑。

寒山：传说中北方常寒之山。逴龙：传说中山名；一说即“烛龙”，神话中人面蛇身的怪物。赩：赤色。

代水：水名，或为传说中的北方大河。

颢颢：洁白有光貌。凝凝：水冻貌。

魂乎无往　盈北极只

魂魄归来　闲以静只

自恣(zì)荆楚　安以定只

逞志究欲　心意安只

穷身永乐　年寿延只

魂乎归来　乐不可言只

五谷六仞　设菰(gū)粱只

鼎臑(ér)盈望　和致芳只

盈北极：指北极堆满了冰雪。北极，北方的尽头。

恣：无拘无束貌。荆楚：荆为楚之旧号，古荆州地区在今湖北、湖南一带。

逞志：指满足你所有心愿，与“究欲”义略同。逞，称心。究：穷尽。
穷身：终身。

六仞：谓五谷堆积有六仞高。仞，长度单位。设：陈列。菰粱：即菰米，做饭香美。

鼎臑：指鼎中煮熟的菜肴。臑，熟。盈望：满目。和致芳：调和使其芳香。

nà cāng hú zhǐ
内鸧鸽鹄 味豺羹只

魂乎归来 恣所尝只

xī lào
鲜蠵甘鸡 和楚酪只

hǎi jū pò
醢豚苦狗 脍苴蓴只

hāo lóu
吴酸蒿蒌 不沾薄只

魂兮归来 恣所择只

guā zhēng fú qián chún
炙鸹烝凫 煔鹑陈只

“内鸧”句：大意为，肥美的鸧、鸽、鹄肉，调和着用豺肉煮成的羹汤。内：通“胁”，肥美。鸧：鸧鹒，即黄鹂。鹄，天鹅。味：调和味道。

鲜蠵甘鸡：鲜洁的大龟，肥美的鸡肉。楚酪：楚地的乳浆。

醢豚苦狗：乳猪做成的肉酱，胆汁浸渍的狗肉。醢，肉酱。苦，用胆汁调和。脍：细切。苴蓴：植物名，花穗和嫩芽可食，根状茎可入药。

吴酸：吴地所产，调和酸咸的菜肴。蒿蒌：香草名，即香蒿，可食用。不沾薄：味道不浓不淡。沾，多汁。薄，无味。

炙鸹烝凫：炙烤乌鸦和野鸭。炙，烤。烝，同“蒸”，一说指用火烘烤使熟。煔鹑陈只：煮了鹌鹑来摆开啊。煔，煮。

jí huò　qú
煎鰿臛雀　遽爽存只

魂乎归来　丽以先只

zhòu　sè yì
四酎并孰　不歰嗌只

chuò
清馨冻饮　不歠役只

lǐ　niè
吴醴白糵　和楚沥只

jù tì
魂乎归来　不遽惕只

代秦郑卫　鸣竽张只

煎鰿臛雀：煎鲫鱼煮雀肉。鰿，鲫鱼。臛，做成肉羹。遽爽存只：味道极佳，口齿留香。遽，通“渠”，如此。爽存，爽口之气存于此。

丽：美，此指众多美味。

四酎：四重酿的醇酒。孰：同“熟”。不歰嗌：不涩口、不刺激咽喉。

清馨冻饮：酒香芬芳，冰镇而饮。不歠役：指不给仆役等低贱之人喝。歠，饮、喝。

吴醴：吴国产的甜酒。白糵：米曲。楚沥：楚国产的清酒。

代秦郑卫：古国名，这里指时髦的四国乐舞。鸣竽张只：吹奏竽管，音乐奏起。

伏戏驾辩 楚劳商只

讴和扬阿 赵箫倡只

魂乎归来 定空桑只

二八接舞 投诗赋只

叩钟调磬(tiáo qìng) 娱人乱只

四上竞气 极声变只

魂乎归来 听歌譔(zhuàn)只

朱唇皓齿 嫭(hù)以姱(kuā)只

伏戏：即伏羲，远古帝王。驾辩、劳商：古乐曲名。
讴和：清唱。扬阿：古乐曲名。赵箫倡：赵国所产的萧先行演奏。箫，管乐器名。倡，领唱，这里指先行演奏。

定：调弦或调定乐调。空桑：古瑟名，夏至时祭祀土地所用。

二八：女乐两列，每列八人。接舞：指舞蹈此起彼伏。
娱人乱只：指歌舞艺人狂欢。

“四上”句：大意为，乐曲中四个环节的乐声依次强于前面环节，穷极乐音的曲折变化。
譔：具备，指各种音乐都具备；一说陈述，表达。

嫭、姱：皆美丽之意。

dū
比德好闲　习以都只

tiáo
丰肉微骨　调以娱只

魂乎归来　安以舒只

hù
嫮目宜笑　娥眉曼只

容则秀雅　稚朱颜只

魂乎归来　静以安只

kuā　pāng
姱修滂浩　丽以佳只

céng
曾颊倚耳　曲眉规只

比德好闲：同心同德，美好娴静。习以都：娴熟礼仪，仪态高雅。都，美好。

丰肉微骨：肌肉丰满，骨骼娇小。调以娱只：和蔼善娱人，一说善于调笑而足以愉悦。

嫮目：美目善睐。嫮，同“嫭”。

“容则”句：仪容举止秀美娴雅，红润面庞年轻娇嫩。

姱修：美丽修长。滂浩：健美壮实，一说性情柔顺。

曾颊：面部丰满。曾，重叠。倚耳：两耳贴后，生得匀称。

pāng chuò
滂心绰态 姣丽施只

小腰秀颈 若鲜卑只

魂乎归来 思怨移只

易中利心 以动作只

粉白黛黑 施芳泽只

长袂拂面 善留客只

魂乎归来 以娱昔只

滂心：心胸广阔，大气。绰态：婉美的姿态。姣丽施：娇美之态流露。

鲜卑：古鲜卑族衣带钩名，一说束腰带。

思怨移只：消除，忘怀忧怨的情思。移，去除。

易中利心：心中正直温和。易中，和易其心。利心，和顺之心。以动作：用动作表现。

粉白黛黑：女子修饰容颜，以粉傅面、以黛画眉。芳泽：膏脂，化妆品。

留客：使人流连忘返。

娱昔：欢度夜晚。

mián
青色直眉　美目婳只

yè　　　　　xiān
靨辅奇牙　宜笑嗎只

pián
丰肉微骨　体便娟只

biàn
魂乎归来　恣所便只

夏屋广大　沙堂秀只

guàn　liù
南房小坛　观绝霤只

yán
曲屋步壛　宜扰畜只

yòu
腾驾步游　猎春囿只

婳：眼波流转貌。

靨辅：脸颊上的酒涡。奇牙：美齿。笑嗎：笑貌。

体便娟只：体态轻盈美好啊。

恣所便：随你的便。

夏屋：大屋。夏，同“厦”。沙堂：朱砂涂饰楹楣的厅堂。

房：堂左右的侧室。观：望楼。绝霤：超过屋檐。霤，屋檐。

曲屋：盘旋屈曲的阁道。步壛：长廊。壛，同“檐”。宜扰畜：适合驯养牲畜。

腾驾步游：驾车行游。猎春囿：春日在园中打猎。囿，畜养禽兽的园子，汉代以后称苑。

gǔ
琼毂错衡　英华假只
chǎi
茝兰桂树　郁弥路只
魂乎归来　恣志虑只

孔雀盈园　畜鸾皇只
kūn　qiū cāng
鹍鸿群晨　杂鹙鸧只
sù shuāng
鸿鹄代游　曼鹔鹴只
魂乎归来　凤皇翔只

曼泽怡面　血气盛只

琼毂：以玉饰毂。毂，车轮中心可插轴的部分。错衡：具华美纹饰的横木。衡，车辕上横木。英华：华饰璀璨。假：盛大。

郁弥路：茂盛草木铺满路。

畜鸾皇：养着鸾鸟凤凰。

“鹍鸿”句：大意为，清晨时分，鹍鸡和鸿雁鸣叫飞翔，混杂着水鸟和黄鹂的声音。鹙：水鸟名。鸧：黄鹂。

鸿鹄代游：天鹅往来游戏。曼：连绵不绝貌。鹔鹴：神鸟名。

曼泽怡面：肌肤润泽，和颜悦色。

永宜厥身　保寿命只

室家盈廷　爵禄盛只

魂乎归来　居室定只

接径千里　出若云只

三圭重侯　听类神只

察笃(dū)夭隐　孤寡存只

魂兮归来　正始昆只

“永宜”句：大意为，身心永远安适康健，寿命长保。

“室家”句：大意为，宗亲满朝，享高官厚禄。室家：指宗族，一说泛指家庭或家人。

接径：道路相连。出若云：言人民众多，出则如云；一说出行时排场大，护卫侍从众多。

三圭重侯：国家重臣。三圭，三种玉圭，借指公、侯、伯。重侯，谓子、男。听类神：听察精审，有如神明。听，听审。

察笃：明察。笃，通“督”。夭：年幼而亡。隐：疾痛，指病人。存：慰问。

正始昆：定先后。正，定。昆，后。

田邑千畛(zhěn)　人阜(fù)昌只

美冒众流　德泽章只

先威后文　善美明只

魂乎归来　赏罚当(dàng)只

名声若日　照四海只

德誉配天　万民理只

北至幽陵　南交阯(zhǐ)只

西薄(bó)羊肠　东穷海只

畛：田间道。人阜昌：人口昌盛。

“美冒”句：谓美善之行普及众生，明德恩泽传布彰明。冒，覆盖，普及。

先威后文：先用武力后施仁政。

“名声”句：声名好比太阳，光辉照耀四海。

“德誉”句：功德、荣誉与天媲美，万民得到治理。

幽陵：古地名，即幽州。交阯：古地名，在今两广一带。

薄：接近。羊肠：古山名，有以为在太原晋阳之西北。

魂乎归来　尚贤士只

发政献行　禁苛暴只

举杰压陛　诛讥罢只

直赢在位　近禹麾只

豪杰执政　流泽施只

魂乎归来　国家为只

雄雄赫赫　天德明只

三公穆穆　登降堂只

发政：发布政令，施行政治措施。献行：百官汇报治理情况，一说朝廷进用有德行的人。

举杰压陛：推举俊杰，能人贤士布满廷阶。陛，殿堂前的台阶。诛讥：责退讥讽。

直赢：正直而才有余者。近禹麾：听从明君禹的指挥。
为：治理，指国家已得到了治理。

雄雄赫赫：威势盛大貌。天德：德行堪与天相配。

三公：古代的三个官职，即太师、太傅、太保，一说指司空、司马、司徒。穆穆：和睦恭敬。登降堂：出入朝堂。

诸侯毕极　立九卿只

昭质既设　大侯张只

执弓挟(xié)矢　揖(yī)辞让只

魂乎归来　尚三王只

毕极：全都到达。

昭质：显眼的箭靶。大侯：大幅的布制箭靶。

挟矢：持箭。挟，胳膊夹着。揖辞让：古代射礼，射者执弓挟矢以相揖，又相辞让，而后升射。

三王：楚三王，即《离骚》中的“三后”，指句亶王、鄂王、越章王。

傅抱石 / 高山仰止之图

明 / 仇英 / 仙山楼阁图（局部）

惜 誓

贾 谊

《惜誓》一篇，王逸《楚辞章句》："不知谁所作也，或曰贾谊，疑不能明也。"持不明确态度。后世学者多赞同为贾谊作。内容则为代屈原立言，述其心志。题意或可理解为哀惜怀王不能信守誓约（从屈原的立场而言），或理解为哀惜屈原誓死守志而不能远离浊世（从贾谊的立场而言）。

诗中先述遨游天界的自由与快乐，抒写摆脱浊世后一种高远而旷达的胸怀；后半部分表达了矛盾的心态：仍希望回到故乡，然而那里奸邪猖狂，忠贤失路，徒伤身而无功。其结束语，则强调神德之人，应当远浊世而自藏。这虽是代屈原立言，其实更多地反映了作者自己的人生态度。

惜余年老而日衰兮　岁忽忽而不反

登苍天而高举兮　历众山而日远

观江河之纡(yū)曲兮　离四海之霑(zhān)濡(rú)

攀北极而一息兮　吸沆(hàng)瀣(xiè)以充虚

飞朱鸟使先驱兮　驾太一之象舆

苍龙蚴(yǒu)虬(qiú)于左骖(cān)兮　白虎骋而为右騑(fēi)

惜：哀叹。余：第一人称，我。岁：时光。忽忽：匆匆。反：通“返”，返回，形容时光一去不回。

高举：高飞。日远：日益遥远。
纡曲：纡回曲折貌。离：通“罹”，遭遇。霑濡：沾湿。

北极：北极星。一息：稍休息。沆瀣：北方夜间的露气。充虚：充饥，一说充实身体之空虚。

飞朱鸟：使朱鸟飞翔。朱鸟，即朱雀，星宿名。太一：天神中最尊贵的神，一说星名。象舆：用象牙装饰的车。

苍龙：青龙，星宿名。蚴虬：龙行屈曲貌。左骖：驾在车两旁的马叫骖，也叫騑，此指左边的骖马。白虎：星宿名。右騑：即右骖，右边的骖马。

建日月以为盖兮 载玉女于后车

wù　hū

驰骛于杳冥之中兮 休息虖昆仑之墟

乐穷极而不厌兮 愿从容虖神明

chí

涉丹水而驼骋兮 右大夏之遗风

hú

黄鹄之一举兮 知山川之纡曲

yuán

再举兮 睹天地之圜方

tuō　biāo

临中国之众人兮 讬回飙乎尚羊

乃至少原之野兮 赤松王乔皆在旁

盖：车盖。玉女：天上神女，一说女宿，二十八宿之一。

驰骛：奔走。杳冥：旷远渺茫处。虖：通“乎”，于。昆仑：神山名。墟：山丘。

穷极：极端，顶点。神明：指神仙。
丹水：神话中水名。驼骋：奔驰，驼同“驰”。右：崇尚。

黄鹄：鸟名。举：飞。纡曲：迂回曲折。
再举兮：再度高飞。圜方：圆与方。

中国：华夏诸国，泛指中原地区。回飙：旋转的狂风。尚羊：通“徜徉”，闲庭信步。

少原：传说仙人居处。赤松王乔：赤松子和王子乔，皆仙人。

tiáo
二子拥瑟而调均兮 余因称乎清商

dàn
澹然而自乐兮 吸众气而翱翔

念我长生而久仙兮 不如反余之故乡

chī xiāo
黄鹄后时而寄处兮 鸱枭群而制之

神龙失水而陆居兮 为蝼蚁之所裁

夫黄鹄神龙犹如此兮 况贤者之逢乱世哉

chán huái
寿冉冉而日衰兮 固儃回而不息

俗流从而不止兮 众枉聚而矫直

均：调和琴音，一说读如“运”，为古代校正乐器音律的器具。称：称赞。清商：曲调名。商，古代五音之一，其调凄清悲凉，故称清商。

澹然：恬淡貌。众气：即阴、阳、风、雨、晦、明六气。

黄鹄：鸿鹄。后时：错过时机。寄处：指栖身山林。鸱枭：即鸱鸮，今俗谓猫头鹰，古代视为恶鸟。

蝼蚁：蝼蛄和蚂蚁，此处或喻指小人。裁：欺凌，压迫。

寿冉冉：年华渐渐老去。冉冉，渐渐。儃回：运转。

 众枉：众多邪曲小人。矫直：改直为曲。

或偷合而苟进兮　或隐居而深藏

苦称量之不审兮　同权概而就衡

或推迻(yí)而苟容兮　或直言之谔(è)谔

伤诚是之不察兮　并纫(rèn)茅丝以为索

方世俗之幽昏兮　眩白黑之美恶

放山渊之龟玉兮　相与贵夫砾(lì)石

梅伯数谏而至醢(hǎi)兮　来革顺志而用国

偷合：苟且迎合。苟进：不择手段谋求晋升。深藏：深深隐藏，谓隐居避世。

称量：衡量，此处指辨别贤愚忠奸。审：明察。同权概而就衡：谓君王将贤愚混同称量。权概，衡量所用器具；权，称锤；概，刮平斗、斛用的小木板。衡：称杆。

推迻：变化可移，随波逐流。迻，同“移”。苟容：苟且偷生。谔谔：直言貌。
伤诚是：对真实情况哀叹。并纫茅丝：合并搓捻茅草与丝线。纫，捻线，搓绳。

幽昏：黑暗。眩：眼花，迷惑。
放：放弃，抛弃。龟玉：龟甲和玉石，可用于占卜，指十分珍贵的东西。相与：交往。砾石：小石，碎石。

“梅伯”句：大意为，梅伯因劝谏纣王被施以醢刑，来革顺从迎合君王而掌握国家重权。梅伯：殷纣时诸侯。醢：古代酷刑，将人剁成肉酱。来革：殷纣之佞臣，即恶来。用国：弄国，滥用国家之特权。

悲仁人之尽节兮 反为小人之所贼

比干忠谏而剖心兮 箕(jī)子被(pī)发而佯狂

水背流而源竭兮 木去根而不长

非重躯以虑难兮 惜伤身之无功

已矣哉

独不见夫鸾凤之高翔兮 乃集大皇之壄(yě)

循四极而回周兮 见盛德而后下

贼：残害。

比干：殷纣王叔父，因谏纣被剖心。箕子：殷纣王大臣，谏纣未果装疯逃亡。佯：假装。

“水背流”句：大意为，水背离源头，因而枯竭。

重躯：看重自身躯体性命。虑难：怕难，一说怕惹祸。

已矣哉：算了吧。

鸾凤：鸾鸟与凤凰，喻贤俊之士。大皇：天，一说为传说中的荒远之地。壄：同“野”。

循四极：沿着天之四方极高远处。回周：回旋往复。盛德：高尚的德行。

彼圣人之神德兮 远浊世而自藏

使麒麟可得羁而系兮 又何以异虖(hū)犬羊

“彼圣人”句：大意为，那些品德高尚的圣人啊，都远离浊世，隐藏不出。

“使麒麟”句：大意为，如果麒麟能被束缚，和犬、羊又有什么不同。使：假若。麒麟：传说中的神兽，喻能人贤士。

明 / 仇英 / 仙山楼阁图（局部）

招隐士

淮南小山

本篇作者“淮南小山”是西汉淮南王刘安部分门客的共称，略似现代的集体笔名。刘安，汉高祖刘邦之孙，著《离骚传》。有门客数千人，主持编撰《淮南子》。汉武帝时，因谋逆事发，自刎死，国除。

本篇主要述说山中荒凉险恶，劝告隐士归来。而称此隐士为“王孙”，是否与刘安有关，不能确认。

此篇在《楚辞》中为短小之作，但善于描摹荒山溪谷的凄幽景色，借以渲染令人惊恐的氛围，语言精练，音节和谐，后人对此评价颇高。

桂树丛生兮　山之幽

yǎn jiǎn　quán
偃蹇连蜷兮　枝相缭

lóng sǒng　cuó é
山气巃嵸兮　石嵯峨

chán　céng
溪谷崭岩兮　水曾波

yòu　háo
猿狖群啸兮　虎豹嗥

攀援桂枝兮　聊淹留

王孙游兮　不归

桂树：桂花树。山之幽：山的幽隐之处。
偃蹇：宛转委曲貌。连蜷：屈曲貌。相缭：相互缠绕。

山气：山中云雾之气。巃嵸：峻拔高耸貌。嵯峨：山高峻貌。
崭岩：险峻貌。崭，通“巉”。曾波：水势湍急层叠貌。曾，通“层”。

猿狖：黑色长尾猿。虎豹嗥：与下文“虎豹穴”“虎豹斗”意同，意为虎豹奔突。嗥，咆哮。
淹留：滞留。

王孙：原指王的子孙，此指所招之隐士。

春草生兮 萋萋

liú
岁暮兮 不自聊

huì gū
蟪蛄鸣兮 啾啾

yǎng yà fú
坱兮轧 山曲岪

dòng
心淹留兮 恫慌忽

wù liáo
罔兮沕 憭兮慄 虎豹穴

丛薄深林兮 人上慄

qīn cén qí yǐ jūn zēng wěi wěi
嵚岑碕礒兮 硱磳磈硊

萋萋：草木茂盛貌。

不自聊：情感空虚，无所依恃。
蟪蛄：蝉的一种。

坱兮轧：即“坱轧”，山气弥漫，雾色暗淡貌。兮，语气词，使声情绵长。曲岪：山势曲折貌。

恫慌忽：痛苦迷离貌。恫，悲痛、伤心。

罔兮沕：失神落魄貌。憭兮慄：惊恐不安貌。
穴：穴居，一说为“突”之讹。

嵚岑、碕礒、硱磳、磈硊：均形容山石高危貌、险峻貌。

bá wěi
树轮相纠兮 林木茷骫

suō fán suǐ mí
青莎杂树兮 薠草靃靡

jūn jiā
白鹿麏麚兮 或腾或倚

mào yín
状皃崟崟兮 峨峨

xǐ
凄凄兮 漇漇

pí
猕猴兮 熊罴

慕类兮 以悲

攀援桂枝兮 聊淹留

树轮：树的横枝；一说为“轮囷”之讹，树干盘曲貌。茷骫：枝条盘纡貌。

青莎：草名。薠草：草名，似莎而大。靃靡：草随风飘摇貌。

麏：同“麇”，獐子。麚：公鹿。腾：飞奔。倚：形容鹿倚树而食。

皃：同“貌”。崟崟、峨峨：均形容鹿角高耸貌。
凄凄、漇漇：均形容毛色润泽貌。

罴：熊的一种。
“慕类”句：野兽悲鸣召唤同伴。慕：思念、依恋。

虎豹斗兮 熊罴咆

禽兽骇兮 亡其曹

王孙兮 归来

山中兮 不可以久留

咆：野兽怒吼。

亡其曹：禽兽因受惊而奔散失群。亡，丧失。曹，类。

明 / 仇英 / 仙山楼阁图（局部）

七 谏

东方朔

《七谏》为一种组诗形式，由七篇主题互相贯通的作品组成，类似于《九章》。“谏”，在下者对在上者的劝诫与纠正。

本篇作者东方朔生活于汉武帝时代，以才能自负，却始终不被重用。《七谏》以代屈原立言的形式，体现屈原忠而被谤、无辜放逐，最终投江而死的一生，也借此抒发自己内心的不平。

初放

这一首写屈原忠心为国却遭受毁谤，终被放逐荒野。他抨击楚王昏庸，不能明辨是非，群小喧腾，结党营私，斥逐贤者，使楚国政治陷于黑暗。

平生于国兮　长于原野

言语讷(nè)涩兮　又无强辅

浅智褊(biǎn)能兮　闻见又寡

数言便(biàn)事兮　见怨门下

王不察其长利兮　卒见弃乎原野

平：屈原的名，此为假托屈原语气抒情。国：国都。长：生长、成长。原野：平原旷野。

讷涩：谓言语迟钝，说话艰难。强辅：强有力的辅助，指有势力的朋党。

浅智：识见肤浅，自谦语。褊能：能力不足。

便事：谓利国之事。门下：指君王左右的近臣。

不察：不察知、不了解。长利：长远的利益。卒：终究、终于。见弃：被遗弃。

伏念思过兮 无可改者

群众成朋兮 上浸以惑

巧佞在前兮 贤者灭息

wèi
尧舜圣已没兮 孰为忠直

shāng
高山崔巍兮 水流汤汤

kēng
死日将至兮 与麋鹿同坑

jū
块兮鞠 当道宿

举世皆然兮 余将谁告

chī xiāo
斥逐鸿鹄兮 近习鸱枭

伏念：谓退而自省。思过：反省过失。

群众：众人。成朋：结党营私。上浸以惑：君王渐渐糊涂。浸，逐渐。惑，迷乱、糊涂。

巧佞：奸诈机巧，阿谀奉承。灭息：消亡、止息。

崔巍：高峻，高大雄伟。汤汤：水流盛大貌。

麋鹿：麋与鹿。坑：同“坑”，陂池，即水坑；此处谓在荒野与麋鹿为伍。

块：独处貌。鞠：匍匐。当道宿：睡在路上。

斥逐：驱逐。鸿鹄：鸿雁与天鹅。近习：亲近，一本无“习”字。鸱枭：猫头鹰，古人认为是不祥之鸟。

斩伐橘柚兮　列树苦桃

pián
便娟之修竹兮　寄生乎江潭

wēi ruí　　　　　　líng
上葳蕤而防露兮　下泠泠而来风

孰知其不合兮　若竹柏之异心

往者不可及兮　来者不可待

悠悠苍天兮　莫我振理

窃怨君之不寤兮　吾独死而后已

斩伐：砍伐。列树：谓成行地种植。

便娟：轻盈美好貌。寄生：寄托余生。江潭：江水深处。

葳蕤：草木繁盛。防露：躲避露水。泠泠：清凉貌。

“孰知”句：大意为，谁能想到楚王会违背约定，就像竹与柏不同心。孰：一作“固”。不合：违背、不符合。异心：指竹心空，柏心实。

“悠悠苍天”二句：感叹无力改变楚国局势，哀怨楚王之昏聩，只有自己死去，忧心操劳才能结束。振理：救治，整治。

窃怨：暗地里，私下埋怨。不寤：不醒悟。寤，通“悟”。死而后已：到死才罢休。

chén

沈江

这一首首先列述历史上国家兴亡的事例，阐明君主能否举贤授能、斥逐小人为盛衰之关键。继而写自己虽遭打击，不改初衷，一心期待国君醒悟的一日。无奈国势倾危，不可挽回，自己唯有投江以保全节操。

惟往古之得失兮　览私微之所伤

尧舜圣而慈仁兮　后世称而弗忘

齐桓失于专任兮　夷吾忠而名彰

晋献惑于孋（lí）姬兮　申生孝而被殃

偃王行其仁义兮　荆文寤而徐亡

沈：通“沉”，本篇各处皆同。
惟：思，想。私微：犹谗言。伤：伤害。

“齐桓”句：谓管仲临死时，劝诫桓公不要任用易牙、竖刁，桓公不听，待其去世后，易、竖各自拥护继承者，诸子争位，国乱无主。齐桓：即齐桓公。夷吾：即管仲。

“晋献”句：谓晋献公宠妃骊姬欲使己子奚齐为太子，设计离间，诬陷太子申生，申生担心父亲知道骊姬有罪会郁郁寡欢，不肯申辩，自缢而亡。晋献：晋献公。孋姬：即骊姬。

“偃王”句：谓徐偃王好行仁义，东夷小国多来归顺，楚文王见诸侯朝徐者众，恐为所并，因而兴兵灭徐。偃王：即徐偃王，西周时徐国国君。荆文：即楚文王。

纣暴虐以失位兮　周得佐乎吕望

修往古以行恩兮　封比干之丘垄

贤俊慕而自附兮　日浸淫而合同

明法令而修理兮　兰芷幽而有芳

苦众人之妒予兮　箕(jī)子寤而佯狂

不顾地以贪名兮　心怫(fú)郁而内伤

联蕙芷以为佩兮　过鲍肆而失香

“纣暴虐”句：大意为，纣王暴虐，所以失去君王之位，而周朝得到了吕望的辅佐。吕望：即姜子牙。

修：当作“循”，遵循。封比干之丘垄：谓周武王施恩，为比干堆土筑坟。比干，因劝谏纣王被剖心而亡。丘垄，指坟墓。

自附：主动归附。浸淫：浸染，濡染。合同：志同道合。

修理：处理政务合宜。兰芷：兰草与白芷，皆香草。

箕子：纣王的叔父，因见比干进谏被诛，装疯避祸远离朝堂。寤：通“悟”，醒悟。

不顾地：指不顾念楚国。贪名：贪图声名。怫：忧郁，愤怒。

“联蕙芷”句：大意为，蕙芷香草佩戴在身上，经过卖鲍鱼的店铺就失去了芳香。肆：店铺。

正臣端其操行兮　反离谤而见攘

世俗更(gēng)而变化兮　伯夷饿于首阳

独廉洁而不容兮　叔齐久而逾明

浮云陈而蔽晦兮　使日月乎无光

忠臣贞而欲谏兮　谗谀毁而在旁

秋草荣其将实兮　微霜下而夜降

商风肃而害生兮　百草育而不长(zhǎng)

众并谐以妒贤兮　孤圣特而易伤

“正臣”句：正直之臣品行端正，反遭诽谤而被排斥。离谤：遭受诽谤。见攘：被排斥。

伯夷：商末孤竹君长子，武王伐纣，伯夷与弟叔齐以为不孝不仁，曾勒马劝阻，商亡后，二人耻食周粟，采薇而食，饿死于首阳山。
叔齐：伯夷之弟，孤竹君传位叔齐，叔齐以伯夷年长，让位于伯夷，伯夷亦谦让不受。

陈：陈列。蔽晦：受蒙蔽而昏暗。
谗谀：谗毁、阿谀之人。毁：诽谤。

“秋草”句：大意为，秋草繁盛，即将结出果实，夜晚却降下霜来。荣：草开的花。
商风：秋风。育：一作“堕”。

孤圣：孤立的圣明之人。特：特立独行。孤圣特：一本作“圣孤特”，谓圣明之人孤高。

怀计谋而不见用兮　岩穴处而隐藏

成功隳(huī)而不卒兮　子胥死而不葬

世从俗而变化兮　随风靡而成行

信直退而毁败兮　虚伪进而得当

追悔过之无及兮　岂尽忠而有功

废制度而不用兮　务行私而去公

终不变而死节兮　惜年齿之未央

将方舟而下流兮　冀幸君之发蒙

痛忠言之逆耳兮　恨申子之沈(chén)江

“怀计谋”句：胸怀韬略却不被任用，只能于岩洞中隐居。

“成功”句：指伍子胥建立功勋，却不得善终，身死不得埋葬。死而不葬：谓吴王取子胥尸，盛以鸱夷革，浮之江中。隳：坏。卒：终。

信直退而毁败：忠心耿直之士被斥退，遭诬谤而身败。得当：谓当事任职。

务行私而去公：谓怀私心行事。务：致力。
年齿：年龄。未央：未尽。

将：乘。方舟：相并的两船。方，同“舫”。下流：顺水漂流。发蒙：使盲人眼睛复明，谓希冀怀王开其蒙惑之心。

申子：即伍子胥，吴王曾封之于申，故号。

愿悉心之所闻兮　遭值君之不聪

不开寤而难道兮　不别横之与纵

听奸臣之浮说兮　绝国家之久长

灭规矩而不用兮　背绳墨之正方

离忧患而乃寤兮　若纵火于秋蓬

业失之而不救兮　尚何论乎祸凶

彼离畔而朋党兮　独行之士其何望

悉：尽。心：一作“余”。遭值：犹遇到。不聪：谓君王不能明察。聪，听觉。

“不开寤”句：大意为，君王不开悟而难以沟通，连纵横之术都不能辨别。

浮说：虚浮不实的言谈。

规矩：校正圆形和方形的两种工具。绳墨：木工画直线的工具，喻法度。

“离忧患”句：大意为，遭遇忧患才醒悟，就像秋草起火，悔之晚矣。蓬：蓬草。

“业失之”句：大意为，已经失去不能挽救，还衡量什么灾难呢。业：已经。不救：不能挽救。论：衡量。

“彼离畔”句：大意为，奸臣结党，离心离德，独行的正直之士还有什么希望。离畔：离心、背叛。

日渐染而不自知兮　秋毫微哉而变容

众轻积而折轴兮　原咎杂而累重

赴湘沅(yuán)之流澌(sī)兮　恐逐波而复东

怀沙砾而自沈(chén)兮　不忍见君之蔽壅(yōng)

秋毫：鸟兽在秋天新长出来的细毛，喻细微之物。变容：改变容貌。

“众轻积”句：大意为，轻的物体堆积多了也会压断车轴，给屈原罗织的细微罪名汇集就成了重罪。原：一本作“厚”，多。

流澌：流水。逐波而复东：顺水流向东方。

“怀沙砾”句：大意为，不忍见君王被蒙蔽却无能为力，怀抱石块投江自沉。

傅抱石／无题

怨世

这一首写屈原对污浊世事的愤怨之情。诗中或以花鸟禽兽为譬喻，或以历史人物为例证，广加罗列，反复慨叹，表现对楚国政治势态的彻底绝望。

nào　qián　cēn cī
世沉淖而难论兮　俗岭峨而嵾嵯

hùn
清泠泠而歼灭兮　溷湛湛而日多

xiāo xiāo　mǐ
枭鸮既以成群兮　玄鹤弭翼而屏移

zǐ　chěn chuō
蓬艾亲入御于床笫兮　马兰踸踔而日加

弃捐药芷与杜衡兮　余奈世之不知芳何

沉淖：沉溺。岭峨、嵾嵯：山峰高低不平貌。

清泠泠：清白、洁白貌。歼灭：消灭。溷：肮脏，混浊。湛湛：深厚、浓重。

枭鸮：恶鸟。玄鹤：黑鹤。弭翼：收敛羽翼。屏移：退隐。

“蓬艾”句：皆谓君王亲近、任用愚佞之人。蓬艾：蓬蒿与艾草，泛指杂草。笫：竹编的床席。马兰：恶草，气臭。踸踔：暴长貌。

“弃捐”句：大意为，怎奈世人不识芳草，弃置香草不用。药芷：白芷。杜衡：杜若。

何周道之平易兮　然芜秽而险戏

高阳无故而委尘兮　唐虞点灼而毁议

谁使正其真是兮　虽有八师而不可为

皇天保其高兮　后土持其久

服清白以逍遥兮　偏与乎玄英异色

西施媞(tí)媞而不得见兮　嫫(mó)母勃屑而日侍

周道：大路。芜秽：不整治而荒草丛生。险戏：即“险巇”，险峻崎岖。

“高阳”句：颛顼帝无故蒙尘，尧舜遭受诽谤。高阳：上古五帝之一颛顼。委尘：蒙尘，喻受到诬蔑。唐虞：唐尧虞舜。点灼：污蔑毁伤。

谁使正其真是：谁能为真相辩驳呢。正：纠正，端正。是：正确的。八师：尧舜有圣贤之臣八人为师（禹、稷、卨、皋陶、伯夷、倕、益、夔）。

皇天：对天及天神的尊称。后土：对土地的尊称。

服清白：穿着洁净的衣服。玄英：纯黑色。

“西施”句：谓西施美貌而不得君王召见，嫫母丑陋却奉承在君侧。西施：越国美女。媞媞：美好。嫫母：传说为黄帝第四妃，貌甚丑。勃屑：蹒跚膝行貌。

dù　　　　　　liǎo
桂蠹不知所淹留兮　蓼虫不知徙乎葵菜

hūn
处涽涽之浊世兮　安所达乎吾志

意有所载而远逝兮　固非众人之所识

jú
骥踌躇于弊輂兮　遇孙阳而得代

吕望穷困而不聊生兮　遭周文而舒志

宁戚饭牛而商歌兮　桓公闻而弗置

路室女之方桑兮　孔子过之以自侍

桂蠹：桂树上的寄生虫，喻只知食禄的官吏。淹留：逗留，一说隐退，屈居下位。蓼虫：寄生于蓼间的虫，喻放逐之士。涽涽：昏乱。

“意有”句：大意为，心怀志向却只能远去，无能之辈不能赏识。意：志向、胸怀。

“骥踌躇”句：大意为，良马拉着破旧的大马车艰难前行，遇到伯乐之后得以改变。弊輂：破旧的大马车。弊，通“敝”，破旧。孙阳：伯乐。

吕望：即姜子牙，年轻时贫困，后得到周文王重用。

宁戚：春秋时卫国人，曾拉牛车，在喂牛时击牛角而唱商歌，被齐桓公纳贤。饭牛：喂牛。商歌：悲凉的歌。商，乐调名，音凄怆哀怨。弗置：不舍弃。

路室：客舍。方桑：正采桑。过：路过。自侍：整肃自己，恭敬对方。此句大意为孔子过于客舍，见有女采桑，一心不视，孔子喜其贞正，故整肃自己，以示尊敬；一说路犹言路遇，室女犹言处女，或少年处室之女。

吾独乖剌(là)而无当兮　心悼怵(chù)而耄(mào)思

思比干之怦(pēng)怦兮　哀子胥之慎事

悲楚人之和氏兮　献宝玉以为石

遇厉武之不察兮　羌(qiāng)两足以毕斮(zhuó)

小人之居势兮　视忠正之何若

改前圣之法度兮　喜嗫(niè)嚅(rú)而妄作

亲谗谀而疏贤圣兮　讼谓闾(lǘ)娵(jū)为丑恶

愉近习而蔽远兮　孰知察其黑白

乖剌：违忤。无当：不相称。悼怵：感伤。耄思：思绪纷乱。

怦怦：忠直。慎事：尽心侍奉（君王）。

“悲楚人”二句：大意为，为楚人卞和感到难过，献上宝玉却被认为是石头，楚厉王、楚武王都不能明察，双足皆被砍断。羌：发语词。毕：全部。斮：古同“斫”，斩断。

“小人”二句：大意为，小人占据高位，将忠正之士视作何物；改变圣人留下的制度，喜好窃窃私语，胡作非为。势：权力。法度：法令制度。嗫嚅：窃窃私语貌。

讼：谴责，争吵。闾娵：即闾姝，古代美女。

近习：君主亲信之人。蔽：蒙蔽。

miǎo

卒不得效其心容兮 安眇眇而无所归薄

专精爽以自明兮 晦冥冥而壅蔽

kǎn kē

年既已过太半兮 然埳轲而留滞

欲高飞而远集兮 恐离罔而灭败

独冤抑而无极兮 伤精神而寿夭

皇天既不纯命兮 余生终无所依

愿自沉于江流兮 绝横流而径逝

宁为江海之泥涂兮 安能久见此浊世

卒：最终。心容：心中所容，指心中所怀忠贞之情。眇眇：孤单无依貌。归薄：归附，依傍。

精爽：明朗，清亮。晦冥冥：昏暗。壅蔽：昏暗，阴沉。

太半：大半。埳轲：坎坷。

远集：犹远去。离罔：谓陷入法网。

冤抑：犹冤屈。寿夭：寿命短促。

“皇天”句：意指天生万物，善恶混杂。纯：专一不杂。命：赐予。

绝：阻断。径：直截了当。逝：去世。

泥涂：污泥，淤泥。

怨思

这一首引用历史上多名贤良忠贞之士遭受诽谤，甚至被陷至死的事实，表明自己已难以逃脱相似的命运。

贤士穷而隐处兮　廉方正而不容

子胥谏而靡(mí)躯兮　比干忠而剖心

子推自割而飤(sì)君兮　德日忘而怨深

行明白而曰黑兮　荆棘聚而成林

江离弃于穷巷兮　蒺(jí)藜(lí)蔓乎东厢

贤士：志行高洁、才能杰出的人。隐处：隐居，指处在困境中，没有被国君任用。廉方正：廉洁正直。不容：不容于世。

子胥：伍子胥，楚人，为报父仇奔吴，因劝谏吴王夫差攻越，被谗而遭拒，自刭而死。靡躯：犹言粉身碎骨。靡，通“糜”，烂。比干：商纣王叔父，屡次劝谏纣王而被剖心。

子推：介子推，一作“介之推”，晋国贤臣。这句是说子推随晋文公重耳流亡时割大腿肉给重耳充饥，重耳却渐渐忘却他的恩德而积怨日深。飤：同“饲”或“食”，指给重耳充饥。

“行明白”句：行为高洁却被污蔑，荆棘从生却成树林。

江离：香草名。穷巷：冷僻简陋的小巷。蒺藜：一年生草本植物。东厢：正屋两边的房屋称厢房，东边者为东厢。

贤者蔽而不见兮 谗谀进而相朋

xiāo xiāo
枭鸮并进而俱鸣兮 凤皇飞而高翔

yōng
愿壹往而径逝兮 道壅绝而不通

谗谀：指好谗毁、阿谀之人。相朋：互相结为朋党。朋，一作“明”，宣扬。

枭鸮：泛指恶鸟。

壅绝：阻塞断绝。

自悲

这一首着重写自己内心的悲苦：多年流放，孤苦衰病，归乡无望。继而想象远游他乡，求仙人问天道，试图以此摆脱痛苦。

居愁懃(qín)其谁告兮 独永思而忧悲

内自省而不惭兮 操愈坚而不衰

隐三年而无决兮 岁忽忽其若颓

怜余身不足以卒(zú)意兮 冀一见而复归

哀人事之不幸兮 属(zhǔ)天命而委之咸池

“居愁”二句：心中积聚愁苦，向谁诉说，独自长思，忧伤悲痛，自我反省并无羞愧之处，品行愈加坚定不衰。居：积储。懃：一本作“苦”。操：品行。

无决：没有决断，谓君王没有召回。忽忽：急速貌。颓：水向下流。

卒意：实现心愿志向。卒，完毕。复归：谓去国者归国复位。

人事：仕途，或说人世之事。属天命而委之咸池：大意为，遵从上天之意旨，把命运交给天神。咸池，天神名。

身被疾而不闲兮　心沸热其若汤

冰炭不可以相并兮　吾固知乎命之不长

哀独苦死之无乐兮　惜予年之未央

悲不反余之所居兮　恨离予之故乡

鸟兽惊而失群兮　犹高飞而哀鸣

狐死必首丘兮　夫人孰能不反其真情

故人疏而日忘兮　新人近而俞好

莫能行于杳冥兮　孰能施于无报

被疾：疾病缠身。沸热：滚热。汤：热水。

“冰炭”二句：大意为，冰与炭火难以并存，我本知道命不久矣，可哀我孤独至死悲苦无乐，可惜我年寿未到尽时。未央：未尽。

“悲不反”句：大意为，悲痛我不能返家，怅恨我远离故乡。反：通“返”，回。

“鸟兽”二句：大意为，鸟兽惊慌失群，尚且高飞哀鸣，狐狸将死之时，头必朝向窟穴，人又有谁能不念返乡之情呢。

“故人”句：大意为，故人疏远，日渐相忘，新人亲近，愈加和美。俞：一作“愈”。

“莫能”句：大意为，谁能在黑暗中行走，谁能不求回报地做事。杳冥：阴暗貌。

苦众人之皆然兮　乘回风而远游

凌恒山其若陋兮　聊愉娱以忘忧

shuò
悲虚言之无实兮　苦众口之铄金

xū xī zhān
过故乡而一顾兮　泣歔欷而霑衿

yā wǎn yǎn
厌白玉以为面兮　怀琬琰以为心

邪气入而感内兮　施玉色而外淫

何青云之流瀾兮　微霜降之蒙蒙

“苦众人”句：大意为，苦于众人都如此，乘风远去游览河山。回风：旋风。

“凌恒山”句：大意为，登上恒山览众生之渺小，勉强娱乐以消解忧愁。凌：登上高地。陋：见识浅薄。

“悲虚言”句：大意为，可悲谗言虚妄不实，苦于群小谗言之力足以熔金。铄：销毁，消损。

“过故乡”句：大意为，经过故乡回望一眼，不由泪水沾湿衣襟。歔欷：抽噎，叹息。霑衿：沾襟。

“厌白玉”句：覆白玉为面，怀美玉为心，谓容颜和内心都如美玉一般。厌：同“压”，此处指涂、敷。琬琰：皆美玉名。

邪气：病气。玉色：比喻坚贞的操守。外淫：谓滋润于外。

流瀾：散布，遍布。蒙蒙：盛貌。

徐风至而徘徊兮 疾风过之汤汤（shāng）

闻南藩乐而欲往兮 至会（kuài）稽而且止

见韩众而宿之兮 问天道之所在

借浮云以送予兮 载雌霓而为旌

驾青龙以驰骛兮 班衍衍之冥冥

忽容容其安之兮 超慌忽其焉如

苦众人之难信兮 愿离群而远举

登峦山而远望兮 好桂树之冬荣

汤汤：疾去貌。

南藩：南疆。会稽：山名，位于今浙江省绍兴市北部。

韩众：传说中的仙人。

雌霓：即雌蜺，虹有二环，内环色彩鲜盛为雄，名虹，外环色彩暗淡为雌，名蜺，今称副虹。

青龙：即苍龙，四灵之一，古时以为祥瑞之物。驰骛：疾驰，奔腾。衍衍：行进貌。

“忽容容”句：惆怅恍惚，不知道该去哪里。忽：恍忽。容容：动荡貌。超：惆怅、若有所失。焉如：到哪里。

远举：犹高飞，远扬。

 峦山：小而尖锐的山。冬荣：草木冬季茂盛或开花。

观天火之炎炀（yàng）兮 听大壑之波声

引八维以自道兮 含沆瀣以长生

居不乐以时思兮 食草木之秋实

饮菌若之朝露兮 构桂木而为室

杂橘柚以为囿（yòu）兮 列新夷与椒桢

鹍（kūn）鹤孤而夜号兮 哀居者之诚贞

天火：由雷电或物体自燃等自然原因引起的大火。炎炀：火势炽猛、炽烈的火焰。大壑：大海。

八维：四方（东、南、西、北）和四隅（东南、西南、东北、西北）合称八维。自道：自我引导。道，通“导”。沆瀣：夜间的水气、露水，旧谓仙人所饮。

菌：香木名，即菌桂。若：香草名，即杜若。构：架木造屋。

橘柚：橘子和柚子。囿：园子，一本作“圃”。列：有顺序地栽培。新夷：辛夷。椒桢：花椒树和女贞树。

鹍：鹍鸡，鸟名，似鹤，长颈红嘴，羽毛黄白色。居者：指屈原。诚贞：忠诚正直。

傅抱石 / 秋江行吟图

哀命

这一首哀叹自己生不逢时，楚国多灾多难。在此命运中，愈是心志清正，愈为奸恶小人所憎恨，遂至困顿荒野，筋疲力尽。既然不能与世俗同流合污，而个人与国家都不再有希望，唯有投身清流，以死明志。

哀时命之不合兮　伤楚国之多忧

内怀情之洁白兮　遭乱世而离尤

恶(wù)耿介之直行兮　世溷(hùn)浊而不知

何君臣之相失兮　上沅(yuán)湘而分离

测汨罗之湘水兮　知时固而不反

“哀时命”二句：大意为，哀叹屈原时运不济，伤怀楚国多忧，怀着洁白的本心，生逢乱世遭受怪罪。时命：命运。遭：遇到。离：罹，遭受。尤：罪过。

“恶耿介”句：大意为，这世道排斥正直耿介之人，浑浊而不辨忠奸。恶：厌恶、排斥。耿介：正直不阿、廉洁自持。直行：行正道，按照道义去做。不知：指不辨忠奸。

相失：不一致，合不来。沅湘：沅水和湘水，屈原遭放逐后，曾长期流浪沅湘间。

测：量水之深浅。知时固而不反：大意为，知道世事如此不能返回。固，鄙陋 。

伤离散之交乱兮 遂侧身而既远

处玄舍之幽门兮 穴岩石而窟伏

从水蛟而为徒兮 与神龙乎休息

何山石之崭岩兮 灵魂屈而偃蹇(yǎn jiǎn)

含素水而蒙深兮 日眇眇而既远

哀形体之离解兮 神罔两而无舍(shè)

惟椒兰之不反兮 魂迷惑而不知路

愿无过之设行兮 虽灭没之自乐

交乱：混乱。侧身：倾侧其身，表示戒惧不安。

玄舍、幽门：皆指黑暗的居室。穴：穴居，穴藏。窟伏：在洞中隐藏。

从水蛟：跟着蛟龙行走，与龙一起休息。徒：步行。

崭岩：尖锐貌，峻险不齐。偃蹇：屈曲。

素水：白水，清水。蒙深：迷茫，广阔而看不清。眇眇：远。

离解：松散倦惫。罔两：无所据依貌。无舍：无所安放。舍，安置。

椒兰：指楚大夫子椒和楚怀王少弟司马子兰。二人均为佞人。

无过：没有过错。设行：述说、展示自己的所作所为。灭没：死亡。

痛楚国之流亡兮　哀灵修之过到

固时俗之溷浊兮　志瞀(mào)迷而不知路

念私门之正匠兮　遥涉江而远去

念女嬃(xū)之婵(chán)媛(yuán)兮　涕泣流乎於悒(yì)

我决死而不生兮　虽重追吾何及

戏疾濑(lài)之素水兮　望高山之蹇(jiǎn)产

哀高丘之赤岸兮　遂没身而不反

流亡：危亡。过到：谓犯过失到了恶的地步。

时俗：世俗，流俗。瞀迷：烦闷困惑。

私门：行私请托的门路，一说权势之家，权贵。正匠：政教。

女嬃：屈原的姐姐，一说女伴。嬃，楚语中对女性的称呼。婵媛：情思牵萦不舍。於悒：忧郁烦闷。

重追：再三追思。吾：当作“其”。

濑：流得很急的水。蹇产：高而盘曲。

高丘：楚国山名。赤岸：土石呈赤色的崖岸。没身：指投江。

谬谏

这一首直接对楚王提出劝谏。称为“谬谏”，既是自谦，亦是自嘲，这里隐含了东方朔自身的寄托。诗中主要强调为君之道，当明辨善恶是非，遵循正道，不可轻信巧佞之徒。一旦贤者被疏，小人当道，必至祸国殃民。最后的“乱曰”是《七谏》全篇的尾声，总括了全篇的要旨，又谓黑白颠倒自古常有，表明对时局的无奈与失望。

怨灵修之浩荡兮　夫何执操之不固

悲太山之为隍兮　孰江河之可涸

愿承闲而效志兮　恐犯忌而干讳

卒抚情以寂寞兮　然怊怅而自悲

玉与石其同匮(guì)兮　贯鱼眼与珠玑

谬谏：自谦语。谬，错误，不合情理。

灵修：指楚怀王。浩荡：此处意为“荒唐”，反复无常。执操：持守节操。操，意志。
太：同“大”。隍：池塘，城有水曰池，无水曰隍。孰：犹何。

承闲：等待时机。承，通“乘”。效志：察核心志，反省。志，一本作“忠”。犯忌、干讳：触犯忌讳。
抚情：怀情。寂寞：沉寂。

匮：同“柜”。“贯鱼眼”句：把鱼眼和珠玉穿在一起。

驽骏杂而不分兮 服罢牛而骖(cān)骥(jì)

年滔滔而自远兮 寿冉冉而愈衰

心愮(tú)憛(tán)而烦冤兮 蹇超摇而无冀

固时俗之工巧兮 灭规榘(jǔ)而改错

却骐骥而不乘兮 策驽骀(tái)而取路

当世岂无骐骥兮 诚无王良之善驭

见执辔者非其人兮 故驹跳而远去

“驽骏杂”句：大意为，驽马和骏马不加分辨地混同，用老牛做主力，却把良马贬为副驾。服、骖：四马驾车，中间二匹称服，两旁的称骖，此处作动词。罢牛：衰老的牛。骥：好马。

滔滔：比喻连续不断。冉冉：时光渐渐流逝。

愮憛：忧苦悲伤。烦冤：烦躁愤懑。超摇：心神不宁貌。无冀：没有希望。

工巧：善于取巧。规榘：同“规矩”。改错：改变措施。错，通“措”。

“却骐骥”句：大意为，拒绝骑坐骏马，鞭策着驽马上路。骐骥：骏马。驽骀：劣马。

王良：人名，春秋时善御者。

执辔者：指御马之人。驹：马之少壮者。

不量凿（liáng）而正枘（ruì）兮　恐矩矱（jǔ yuē）之不同

不论世而高举兮　恐操行之不调

弧弓弛而不张兮　孰云知其所至

无倾危之患难兮　焉知贤士之所死

俗推佞而进富兮　节行张而不著

贤良蔽而不群兮　朋曹比而党誉

邪说饰而多曲兮　正法弧而不公

直士隐而避匿兮　谗谀登乎明堂

凿：在木头上挖的槽，即榫孔。枘：榫头，用以插入另一部分的榫眼，使两部分连接起来。矩矱：规矩法度。

不论世：不考察，不评论。高举：高其行，行为超出凡俗。操行：操守、品行。不调：与人合不来。

弧弓：强弓。

倾危：倾覆，倾侧危险。

推佞、进富：推举佞人，进荐富者。节行：节操品行。张而不著：不能推广发扬。张，扩张、推广。著，显著。

不群：不合群。朋曹：朋辈，指谗佞小人。党誉：袒护称赞。

“邪说”句：大意为，有害的言论总是经粉饰而不正，政治法度也弯曲不公。曲：邪僻，不正派。

明堂：古代帝王宣明政教的地方。

弃彭咸之娱乐兮　灭巧倕(chuí)之绳墨

菎(kūn)蕗(lù)杂于黀(zōu)蒸兮　机蓬矢以射革

驾蹇驴而无策兮　又何路之能极

以直鍼(zhēn)而为钓兮　又何鱼之能得

伯牙之绝弦兮　无钟子期而听之

和抱璞而泣血兮　安得良工而剖之

同音者相和兮　同类者相似

彭咸：人名，殷的贤臣，谏君不从，投水而死。巧倕：尧时巧匠，名倕。

菎蕗：香草名。黀蒸：用作燃料或照明的麻秆。机：弓弩的发射机关，此处作动词，射。蓬矢：蓬梗制成的箭。革：皮革。

“驾蹇驴”二句：大意为，驾着跛脚的驴子没有鞭子，能走到何处；用直钩垂钓，能钓到何鱼。蹇驴：跛脚羸弱的驴子。鍼：同“针”。

“伯牙”句：指伯牙擅长弹琴，钟子期能听出琴中意境，钟子期死后，伯牙因世无知音，破琴断弦，终身不再弹琴。

“和抱璞”句：指楚人卞和献璞玉于楚厉王，玉工说是石头，厉王断其左足，后献武王，亦认为是石，断其右足，至文王，卞和抱璞哭，泪尽泣血，文王让玉工剖石，遂得美玉。

似：一本作“仇”，音求，相配义。

飞鸟号其群兮 鹿鸣求其友

故叩宫而宫应兮 弹角而角动

虎啸而谷风至兮 龙举而景云往

音声之相和兮 言物类之相感也

夫方圜(yuán)之异形兮 势不可以相错

列子隐身而穷处兮 世莫可以寄托

众鸟皆有行列兮 凤独翔翔而无所薄

经浊世而不得志兮 愿侧身岩穴而自托

欲阖口而无言兮 尝被君之厚德

“故叩宫”句：大意为，弹大宫琴弦，少宫琴弦会回应；弹大角琴弦，少角琴弦会动（琴弦振动频率相同或成倍数时会产生共振效应）。宫、角：五音（宫、商、角、徵、羽）之一。

景云：大云而有光者。

“音声”二句：大意为，同音相和，同类相感，方圆形状不同，二者不能并置。方圜：方圆。势：形状。相错：同“相措”，放置一起。

列子：东周隐士。穷处：谓乡居不仕，隐居。
薄：通“泊”，依附，停止。

侧身：置身。
阖口：闭口。被：蒙受。厚德：深厚的恩德。

pián yuān
独便悁而怀毒兮 愁郁郁之焉极

念三年之积思兮 愿壹见而陈词

不及君而骋说兮 世孰可为明之

身寝疾而日愁兮 情沉抑而不扬

众人莫可与论道兮 悲精神之不通

乱曰

fú jiā
鸾皇孔凤日以远兮 畜凫駕鹅

wù wā měng
鸡鹜满堂坛兮 鼃黾游乎华池

便悁：忿恨。怀毒：怀着强烈的怨恨。愁郁郁：忧伤貌。焉极：哪里有尽头。

不及君而骋说：大意为，等不到面见君王尽情陈说。

寝疾：卧病。
不通：无人理解。

鸾皇：鸾与凰。孔凤：孔雀与凤。畜凫：家养的鸭子。駕鹅：野鹅。

鸡鹜：鸡和鸭。堂坛：高殿敞扬为堂，平场广坦为坛。鼃、黾：皆蛙类。

要褭(niǎo)奔亡兮　腾驾橐(tuó)驼

铅刀进御兮　遥弃太阿

拔搴(qiān)玄芝兮　列树芋荷

橘柚萎枯兮　苦李旖旎

甂(biān)瓯(ōu)登于明堂兮　周鼎潜乎深渊

自古而固然兮　吾又何怨乎今之人

要褭：古良马名。橐驼：骆驼。

铅刀：铅制的刀，铅质软，做刀不锐。太阿：古宝剑名。

拔搴：拔取。玄芝：灵芝。芋荷：芋艿，植物名。

旖旎：盛貌。

甂瓯：泛称粗陋的陶质小盆小瓮。周鼎：指周代传国的九鼎，比喻宝器。

傅抱石 / 虹飞千尺走雷霆

明 / 仇英 / 仙山楼阁图（局部）

哀时命

严忌

本篇为汉景帝时文人严忌所作。严忌，本姓庄，因避明帝刘庄讳，改为严。以才闻名，曾为吴王刘濞门客，后改投梁孝王，孝王厚遇之。著有辞赋 24 篇，今仅存本篇。

王逸《楚辞章句》称此赋主旨是“哀屈原”，“叹而述之”，内容大致仿照《离骚》。但诗中既用第一人称“予”叙述屈原身世，又用第三人称说“屈原沉于汨罗”，这种模糊的表述，明显有借屈原以自喻、自伤身世的用意。

全文从“哀时命”（即哀叹生不逢时）起笔，转入为世所弃、孤独无侣的悲伤，指斥世事污浊、小人骄横，而后想象遨游天界，远祸全身，最终仍归结到生命短暂、终将一事无成的悲叹。其整体的情调与屈原作品实有所不同。

哀时命之不及古人兮　夫何予生之不遘(gòu)时

往者不可扳援(pān yuán)兮　倈(lái)者不可与期

志憾恨而不逞兮　杼(shū)中情而属(zhǔ)诗

夜炯(jiǒng)炯而不寐兮　怀隐忧而历兹(zī)

心郁郁而无告兮　众孰可与深谋

欿(kǎn)愁悴而委惰兮　老冉冉而逮(dài)之

时命：命运。夫：语气词。予：我。不遘时：没遇到好时机。

往者：过去的人，指古之圣贤。扳援：攀附、依附。扳，同“攀”。倈者：来者。不可与期：难以预先期待。

“志憾恨”句：即憾恨不逞志，遗憾志向无法施展。不逞：不能施展、实现。杼：通“抒”，抒发。中情：内心的思想感情。属诗：作诗。

炯炯：双目不闭貌，多形容有心事而彻夜不寐。历兹：经历这些令人痛苦的时间。

郁郁：忧伤沉闷貌。无告：无法向人倾述。

欿：忧愁貌。愁悴：忧伤憔悴。委惰：疲倦。冉冉：渐渐。逮：到。

居处愁以隐约兮　志沉抑而不扬

yōng sè

道壅塞而不通兮　江河广而无梁

愿至昆仑之悬圃兮　采钟山之玉英

tán　làng

擥瑶木之橝枝兮　望阆风之板桐

gǔ

弱水汩其为难兮　路中断而不通

势不能凌波以径度兮　又无羽翼而高翔

然隐悯而不达兮　独徙倚而彷徉

yū zhěn

怅惝罔以永思兮　心纡轸而增伤

处愁：常常忧愁。处，常。隐约：困厄、俭约。沉抑：低沉郁抑。不扬：不振作。

壅塞：阻塞。无梁：没有桥。

悬圃：意为悬在空中的花园，神话中在昆仑山顶有悬圃。钟山：山名，在昆仑西北，一说即昆仑，其地多产美玉。

瑶木：玉树，传说中的仙树。橝枝：橉木树枝；一说橝通“覃”，长。阆风、板桐：山名，均为神仙居所。

弱水：古西方水名。汩：水流疾貌。

势：形势、情势。凌波：在水上行走。径度：径直渡过。

隐悯：谓隐居不得志而忧伤。不达：不得志。徙倚：犹徘徊，逡巡。彷徉：周游。

惝罔：惊惧貌。永思：长久思念。纡轸：委屈而隐痛。

倚踌躇以淹留兮 日饥馑而绝粮

廓抱景(yǐng)而独倚兮 超永思乎故乡

廓落寂而无友兮 谁可与玩此遗芳

白日畹(wǎn)晚其将入兮 哀余寿之弗将

车既弊而马罢(pí)兮 蹇(jiǎn)邅(zhān)徊而不能行

身既不容于浊世兮 不知进退之宜当

冠(guàn)崔(cuī)嵬(wéi)而切云兮 剑淋离而从(zòng)横

衣摄叶以储与兮 左袪(qū)挂于榑(fú)桑

踌躇：徘徊不进。淹留：逗留，羁留。饥馑：灾荒。庄稼收成很差或颗粒无收。绝粮：断绝粮食。

廓：空寂，孤独。抱景：即抱影，守着影子。

廓落：空廓落寞。遗芳：遗留的芳香。
畹晚：日将暮。弗将：不将有，不长。

弊：通“敝”，破旧，破损。罢：同“疲”，累。 蹇：语气词。邅徊：艰行不进貌。

宜当：合宜适当。

“冠崔嵬”句：大意为，高帽入云，长剑纵横。崔嵬：高耸貌。切云：上接青云。淋离：长而美好貌。从横：纵横。

摄叶、储与：均指不舒展貌。左袪：左袖口。榑桑：扶桑，传说中位于日出之处的神木。

rèn

右衽拂于不周兮 六合不足以肆行

ruì yuē

上同凿枘于伏戏兮 下合矩矱于虞唐

愿尊节而式高兮 志犹卑夫禹汤

虽知困其不改操兮 终不以邪枉害方

hú

世并举而好朋兮 壹斗斛而相量

众比周以肩迫兮 贤者远而隐藏

chún xī

为凤皇作鹑笼兮 虽翕翅其不容

右衽：右衣襟。不周：不周山，传说在昆仑山西北。六合：天地四方。肆行：自由自在地行走。

凿枘：卯眼和榫头，喻彼此相合。伏戏：伏羲。矩矱：规矩尺度。虞唐：虞舜和唐尧。舜，有虞氏，故称虞舜。尧，陶唐氏，故称唐尧。

尊节：尊重名节。式：效法。卑：轻视。禹汤：夏禹和商汤，皆被视作明君。

改操：改变节操或操行。邪枉：邪曲，不合正道。害方：损伤端正的品行。害，损害。方，品行端正。

并举：相互荐举。好朋：喜好结党。壹：等同。斗斛：两种量器，十斗为一斛。

比周：结党营私。肩迫：两肩相并，形容亲密。

凤皇：凤凰。鹑笼：关养鹌鹑的笼子。翕翅：聚拢翅膀。翕，收拢。

灵皇其不寤知兮　焉陈词而效忠

俗嫉妒而蔽贤兮　孰知余之从容

愿舒志而抽冯兮　庸讵(jù)知其吉凶

璋珪杂于甑(zèng)窐(guī)兮　陇廉(lián)与孟娵(jū)同宫

举世以为恒俗兮　固将愁苦而终穷

幽独转而不寐兮　惟烦懑(mèn)而盈匈

魂眇眇而驰骋兮　心烦冤之忡忡

志欿(kǎn)憾而不憺(dàn)兮　路幽昧而甚难

灵皇：对君王的美称。寤知：醒悟知晓。陈词：陈述。

蔽贤：埋没贤能。从容：举动。

舒志：舒展志向。抽冯：抒发愤懑。庸讵：岂，何以，怎么。

璋珪：玉璋、玉珪，皆礼器。甑窐：指代粗陋的陶器。甑，蒸食器具。窐，甑下小孔。陇廉：古丑妇名。孟娵：古美女名。

恒俗：习俗。固：必，一定。终穷：终身穷苦。

烦懑：烦闷愁恼。匈：同“胸”。

眇眇：孤单无依貌。烦冤：烦躁愤懑。忡忡：忧愁貌。

欿憾：意有不足，引以为恨。不憺：不安。幽昧：昏暗不明。

块独守此曲隅兮 然欿切而永叹

guàn

愁修夜而宛转兮 气涫沸其若波

jī jué

握剞劂而不用兮 操规矩而无所施

骋骐骥于中庭兮 焉能极夫远道

yòu líng jiàn

置猨狖于棂槛兮 夫何以责其捷巧

sì bǒ

驷跛鳖而上山兮 吾固知其不能升

zāng

释管晏而任臧获兮 何权衡之能称

块独：孤独。曲隅：偏僻的角落。欿切：愁苦，痛切。永叹：长叹。

修夜：长夜。涫沸：沸腾。

剞劂：刻镂的刀具。规矩：校正圆形和方形的两种工具。

“骋骐骥”句：让骏马在庭院中奔跑，如何能到达远方。骋：奔跑。骐骥：骏马。极：到。

“置猨狖”句：把猿猴束缚在栅栏里，如何能要求它灵巧。猨狖：猿猴。棂：窗户或栏杆上雕有花纹的格。槛：栅栏。捷巧：敏捷灵巧。

驷：驾驭。跛鳖：瘸腿的鳖。升：登山。

释管晏而任臧获：指舍弃能臣，任用没有学问的人。释，舍弃、抛弃。管晏，管仲、晏婴，春秋时齐国名相。臧获，奴婢的贱称。权衡：法度标准。权，称锤。衡，称杆。

jùn lù　　　zōu
箟簬杂于黀蒸兮　机蓬矢以射革

dàn　　　　　yāo
负檐荷以丈尺兮　欲伸要而不可得

zēng yì
外迫胁于机臂兮　上牵联于矰谁

xiá
肩倾侧而不容兮　固陿腹而不得息

务光自投于深渊兮　不获世之尘垢

孰魁摧之可久兮　愿退身而穷处

yíng
凿山楹而为室兮　下被衣于水渚

雾露蒙蒙其晨降兮　云依斐而承宇

箟簬：竹名，细而长，无节，可为矢，一作“菎蕗”。黀蒸：用作燃料或照明的麻秆。机：弩机。蓬矢：蓬梗制成的箭。革：皮革。

檐：同“担”。荷：肩负。丈尺：丈尺之地，比喻局促的境地。伸要：伸腰，挺直腰。要，同“腰”。

迫胁：逼迫、威胁。机臂：弩身。牵联：系联，连带。矰谁：系有丝绳以射飞鸟的短箭。

倾侧：倾斜。陿腹：收腹屏气。

务光：古隐士，相传汤让位于他，不肯接受，负石沉水而死。

魁摧：犹虺隤（读如悔颓），疲病貌。退身：引退，隐居。穷处：处穷，居处于贫穷。

山楹：用山石凿成的石柱。被衣：披衣。水渚：水边。
 依斐：云盛貌。宇：屋檐。

虹霓纷其朝霞兮　夕淫淫而淋雨

chāo
怊茫茫而无归兮　怅远望此旷野

下垂钓于溪谷兮　上要求于仙者

ǒu
与赤松而结友兮　比王侨而为耦

使枭杨先导兮　白虎为之前后

浮云雾而入冥兮　骑白鹿而容与

zhēng　yù cú
魂眐眐以寄独兮　汩徂往而不归

处卓卓而日远兮　志浩荡而伤怀

zēng zhuó
鸾凤翔于苍云兮　故矰缴而不能加

虹霓：彩虹霓虹。淫淫：流落不止貌。
怊：悲。无归：无所归宿。

要求：祈求。

赤松：赤松子，道家仙人。比：靠近，亲近。王侨：王子侨，道家仙人。耦：两人同耕；一说“偶”，伴侣。

枭杨：兽名，即狒狒。先导：引路。
入冥：上青天。容与：从容闲舒貌。

眐眐：独行貌。汩：流水。徂：往，去。
卓卓：高远貌。浩荡：广大旷远。

鸾凤：鸾鸟与凤凰。矰缴：系有丝绳用来射飞鸟的短箭。

蛟龙潜于旋渊兮　身不挂于罔罗

知贪饵而近死兮　不如下游乎清波

宁幽隐以远祸兮　孰侵辱之可为

子胥死而成义兮　屈原沉于汨罗

虽体解其不变兮　岂忠信之可化

志怦怦而内直兮　履绳墨而不颇

执权衡而无私兮　称轻重而不差

摡(gài)尘垢之枉攘(rǎng)兮　除秽累而反真

形体白而质素兮　中皎洁而淑清

旋渊：深渊。罔罗：渔猎所用的网。罔，同“网”。

“知贪饵”二句：大意为，知道贪食鱼饵就靠近死亡，不如深游于清水之中，宁肯隐遁起来远离灾祸，谁又能来凌辱。

“虽体解”句：大意为，虽肉身毁坏也不改变本心，忠诚信实岂会被动摇。化：改变。

怦怦：心急貌。内直：内心正直。履：履行。颇：偏。

权衡：称量物体轻重的器具。权，秤锤。衡，秤杆。

摡：洗涤。枉攘：纷乱。秽累：俗事牵累。反真：返真。

质素：本性纯洁。中皎洁：内心明净洁白。皎，通“皎”。淑清：清白，纯净。

时厌饫(yù)而不用兮　且隐伏而远身

聊窜端而匿迹兮　嗼(mò)寂默而无声

独便悁(pián yuān)而烦毒兮　焉发愤而抒情

时暧(ài)暧其将罢兮　遂闷叹而无名

伯夷死于首阳兮　卒夭隐而不荣

太公不遇文王兮　身至死而不得逞

怀瑶象而佩琼兮　愿陈列而无正

生天地之若过兮　忽烂漫而无成

厌饫：吃腻，吃饱。不用：不听从。隐伏：隐居。远身：抽身而去。

窜端、匿迹：藏匿行迹。嗼：同“寞”，寂寞，清净。

便悁：忿恨。烦毒：烦忧。发愤：发泄愤懑。

暧暧：昏昧不明貌。闷叹：烦闷叹息。无名：声名不显于世。

伯夷：商末人，武王伐纣，伯夷认为不仁，与叔齐勒马劝阻，武王灭商，二人耻食周粟，饿死于首阳山。夭隐：死于隐居。

太公：太公望，即姜子牙。逞：施展才华。

瑶象：美玉和象牙。佩琼：佩戴美玉。陈列：陈述。无正：无人为己评正是非，一说没有评判之人。

“生天地”句：大意为，人就像天地间的过客，时光匆匆却一事无成。烂漫：散乱。

cǎn dá

邪气袭余之形体兮 疾憯怛而萌生

愿壹见阳春之白日兮 恐不终乎永年

“邪气”二句：大意为，邪气侵袭我的身体，病痛萌发，想见到春天来临，恐怕寿命不永，等不到那天了。憯怛：忧伤，悲痛。萌生：产生。

傅抱石/ 游山图

明 / 仇英 / 仙山楼阁图（局部）

九 怀

王 褒

《九怀》为西汉宣帝时期辞赋家王褒所作。王褒，蜀人，以文名入仕，获宣帝召见。著述颇丰，有多篇辞赋传世，《九怀》或为其早期成名作。

本篇为组诗，由九首抒发情思的诗作组成，犹如《九章》。全诗用代屈原立言的形式写成，但此类诗作通常包含作者自我抒发的内容。

各篇大抵独立成章，没有显著的连贯性。唯大都在篇末申明怀君不忘之意，这成为《九怀》的基调。

匡机

此诗题意费解。或释为“匡救危殆”之意，但在诗中没有显著的表现。内容写天道无常，使自己陷入困顿。于是想象摆脱现实，进入理想中的世界。那里虽然金玉盈堂、美不胜收，但内心仍然怀恋故国，“念君兮不忘”。

极运兮 不中

来将屈兮 困穷

余深愍(mǐn)兮 惨怛(dá)

愿一列兮 无从

乘日月兮 上征

“极运”二句：大意为，天道运行不正常，遭受委屈啊身处穷困。极：天极，喻天道。中：正。来：一本作“永”。困穷：艰难窘迫。

愍：同“悯”，忧愁。惨怛：忧伤、悲痛。

一列：陈述，指进谏。无从：找不到门径。

上征：上升、飞升。

hào fēng
顾游心兮 鄗酆

yú
弥览兮 九隅

彷徨兮 兰宫

芷间兮 药房

奋摇兮 众芳

qūn
菌阁兮 蕙楼

guàn zòng
观道兮 从横

宝金兮 委积

顾游心：遥想思念。顾，眷顾。游心，浮想骋思。鄗：同“镐”，周武王姬发的都城，在今陕西省西安市长安区西南。酆：周文王姬昌的都城，在今陕西省西安市鄠邑区境内。

弥览：历观，遍观。九隅：九州。

兰宫：宫殿的美称。

间：一作“室”。药：白芷。

奋摇：蓬勃生长貌。

菌：通“箘”，桂树，香木的一种。蕙楼：楼房的美称。

观道：楼台旁的路。观，宫廷或宗庙大门外两旁的高建筑物，也指楼台亭榭。从横：纵横。

宝金：金银珠宝。委积：聚积，堆积。

美玉兮 盈堂

桂水兮 潺湲（chán yuán）

扬流兮 洋洋

蓍（shī）蔡兮 踊跃

孔鹤兮 回翔

抚槛（jiàn）兮 远望

念君兮 不忘

怫郁兮 莫陈

永怀兮 内伤

潺湲：流水不绝貌。

洋洋：广远无涯貌。

蓍蔡：蓍草和大龟，皆占卜用具。蓍，蓍草，一说“蓍”通“耆”，老也。蔡，大龟。

孔鹤：孔雀和仙鹤。回翔：盘旋飞翔。

怫郁：心情不舒畅。莫陈：无处诉说。

永怀：长久怀念。内伤：心中悲伤。

通路

这首诗感叹世道秽乱，贤者欲报国而无路可通。眼见凤鸟远逝，鹞雀近处，鲸鳣潜藏，鱼虾嬉戏，自己唯有离世远游。然而，正当自由逍遥于天界之时，遥视楚国，晦暗未明，内心又不禁忧伤难忍。

天门兮 墬(dì)户

孰由兮 贤者

无正兮 溷(hùn)厕

怀德兮 何睹

假寐兮 愍(mǐn)斯

谁可与兮 寤语

“天门”句：古代传说天有门，地有户，天门在西北，地户在东南。墬，同“地”。

孰由兮贤者：大意为，贤士啊该走哪条路。由：行走。

“无正”二句：谓奸邪之徒混杂，看不见怀有德行的君子。溷厕：混杂其间。溷，同“混”。厕，参与、混杂。

“假寐”二句：大意为，和衣而卧，忧心忡忡，有谁能与我相对而语。假寐：不脱冠带而卧。愍：同“悯”，忧愁。寤语：相对而语。寤，即“晤”。

痛凤兮 远逝

yàn chǔ
畜鴳兮 近处

xún
鲸鱏兮 幽潜

zhǔ
从虾兮 游陼

qiú
乘虬兮 登阳

zài
载象兮 上行

朝发兮 葱岭

夕至兮 明光

“痛凤”二句：大意为，痛心凤鸟远去，鴳雀却养在近处。畜：养。鴳：同“鷃”，鴳雀，喻小人。近处：亲附、亲近。

鱏：同“鲟”，一种大鱼。幽潜：潜藏，隐居。

从虾：小鱼虾。陼：通“渚”，水中小块陆地。

虬：虬龙，传说中有角的小龙。登阳：上天。

载：乘坐。象：神象，白身赤头，有翼能飞。上行：上升。

葱岭：山名，在新疆西南境，昆仑、天山等皆发脉于此。

明光：指神话中昼夜常明的丹丘。

北饮兮 飞泉

南采兮 芝英

xiù
宣游兮 列宿

páng yáng
顺极兮 彷徉

xīng
红采兮 骍衣

piǎo
翠缥兮 为裳

lín lí
舒佩兮 綝缡

sǒng
竦余剑兮 干将

腾蛇兮 后从

飞泉：谷名，在昆仑西南。

芝英：灵芝。

宣游：周游。列宿：指天上二十八宿。

顺极：环绕北极星。彷徉：徘徊、游荡。

红采：即虹采，霓衣。骍：赤色。

翠缥：指淡淡的青云。缥：青白色丝织品。

舒佩：指玉佩挂身上舒展的样子。綝缡：衣裳、毛羽下垂貌。

竦：执、握。干将：古剑名。

腾蛇：传说中一种能飞的蛇。后从：随从、扈从。

jù
飞駏兮 步旁

微观兮 玄圃

览察兮 瑶光

guì　　cè
启匮兮 探筴

悲命兮 相当

纫蕙兮 永辞

将离兮 所思

浮云兮 容与

飞駏：即駏驉，兽名，神话中似骡的坐骑。

微观：窥视。玄圃：悬圃，空中的花园，神话中在昆仑山顶。

览察：仔细观察。瑶光：北斗七星的第七星。

匮：古同“柜”。探：取。筴：占卜用的蓍草。

相当：相遇，所遭逢。

纫：穿连，连缀。永辞：永远诀别。

所思：所思慕的人，指君王。

容与：徘徊不前貌。

dǎo
道余兮 何之

　　qiān
远望兮 仟眠

　　tián
闻雷兮 阗阗

　　hàn
阴忧兮 感余

惆怅兮 自怜

道：通“导”，引导。何之：往哪儿去。

仟眠：昏暗不明貌。

阗阗：声音洪大。

阴忧：内心的忧愁。

感：通“撼”，摇动、震动，触动感慨。

傅抱石 / 西风吹下红雨来

危俊

"危俊"当是俊者孤危之意。诗中写自己离国远去，升空漫游，访牵牛，望太一，观幽云，徘徊神山。但即使在天界，也是求一佳偶而不可得，终了仍是愁心无极。

林不容兮 鸣蜩(tiáo)

余何留兮 中州

陶嘉月兮 总驾

搴(qiān)玉英兮 自修

结荣茝(chǎi)兮 逶(wēi)逝

将去烝(zhēng)兮 远游

不容：不能容纳。鸣蜩：鸣蝉。
中州：中土。

陶：快乐。嘉月：美好的月份，多指春月，亦指美好的时光。
总驾：驾驶车马。

搴：拔取。玉英：美玉，花朵。自修：自我装扮，喻修养自身德性。

结：系。荣：草木茂盛。茝：一种香草。逶逝：远去。
去：离开。烝：指君王。

wēi què
径岱土兮 魏阙

历九曲兮 牵牛

cháng yáng
聊假日兮 相佯

遗光燿兮 周流

望太一兮 淹息

yū pèi
纡余辔兮 自休

xī
晞白日兮 皎皎

mí
弥远路兮 悠悠

bèi piāo
顾列孛兮 缥缥

观幽云兮 陈浮

径：名词动用，行走、攀登。岱：泰山的别称。魏：通“巍”，巍峨高大。
九曲：迂回曲折，一说指九天。牵牛：即牵牛星。

假日：假以时日。相佯：徘徊游荡。
遗光燿：发扬光彩，光芒四射。周流：周游，到处漂泊。

太一：最高神东皇太一。淹息：停歇、停留。
纡：本意曲折、弯曲，这里指放松、放缓。辔：马的缰绳。

晞：破晓。皎皎：洁白明亮貌。
弥：久、远，形容道路遥远。

 列孛：彗星。缥缥：犹飘飘，或遥远。幽云：山中云气。

钜宝迁兮 砏磤（pīn yīn）

雉（zhì）咸雊（gòu）兮 相求

泱莽莽兮 究志

惧吾心兮 懤懤（chóu）

步余马兮 飞柱

览可与兮 匹俦（chóu）

卒莫有兮 纤介

永余思兮 怞怞（yóu）

钜宝：即陈宝，传说中鸡头人身的神。砏磤：石相击声。
雉：野鸡。咸：皆、都。雊：野鸡鸣叫。相求：互相寻求。

泱莽莽：辽阔广大貌。究：探求，究志指陷入无尽的沉思。
惧：畏惧、担心。懤懤：忧愁沉重。

“步余马”二句：大意为，下马缓步而行，游览神山，看看有谁能做我的伴侣。飞柱：神山名。匹俦：伴侣。

“卒莫有”二句：大意为，无志同道合之人同行，令我思绪绵长而忧伤。卒：终于、最终。纤介：耿介正直之士，一说细小的嫌隙。怞怞：忧愁貌。

昭世

“昭世”，言世道昏暗，望其昭明。诗中写自己离开君王，飞升天穹，与神人相伴，精神愉悦。但遥望旧邦，却又黯然神伤，闻神女奏乐而流泪不止。最后哀叹虽有报国之心，无奈君王昏庸不明。

世混兮 冥昏

违君兮 归真

乘龙兮 偃蹇(yǎn jiǎn)

高回翔兮 上臻(zhēn)

袭英衣兮 缇(tí)䌌(qiè)

披华裳兮 芳芬

冥昏：昏暗。
违君：离开君王。归真：回归本真。

偃蹇：龙形屈曲貌。
臻：至，达到，指到达天庭。

 袭：穿。英衣：花衣。缇䌌：色彩鲜艳的衣服。

登羊角兮 扶舆

浮云漠兮 自娱

握神精兮 雍容

xū

与神人兮 相胥

流星坠兮 成雨

lín

进瞵盼兮 上丘墟

wěng

览旧邦兮 滃郁

余安能兮 久居

liú lì

志怀逝兮 心懰慄

yū chóu chú

纡余辔兮 踌躇

羊角：旋风。扶舆：犹扶摇，盘旋升腾貌。
云漠：一作“云汉”，银河。

神精：精神，一说神明。雍容：仪态温文大方。
胥：看，观察，一说通“须”，等待。

进：一作“集”。瞵盼：凝视貌。丘墟：山丘。

滃郁：云烟弥漫。

志怀逝：暗暗地想要离去。懰慄：忧伤、悲怆。
纡：行动缓慢、放松。踌躇：徘徊。

闻素女兮 微歌

听王后兮 吹竽

魂凄怆兮 感哀

肠回回兮 盘纡(yū)

抚余佩兮 缤纷

高太息兮 自怜

使祝融兮 先行

令昭明兮 开门

驰六蛟兮 上征

竦余驾兮 入冥

素女：神女，善于弦歌。
王后：一说指伏妃。

回回：纡回曲折。盘纡：回绕曲折。

缤纷：繁盛貌。
太息：叹息。

祝融：南方火神。
昭明：炎神。

六蛟：六龙。
竦：通“耸”，向上进发之意。入冥：上青天。

历九州兮 索合

谁可与兮 终生

忽反顾兮 西囿(yòu)

睹轸(zhěn)丘兮 崎倾

横垂涕兮 泫(xuàn)流

悲余后兮 失灵

索合：寻求志同道合的人。

反顾：回头看。囿：园圃。
轸丘：方形山丘。崎倾：崎岖、倾危。

垂涕、泫流：皆指流泪。
后：指君王。失灵：不灵敏，即昏庸糊涂。

明 / 仇英 / 莲溪渔隐图

尊嘉

"尊嘉"，言美好事物理当受人尊崇。诗中感慨世道混乱，香花香草纷纷憔悴凋零，贤者如伍子胥、屈原（此处对屈原用第三人称），皆蒙受冤屈而亡。诗人临淮水而悲叹，既而在想象中乘舟泛流，游水神之宫，有蛟龙导引，河伯开门，欢欣相迎。可是顾念旧都，仍然无法抑制悲伤。

季春兮 阳阳

列草兮 成行

余悲兮 兰生

委积兮 从(zòng)横

江离兮 遗捐

辛夷兮 挤臧(cáng)

伊思兮 往古

季春：晚春。阳阳：风和日丽。
"列草"句：指百草茂盛，罗列成行。

生：一作"悴"，兰悴，意为兰花凋零。
委积：落花堆积。从横：纷乱貌。

江离：蘼芜，香草名。遗捐：被遗弃。
辛夷：香木名。挤臧：遭遇排挤而隐匿不显。臧，通"藏"。

伊：发语词。思：思念，缅怀。往古：往昔，指古之贤者。

亦多兮 遭殃

伍胥兮 浮江

屈子兮 沉湘

运余兮 念兹

心内兮 怀伤

望淮兮 沛沛

滨流兮 则逝

bàng
榜舫兮 下流

kē
东注兮 磕磕

“亦多”句：接上句，指古之贤者大多数都遭受灾祸。

伍胥：即伍子胥。
屈子：即屈原。

运余：转念想到自身。兹：其，指所思索的这些事。

淮：淮河。沛沛：水盛大貌。
滨：水边，作动词用，站在水边。逝：指随流水而去。

榜舫：乘船。榜，船桨。舫，泛指船。
注：流注、倾泻。磕磕：拟声词，水石撞击声。

蛟龙兮 导引

lài
文鱼兮 上濑

抽蒲兮 陈坐

qú
援芙蕖兮 为盖

jīng
水跃兮 余旌

继以兮 微蔡

wù
云旗兮 电骛

yì
倏忽兮 容裔

河伯兮 开门

迎余兮 欢欣

文鱼：有斑彩花纹的鱼，一说鲤鱼。上濑：指文鱼带我穿过激流。濑，从沙石上流过的急水。

抽蒲：抽拔蒲草编席。陈坐：铺设坐席。
援：持、执。芙蕖：荷花。

“水跃”二句：大意为，水浪翻卷溅湿了我的旌旗，接着微小的水藻也被带到船上。微蔡：小草，此指水藻。

云旗：以云为旗。电骛：疾驰貌。骛，奔跑。
倏忽：迅疾貌。容裔：随水波荡漾。

河伯：传说中的河神。

顾念兮 旧都

怀恨兮 艰难

窃哀兮 浮萍

fàn yín
汎淫兮 无根

汎淫：浮游不定貌。

蓄英

“蓄英”题意费解。或言生当污秽之世，内美不可失也。诗中写秋风肃杀，燕子南归，对此萧瑟景象，想到不再有唐虞那样的贤君，便不必留恋故土。幻想中他乘云回旋，勉力自强，似乎于世无求。然而一旦想到君王，顿觉茫然，“身去兮意存”，悲恨不可止。

秋风兮　萧萧

舒芳兮　振条

微霜兮　眇眇(miǎo)

病殀(yāo)兮　鸣蜩(tiáo)

玄鸟兮　辞归

飞翔兮　灵丘

望谿(xī)兮　滃(wěng)郁

萧萧：萧条貌，或秋风声。
舒芳：芳草摇曳。振条：摇动枝条。舒、振皆有摇动意。

眇眇：微小。
病殀：死亡。殀，同“夭”。鸣蜩：鸣蝉，秋天蝉已死。

玄鸟：燕子。玄，黑色。辞归：辞别归去。
灵丘：神仙所居之山。

谿：谷。滃郁：云烟弥漫。

pí hǒu háo
熊罴兮 呴嗥

唐虞兮 不存

何故兮 久留

临渊兮 汪洋

顾林兮 忽荒

guī
修余兮 袿衣

骑霓兮 南上

乘云兮 回回

wěi
亹亹兮 自强

熊罴：熊和罴，皆猛兽。呴：同“吼”。嗥：野兽号叫。

唐虞：唐尧与虞舜，皆明君。

汪洋：形容水面之广阔。
忽荒：形容林野之荒芜。

修：整理、修饰。袿衣：长袍。
骑霓：骑着彩虹。南上：去往南方的天空。

回回：纡回曲折，此处谓云气弥漫貌。
亹亹：勤勉不倦貌。

gāo
将息兮 兰皋

失志兮 悠悠

fén　　méi lí
䓵蕴兮 黴黧

思君兮 无聊

身去兮 意存

chuàng
怆恨兮 怀愁

将息：休息。兰皋：长有兰草的涯岸。
失志：不得志。

䓵蕴：蓄积，形容忧愁蕴积于胸。黴黧：形容面色黑黄。黴，同“霉”，面垢黑。黧，黑里带黄。

怆恨：悲痛。

思忠

“思忠”，怀念正直之士。诗中写贞正之人弃于山野，佞曲之臣升于显朝，令自己内心惨痛。继而想象神游天界，以星斗酌酒浆、盛美食，然后远去西方。但是想到故国如此败坏，依旧不能忘怀。

登九灵兮　游神

静女歌兮　微晨

悲皇丘兮　积葛

众体错兮　交纷

贞枝抑兮　枯槁

枉车登兮　庆云

感余志兮　惨慄

九灵：九天。游神：舒放精神。
静女：指神女。微晨：黎明。

皇丘：大山丘。积葛：谓葛草丛生。
错兮、交纷：谓葛草错杂貌。

贞：正直。抑：压制。
枉：弯曲，不正。庆云：本指祥瑞之气，喻显位。

惨慄：悲痛之极。

心怆怆兮 自怜

驾玄螭(chī)兮 北征

向吾路兮 葱岭

连五宿(xiù)兮 建旄(máo)

扬氛气兮 为旌

历广漠兮 驰骛(wù)

览中国兮 冥冥

玄武步兮 水母

与吾期兮 南荣

登华盖兮 乘阳

怆怆：忧伤悲痛貌。

玄：黑色。螭：传说中无角之龙。征：行。
葱岭：古山脉名，传说以山多青葱而得名。

五宿：五星宿。旄：古代用牦牛尾装饰的旗帜。氛气：雾气。

漠：辽阔空旷之地。驰骛：奔腾。

玄武：神龟。水母：水神。期：约会。南荣：南方。

华盖：星群名，共十六星。乘阳：上天。

聊逍遥兮 播光

lóu lǐ
抽库娄兮 酌醴

bó
援瓟瓜兮 接粮

毕休息兮 远逝

rèn
发玉轫兮 西行

惟时俗兮 疾正

弗可久兮 此方

wù pì biào
寤辟摽兮 永思

心怫郁兮 内伤

聊：暂且。逍遥：自由自在。播光：或为“瑶光”之误，指北斗第七星。

“抽库娄”二句：大意为，拿库娄星倒酒，援瓟瓜星为粮。库娄：星名，形似酌酒器。酌醴：酌酒。瓟瓜：匏瓜，星名。

毕休息：休息完毕。
发玉轫：发车，启程。轫，用以制止车轮转动的木头。

惟：思。疾正：憎恶忠信正直之人。
方：区域，地区。

寤：睡醒。辟摽：抚心捶胸，极度忧伤的动作。辟，通“擗”。
怫郁：忧郁，心情不舒畅。内伤：心中悲痛。

陶壅

"陶壅"，谓内心郁陶（烦闷）而壅堵。诗中写自己哀伤乱俗，逃世高飞，向天帝问返璞归真之秘，求蝉蜕浊秽之道。但是内心仍然希望自己能像皋陶那样，遇尧舜而施才能。可是九州无明君，只能抚轼作诗长叹了。

览杳杳兮 世惟
余惆怅兮 何归
伤时俗兮 溷乱
将奋翼兮 高飞

驾八龙兮 连蜷
建虹旌兮 威夷

杳杳：昏暗。惟：一作"维"，纲纪。

溷乱：混乱。
奋翼：展翅。

八龙：神话中的八匹龙马。连蜷：弯曲。
建：竖起。虹旌：以彩虹为旌旗。威夷：同"逶迤"，曲折自如貌。

观中宇兮　浩浩

纷翼翼兮　上跻(jī)

浮溺水兮　舒光

淹低佪(huái)兮　京沶(chí)

屯(tún)余车兮　索友

睹皇公兮　问师

道莫贵兮　归真

羡余术兮　可夷

吾乃逝兮　南娭(xī)

道幽路兮　九疑

中宇：天空。浩浩：广大无际。
翼翼：疾起高飞貌。上跻：上升、高飞。

溺水：弱水，神话中险恶难渡的河海。舒光：散发光彩。
淹：逗留。低佪：徘徊。京：大。沶：同“坻”，水中陆地。

屯：驻扎。索：寻找。
“睹皇公”句：谓向天帝请教问题。皇公：天帝。

“道莫贵”二句：为皇公言，大意为，道的可贵之处在于返璞归真，仰慕我的道术啊令人欣喜。道：大道。夷：喜悦。

娭：同“嬉”，玩乐、游戏。
道：取道。九疑：九嶷山，位于今湖南境内，传说舜葬于此。

越炎火兮　万里

　　　　　yí
过万首兮　嶷嶷

　　　　　tuì
济江海兮　蝉蜕

绝北梁兮　永辞

浮云郁兮　昼昏

mái　　　méi
霾土忽兮　塺塺

　　　　　　shà
息阳城兮　广夏

衰色罔兮　中怠

　　　　　liǎo wù
意晓阳兮　燎寤

炎火：《山海经》记载的炎火之山，位于昆仑山旁弱水之外。
万首：指海中众多岛屿。嶷嶷：同“嶷嶷”，高峻。

济：渡。蝉蜕：蝉蜕皮，比喻魂魄离开躯体，多指修道成真或羽化仙去。
北梁：北边的桥，古多指送别之地。永辞：永别。

郁：积聚。昼昏：白昼昏暗。
霾土：飞扬的尘土。塺塺：尘土弥漫貌。

阳城：楚国地名。广夏：即广厦，高大的房屋。
衰色：气色憔悴。罔：同“惘”，失意。中怠：内心疲惫。

晓阳：明晓，明白。燎寤：了悟。

zhěn
乃自診兮 在兹

思尧舜兮 袭兴

gāo yáo
幸咎繇兮 获谋

悲九州兮 靡君

抚轼叹兮 作诗

自診：自省，一本作“息轸”，意为停车。

袭兴：相继兴盛。

幸：高兴、庆幸。咎繇：即皋陶，舜之贤臣。获谋：谓得以任用。谋，咨询，商议。获，得到。

靡君：没有明君。

轼：车轼，古代车上供乘者扶凭的横木。

株昭

株昭，“株”借为诛，此处是去除之意；昭，光明、显耀。题意为去除邪恶，方能昭示正道。本篇以“悲哉于嗟兮，心内切磋”这样的长叹引起，而后从各个方面罗列世间黑白颠倒、贤能者遭受摧残的现象。而后想象自己驾虹霓乘云气神游于天地间，无比快乐。然而回望秽浊不堪的人间，虽已决定远逝，却依然泪如雨下。

最后部分的“乱辞”，从楚辞惯例来说，应是《九怀》全篇的尾声，但文意与《株昭》联系最为紧密。大意说如有贤明君主去除邪恶，昭示正道，自己愿意为之辅佐。

悲哉于嗟(xū jiē)兮　心内切磋

款冬而生兮　凋彼叶柯

瓦砾(lì)进宝兮　捐弃随和

铅刀厉御兮　顿弃太阿

于嗟：即“吁嗟”，叹息声。切磋：古代打磨骨器叫切，打磨象牙叫磋，这里喻指内心痛恻。

款冬：植物名，严冬开花，此处喻小人得志，君子萎败。柯：草木的枝茎。

瓦砾进宝：指把瓦砾当作宝贝。随和：隋侯珠与和氏璧，皆宝物名。随，同“隋”，隋侯之珠。和，和氏璧。

“铅刀”句：指使用铅刀而弃用宝剑。铅刀：不锋利之刀。厉御：驾驭。厉，鞭策。御，驾驶车马。顿：同“钝”，不锋利。太阿：宝剑名。

　　　　　　　　cuō tuó
骥垂两耳兮　中坂蹉跎
jiǎn
蹇驴服驾兮　无用日多
　　　　　　　　suō mó
修洁处幽兮　贵宠沙劘
　　　　　　chún yàn
凤皇不翔兮　鹑鴳飞扬
　　cān
乘虹骖蜺兮　载云变化
jiāo míng
鷦䳟开路兮　后属青蛇
　　　　　　xiāng quán ē
步骤桂林兮　超骧卷阿
　　　　　　xī
丘陵翔舞兮　谿谷悲歌

神章灵篇兮　赴曲相和

骥：骏马。中坂：半山坡。蹉跎：失足。
蹇：跛，瘸。服驾：拉车。无用日多：无用却被任用之人日益增多。

修洁处幽：谓高尚之士幽隐山林。贵宠：得宠的权贵。沙劘：摩挲、抚摩，谓亲近。

鹑鴳：即鹌鹑。

骖：乘，驾驭。蜺：古同“霓”，虹的一种。

鷦䳟：传说中的神鸟，或曰凤凰。后属：后面跟随着。

步骤：缓行和疾走。步，缓行。骤，疾走。超骧：腾跃而前貌。卷阿：泛指蜿蜒的山陵。

神章灵篇：指歌曲。赴曲：应合曲调的节奏旋律。

余私娱兹兮 孰哉复加

huán
还顾世俗兮 坏败罔罗

pāng tuó
卷佩将逝兮 涕流滂沲

乱曰

皇门开兮 照下土

株秽除兮 兰芷睹

nìng
四佞放兮 后得禹

圣舜摄兮 昭尧绪

孰能若兮 愿为辅

兹：这个。孰哉复加：还有什么可以增加？谓愉悦到了极点。

罔罗：网罗，捕捉鸟兽的工具，喻纲纪法度。

卷佩：收拾行装。佩，衣带的饰品，此处代指衣物。滂沲：同“滂沱”。

皇门：谓宫门。
株秽：污秽邪恶的草木，喻小人。

四佞：尧的四个佞臣，驩兜、共工、三苗、鲧。放：驱逐。
摄：治理。昭：发扬光大。绪：前人（指尧）未完成的功业。

孰能若：大意为，谁能像尧舜这样圣明，我愿意辅佐他。

明 / 仇英 / 仙山楼阁图（局部）

九叹

刘向

《九叹》与《九怀》相类，是由九首诗作构成的组诗。作者刘向（约前 77—前 6），西汉宗室，在整理和保存古代文献方面贡献巨大。《楚辞》一书最早就是由刘向辑录而成，最后一篇收入刘向本人的《九叹》。

全诗结构也与《九怀》相近，除第五首《惜贤》，均以代屈原立言的形式写成。内容大致融合屈原《离骚》《九章》等作品，述其生平、志趣与理想，以及忠君爱国却遭贬斥的命运，抒写其内心的悲愤与不平。各篇之间没有显著的连贯性。

逢纷

“逢纷”，意为遭逢纷乱之世。开头仿照《离骚》，先述屈原出身之高贵、德操之纯正，感慨君王信谗佞而斥忠贤，使他志不得申。继而写屈原在流放中的憔悴与哀伤，以及他对郢都的怀念。

伊伯庸之末胄(zhòu)兮　谅皇直之屈原

云余肇祖于高阳兮　惟楚怀之婵连

原生受命于贞节兮　鸿永路有嘉名

齐名字于天地兮　并光明于列星

吸精粹而吐氛浊兮　横邪世而不取容

“伊伯庸”二句：讲述屈原身世，是伯庸之子，始祖是上古帝王颛顼，与楚怀王有血缘关系。伊、云、惟：皆语气词。伯庸：屈原父亲之名。末胄：子孙。谅：信、确实。皇直：美好忠直。肇祖：始出。高阳：颛顼，屈原及楚王皆高阳氏后裔。楚怀：楚怀王。婵连：相连，形容有亲族关系。

“原生”二句：大意为，屈原秉承忠贞的德行降生，被赐予好名，名字与天地同齐，与群星一样璀璨。原：屈原。鸿永路：前途远大。嘉名：好名字。

“吸精粹”二句：大意为，屈原修养品性，身处浊世而不同流合污，终因赤诚、刚正不阿，致使被排挤、遭受谗言。横邪世：即身处乱世。取容：讨好别人以求安身。

行叩诚而不阿（ē）兮 遂见排而逢谗

后听虚而黜（chù）实兮 不吾理而顺情

肠愤悁（yuān）而含怒兮 志迁蹇（jiǎn）而左倾

心戃（tǎng）慌其不我与兮 躬速速其不吾亲

辞灵修而陨志兮 吟泽畔之江滨

椒桂罗（lí）以颠覆兮 有竭信而归诚

谗夫蔼蔼而漫著兮 曷（hé）其不舒予情

行：德行。叩诚：忠诚、真诚。不阿：不逢迎。见：被。逢：遇到、遭受。

“后听虚”二句：大意为，君王听信虚假之言而贬谪诚实的忠良之士，不理会我而放纵自己，满腹愤恨，心怀怒气啊，心情颓丧。后：君王。黜：降职或罢免。顺情：顺应天性、纵欲。愤悁：愤恨。志：心志、心情。迁蹇：犹偃蹇，宛转委曲。左倾：颓丧不振。

“心戃慌”二句：大意为，为君王的不信任、不亲近而感到伤心难过，意志消颓地辞别楚怀王，行吟江边。戃慌：失意貌。与：交往、交好。速速：疏远貌。灵修：楚怀王。

“椒桂罗”二句：大意为，椒桂香木，就算遭受不幸，也会竭尽全力报以忠诚。谗佞之人纷纷污蔑别人而夸耀自己，怎能不抒发我的一腔幽情。椒桂：椒与桂，皆香木。罗：通“罹”，遭受苦难或不幸。颠覆：颠仆、跌落。竭信：竭诚。归诚：对人寄以诚心。蔼蔼：众多。漫著：谓污蔑别人以显示自己。曷：何。

始结言于庙堂兮 信中涂而叛之

怀兰蕙与衡芷兮 行中壄而散之

声哀哀而怀高丘兮 心愁愁而思旧邦

愿承间而自恃兮 径淫曀(yì)而道壅(yōng)

颜黴(méi)黧(lí)以沮败兮 精越裂而衰耄(mào)

裳襜(chān)襜而含风兮 衣纳纳而掩露

赴江湘之湍流兮 顺波凑而下降

徐徘徊于山阿兮 飘风来之汹汹

"始结言"二句：大意为，从前君王与我在庙堂约定要建立功业，却随意地中途毁弃；我行走于原野，散落了怀中的香草。结言：用言辞订约。庙堂：太庙和明堂。信：放任，随便。中涂：中途。衡芷：杜衡和白芷。中壄：即中野，荒野中。

"声哀哀"二句：谓屈原仍旧怀念故国故乡，想等待时机再尽忠，可是道路昏暗前路阻塞。高丘：楚国山名。旧邦：故国。承间：趁机会。自恃：依靠自己。淫曀：昏暗。壅：堵塞。

"颜黴黧"二句：大意为，面色黧黑，精神受挫，日渐衰老。衣服被露水濡湿，在寒风中飘摇。黴黧：形容面垢黑。黴，通"霉"。沮败：挫败。越裂：散失、消散。衰耄：衰老。襜襜：摇动貌。纳纳：沾湿貌。

江湘：长江湘江。湍流：急而回旋的水流。波凑：滚滚波涛。下降：指屈原乘船顺江而下。

山阿：山的曲折处。飘风：疾风。

驰余车兮玄石　步余马兮洞庭

平明发兮苍梧　夕投宿兮石城

芙蓉盖而菱华车兮　紫贝阙而玉堂

薜荔饰而陆离荐兮　鱼鳞衣而白蜺裳（cháng）

登逢龙而下陨兮　违故都之漫漫

思南郢之旧俗兮　肠一夕而九运

扬流波之潢（huàng）潢兮　体溶溶而东回

心怊怅以永思兮　意晻（yǎn）晻而日颓

"驰余车"二句：谓屈原驱车四处游览。玄石：山名，在洞庭湖西。平明：犹黎明，天刚亮的时候。苍梧：山名，即九嶷山。石城：山名。

"芙蓉盖"二句：大意为，以芙蓉作盖，菱花作车啊，紫贝砌成楼台，白玉铺厅堂；薜荔作装饰，香草作卧席，衣服如鱼鳞般色彩华丽，裙子如白蜺般洁白飘逸。菱华：菱花。菱，水生植物，夏日开白花。阙：古代宫殿。陆离：美玉，一说香草。荐：草席，垫子。

"登逢龙"二句：大意为，登上逢龙山向下看，距离故乡好远。怀想郢都的旧物风俗，肠一夕九转。逢龙：山名。下陨：向下看。故都：故乡。南郢：指楚国郢都。九运：九转。

"扬流波"二句：大意为，江水扬起波涛，向东滚滚奔流，心情惆怅，日渐颓丧。流波：流水。潢潢：水深广貌。溶溶：水流盛大貌。怊怅：惆怅。永思：长思、长念。意：心情。晻晻：抑郁貌。

白露纷以涂涂兮　秋风浏以萧萧

身永流而不还兮　魂长逝而常愁

叹曰

譬(pì)彼流水　纷扬磕(kē)兮

波逢汹涌　渀(pēn)滂沛兮

揄扬涤荡　漂流陨往　触崟(yín)石兮

龙邛(qióng)脟圈(luán)　缭戾宛转　阻相薄兮

“白露纷”二句：大意为，白露弥漫，秋风迅疾。屈原投身于水永不复返，魂虽归去，愁怨依旧长留人间。涂涂：厚貌。浏：风疾速貌。萧萧：草木摇落声。

“叹曰”：描绘汨罗江水澎湃激荡的景象，感叹屈原坎坷的遭遇，称颂屈原给后人留下美好的篇章。

譬：比如。纷扬磕：浪花飞溅撞击石头。

渀：水浪涌起。滂沛：形容水势浩大，波澜壮阔。

揄扬：挥扬，扬起。涤荡：荡洗、清除，这里形容水势浩荡。漂流：漂浮流动。陨往：下落。崟：山石尖锐。

龙邛：水波互相撞击之貌。脟圈：挛曲，形容水流盘旋迂回。缭戾：回旋曲折。宛转：回旋，盘曲，蜿蜒曲折。相薄：相迫近，相搏击。

jiǎn
遭纷逢凶 蹇离尤兮

wèi
垂文扬采 遗将来兮

遭纷：遭逢乱世。逢凶：遇到凶险。蹇：语气助词。离尤：遭罪，遇祸。

垂文：留下文章。遗：给予，馈赠。将来：未来。

离世

“离世”，指屈原遭放逐而离开故国。开头接连指责“灵怀”（楚怀王）不能理解和信用自己，引天地四时、日月星辰为自己的高洁作证。继而写流放途中苦闷的心情和对国事的忧虑，感叹回归国都的希望难以实现。

灵怀其不吾知兮　灵怀其不吾闻

就灵怀之皇祖兮　愬(sù)灵怀之鬼神

灵怀曾(zēng)不吾与兮　即听夫(fú)人之谀辞

余辞上参于天墬(dì)兮　旁引之于四时

指日月使延照兮　抚招摇以质正

“灵怀”二句：大意为，怀王不知我，不了解我，我要向怀王的祖先，向那些神灵倾述苦闷。灵怀：楚怀王。皇祖：君主的祖父或远祖。愬：同“诉”。

曾：竟。不吾与：即不任用我。与，交往、交好。夫：语气助词。人：众人。谀辞：谄媚言辞。

“余辞”句：大意为，我的言辞检验于天地，印证于四时。参、引：二字义略同，皆检验、验证之意。墬：同“地”。

“指日月”句：大意为，让日月明鉴，让星辰来评判。延照：永远地照耀，照可引申为鉴、察看。招摇：星名，北斗第七星摇光。质正：评判是非。

立师旷俾(bǐ)端词兮 命咎繇(gāo yáo)使并听

兆出名曰正则兮 卦发字曰灵均

余幼既有此鸿节兮 长愈固而弥纯

不从俗而诐(bì)行兮 直躬指而信志

不枉绳以追曲兮 屈情素以从事

端余行其如玉兮 述皇舆之踵迹

群阿(ē)容以晦光兮 皇舆覆以幽辟

“立师旷”句：大意为，请师旷来明辨，让咎繇也来听听。师旷：春秋晋国乐师，善辨音。俾：使。端：端详、辨别。咎繇：即皋陶，舜之贤臣。并听：与“延照”“质正”“端词”互文见义，引申出来都有鉴别、评判的含义。

“兆出名”二句：谓屈原名字好，自幼便有好品行，长大后更加坚定纯正。兆：古代占验吉凶时灼龟甲所成的裂纹。鸿节：高尚的节操。

“不从俗”二句：谓屈原立身正直，遵循本心，不跟随俗流而胡作妄行，不扭曲准绳来做徇私枉法的事。诐行：偏邪不正的行为。直躬：以直道立身。指：通“旨”，美好。枉：弯曲。绳：木工画直线的墨线。情素：真情、本心。

“端余行”二句：大意为，端正我的行为洁身自好如玉，遵循先王的足迹。群小阿谀谄媚蒙蔽君王，王朝昏暗走向衰亡。述：循，顺行。皇舆：国君所乘的高大车子，多借指王朝或国君。踵迹：前人足迹。阿容：阿谀。晦光：蒙蔽光明。幽辟：幽僻，昏暗。

舆中涂以回畔兮　驷马惊而横奔

执组者不能制兮　必折轭(è)而摧辕

断镳(biāo)衔以驰骛(wù)兮　暮去次而敢止

路荡荡其无人兮　遂不御乎千里

身衡陷而下沉兮　不可获而复登

不顾身之卑贱兮　惜皇舆之不兴

出国门而端指兮　冀壹寤而锡(cì)还

哀仆夫之坎(kǎn)毒兮　屡离忧而逢患

“舆中涂”二句：大意为，车走到中途却走回头路，四马惊奔。驾马车的人控制不住，必然折断毁损车轭和车辕。回畔：反背，谓走回头路。驷马：指驾一车之四马。执组：驾驭车马。轭：马颈上套的曲木。辕：车前驾马的两根直木。

“断镳衔”二句：大意为，马嚼子断掉马儿狂奔，傍晚经过旅舍也不敢停留。路上空荡无人，奔走千里也无法停止。镳：马嚼子两端露出嘴外的部分。衔：马嚼子。驰骛：疾驰、奔腾。次：旅行所居止之处所。御：阻止、控制。

“身衡陷”二句：指屈原虽然被贬，不复重用，但他并不在乎自身的荣辱，只是痛心楚国不能振兴。衡陷：横陷。惜：感到遗憾，哀痛。

“出国门”二句：大意为，离开郢都笔直向前，希望君王一朝醒悟赐我归还，悲痛马夫为我愤愤不平，屡次遭逢祸患。锡：赏赐。仆夫：车夫。坎毒：愤恨。离忧：遭遇忧患。

九年之中不吾反兮　思彭咸之水游

惜师延之浮渚兮　赴汨罗之长流

遵江曲之逶移兮　触石碕(qí)而衡游

波澧澧而扬浇兮　顺长濑(lài)之浊流

凌黄沱而下低兮　思还流而复反

玄舆驰而并集兮　身容与而日远

棹(zhào)舟杭以横濿(lì)兮　湁(jì)湘流而南极

立江界而长吟兮　愁哀哀而累(lěi)息

“九年”二句：谓屈原被放逐多年不被召回，想要效仿古代贤臣彭咸和师延投水自尽。反：返。彭咸：殷的贤臣，谏君不从，投水而死。师延：商纣时乐师，周武王灭纣，师延投濮水自杀。水游、浮渚：皆形容投水自尽。长流：长长的流水。

“遵江曲”二句：描绘屈原乘船顺水漂流的情景。江曲：江水曲折处。逶移：犹逶迤，曲折绵延貌。石碕：亦作“石圻”，曲折的石岸。衡游：横渡。澧澧：波浪声。扬浇：水流回旋貌。濑：流得很急的水。

黄沱：古代长江的别称。还流：犹回流。

容与：徘徊犹豫，踌躇不前貌。

棹舟：划船。杭：航。横濿：横渡。湁：一本作“济”。湘流：指湘江。

江界：江边。长吟：长长地哀吟。累息：长叹。

傅抱石 / 无限风光在险峰（局部）

情慌忽以忘归兮 神浮游以高历

心蛩(qióng)蛩而怀顾兮 魂眷眷而独逝

叹曰

余思旧邦 心依违兮

日暮黄昏 羌幽悲兮

去郢东迁 余谁慕兮

谗夫党旅 其以兹故兮

河水淫淫 情所愿兮

顾瞻郢路 终不返兮

慌忽：犹迷茫。浮游：漫游。高历：上升、高高腾起。
蛩蛩：怀忧貌。怀顾：怀念眷顾。眷眷：依恋反顾貌。独逝：独往。

旧邦：故国。依违：迟疑。

谗夫：谗人。旅：众人。其以兹故：这就是我遭祸的原因。

淫淫：流落不止貌。
顾瞻：回视、环视。郢路：通往郢都的路途，谓返国之路。

怨思

这一首写屈原遭受挫折后的怨忿。前半部分连续抒写诗人内心的失望、愁苦与哀伤，而后思及历来忠良命运多舛，意识到黑白颠倒乃是自古以来常有的情形，最后说到自己既不能“屈节以从流”，也无法安心地等待变化，只能长辞远逝。

惟郁郁之忧毒兮　志坎壈(lǎn)而不违

身憔悴而考旦兮　日黄昏而长悲

闵空宇之孤子兮　哀枯杨之冤雏

孤雌吟于高墉兮　鸣鸠栖于桑榆

玄蝯失于潜林兮　独偏弃而远放

郁郁：忧伤、沉闷貌。忧毒：忧愁痛苦。毒，苦痛。坎壈：指不得志。不违：不改变。

考旦：终日。

闵：古同“悯”，怜恤。空宇：幽寂的居室。孤子：孤儿，幼年丧父者也称孤子。冤雏：可怜的雏鸟。冤，屈。

孤雌：失偶的雌鸟。高墉：高墙。鸣鸠：即斑鸠。桑榆：桑树与榆树。

玄蝯：黑色的猿。蝯，同“猿”。潜林：幽深的树林。偏弃：被放逐于偏远之地。

征夫劳于周行兮　处妇愦而长望

申诚信而罔违兮　情素洁于纽帛

光明齐于日月兮　文采燿于玉石

伤压次而不发兮　思沉抑而不扬

芳懿懿而终败兮　名靡散而不彰

背玉门以犇骛(bēn wù)兮　蹇离尤而干诟

若龙逄(páng)之沉首兮　王子比干之逢醢(hǎi)

征夫：远行的人。周行：巡行，谓苦于旅途劳顿。处妇：待在家中的妇女。长望：远望。

申：陈述。诚信：真诚。罔：失意。违：不见面，离别。情素：真情、本心。纽帛：纽、系。帛丝织品的总称。

燿：光芒闪耀。

压次：谓因受压抑而心境失常。不发：不能发泄疏散。沉抑：犹抑郁。不扬：不振作。

芳懿懿：芳香貌。终败：最终衰败。靡散：消失、消灭。不彰：不显。

玉门：宫阙，帝阙。犇骛：犹奔驰。犇，同“奔”。蹇：发语词。离尤：遭罪、遇祸。干诟：谓自取其辱。

龙逄：关龙逄，夏朝忠臣，因谏被桀王所杀。王子比干：商纣王的叔父比干。醢：古代一种酷刑，将人剁成肉酱。

念社稷之几危兮　反为雔(chóu)而见怨

思国家之离沮(jǔ)兮　躬获愆(qiān)而结难

若青蝇之伪质兮　晋骊姬之反情

恐登阶之逢殆(dài)兮　故退伏于末庭

孽臣之号咷(táo)兮　本朝芜而不治

犯颜色而触谏兮　反蒙辜而被疑

菀(yùn)蘼芜与菌若兮　渐藁(gǎo)本于洿(wū)渎(dú)

雔：同“仇”。

离沮：分崩离析，涣散。躬：自身。获愆：获罪。结难：招致灾祸。

青蝇：指谗佞之人。伪质：虚伪品质。骊姬：晋献公宠妃，设计离间晋献公与太子申生，申生至孝，却被诬毒害父亲，故称“反情”。反：通“翻”，翻转、颠倒。

登阶：犹进身。逢殆：遭到危险。退伏：退缩隐藏。末庭：亦作“末廷”，谓朝堂下首的末位。

孽臣：奸邪宠臣。号咷：喧嚣。本朝：朝廷。

犯：冒犯。颜色：脸色。触谏：冒犯直谏。蒙辜：受罪。

菀：积聚，蓄藏。蘼芜：草名。菌若：杜若。渐：浸。藁本：香草名，多年生草本，叶呈羽状，夏开白花，果实有锐棱，根紫色，可入药。洿渎：污水沟。洿，通“污”。渎，水沟。

淹芳芷于腐井兮　弃鸡骇于筐簏(lù)

执棠谿(xī)以刜(fú)蓬兮　秉干将(gān jiàng)以割肉

筐泽泻以豹鞹(kuò)兮　破荆和以继筑

时溷(hùn)浊犹未清兮　世殽(xiáo)乱犹未察

欲容与以俟时兮　惧年岁之既晏

顾屈节以从流兮　心巩巩而不夷

宁浮沅(yuán)而驰骋兮　下江湘以邅(zhān)回

“淹芳芷”句：大意为，渍众芳草于淤泥臭井之中，抛文犀之角于竹筐。淹，浸泡。芳芷，香草名。鸡骇，犀角名。筐簏，盛物的竹器，方者为筐，高者为簏。

棠谿：古代一种名贵的宝剑，因出棠溪，故称。刜蓬：铲除蓬草。干将：古剑名。

泽泻：草本植物。豹鞹：豹皮制成的革。荆和：春秋时楚人卞和，此处指和氏璧。继筑：用大杵舂，此处指破和氏之璧，继而用大杵舂捣，言败坏玉质。

溷浊：混浊。殽乱：混乱。殽，同“淆”。

容与：从容闲舒貌。俟时：等待时机。既晏：已经晚了。

顾：考虑。屈节：降低身份相从。从流：跟随大流。巩巩：郁结貌。不夷：不悦。

浮沅：在沅江上漂游。沅，沅江。驰骋：纵马疾驰。邅回：盘旋、徘徊不进。

叹曰

山中槛(jiàn)槛 余伤怀兮

征夫皇皇 其孰依兮

经营原野 杳冥冥兮

乘骐骋骥 舒吾情兮

归骸旧邦 莫谁语兮

长辞远逝 乘湘去兮

槛槛：车行声。

皇皇：惶惶，彷徨不安貌。孰依：依孰，依靠谁。

经营：周旋、往来。

归骸：谓归葬。旧邦：故国。

长辞：长别，永远离开。

远逝

“远逝”，即远离故都。即将离去，忧愤郁结，心中不平，在想象中向天帝申诉，又召集了众多神灵前来倾听，请他们为自己开解忧思。而后回到人间，踏上漫长而艰苦的行程。

志隐隐而郁怫(fú)兮　愁独哀而冤结

肠纷纭以缭转兮　涕渐渐其若屑

情慨慨而长怀兮　信上皇而质正

合五岳与八灵兮　讯九鬿(qí)与六神

指列宿以白情兮　诉五帝以置词

北斗为我折中兮　太一为余听之

隐隐：忧戚貌。郁怫：愁闷不舒畅。冤结：冤气郁结。

纷纭：杂乱貌。缭转：环绕。渐渐：流淌貌。屑：多。

慨慨：感叹貌。长怀：遐想，悠思。信：崇奉。上皇：东皇太一之类的神。质正：质询，就正。

八灵：八方之神。讯：问。九鬿：北斗九星。六神：六宗之神。

列宿：众星宿，特指二十八宿。白情：陈述实情。五帝：五方天帝。置词：申辩。

折中：取正，用为判断事物的准则。太一：天神名，或星名。

云服阴阳之正道兮 御后土之中和

yǒu qiú yí

佩苍龙之蚴虬兮 带隐虹之逶蛇

yè hàn jùn yí

曳彗星之皓旰兮 抚朱爵与鵔鸃

游清灵之飒戾兮 服云衣之披披

杖玉华与朱旗兮 垂明月之玄珠

dì yì xūn máo

举霓旌之墆翳兮 建黄纁之总旄

qiān

躬纯粹而罔愆兮 承皇考之妙仪

云：助词。服：顺从、施行。御：使用。后土：大地的尊称。中和：中正平和。

“佩苍龙”句：以“佩”“带”喻内在的精神与德行，意为如苍龙般奋进，如隐虹般宽宏。苍龙：青龙，祥瑞之物。蚴虬：蛟龙曲折行动貌。隐虹：长虹。逶蛇：逶迤，曲折行进貌。

曳：牵引。皓旰：明亮，即明亮的彗星。朱爵：即朱雀，一种神鸟。鵔鸃：神俊之鸟。

清灵：犹清冥，即指天。飒戾：凉爽貌。云衣：指云气。披披：长而飘动貌。

玉华：一作“玉策”，有玉装饰的鞭子。玄珠：黑色明珠。

霓旌：仙人以云霞为旗帜。墆翳：隐蔽貌。黄纁：赤黄色。总旄：用牦牛尾做竿饰的旗子。

躬：自身、我。纯粹：纯正不杂。罔愆：没有罪过、过失。皇考：对亡父的尊称。妙仪：高妙的法度。

lì
惜往事之不合兮　横汨罗而下濿

乘隆波而南渡兮　逐江湘之顺流

huàng
赴阳侯之潢洋兮　下石濑而登洲

陵魁堆以蔽视兮　云冥冥而闇前

céng hóng
山峻高以无垠兮　遂曾闳而迫身

fēn
雪雰雰而薄木兮　云霏霏而陨集

fù　　　　　　　cēn cī　　yì
阜隘狭而幽险兮　石嵾嵯以翳日

悲故乡而发忿兮　去余邦之弥久

不合：违背，不符合。濿：趟水过河。

隆波：大波，洪流。江湘：长江和湘江。

阳侯：传说中的波涛之神。潢洋：水深貌。濑：从沙石上流过的急水。

魁堆：高貌。蔽视：蒙蔽视野。

无垠：无边际。曾闳：高大。曾，通“层”。

雰雰：飘落貌。薄：靠近、接近。霏霏：浓密盛多。陨集：下落聚集。

阜：土山。隘狭：险要狭窄。幽险：险阻僻远。嵾嵯：不齐貌。翳日：遮蔽太阳。

发忿：愤懑。去：离开。弥久：长久。

背龙门而入河兮　登大坟而望夏首

横舟航而济湘兮　耳聊啾（jiū）而憕（tǎng）慌

波淫淫而周流兮　鸿溶溢而滔荡

路曼曼其无端兮　周容容而无识

引日月以指极兮　少须臾而释思

水波远以冥冥兮　眇不睹其东西

顺风波以南北兮　雾宵晦以纷纷

日杳杳以西颓兮　路长远而窘迫

欲酌醴（lǐ）以娱忧兮　蹇骚骚而不释

背：背道而驰，走出。龙门：楚国郢都城门名。坟：土堆，或水中高地。夏首：地名，夏水的发源地。

舟航：船只。济湘：渡湘江。聊啾：耳鸣。憕慌：失意忧愁貌。

淫淫：远远流去。鸿：大。溶溢：水盛大貌。滔荡：广大貌。

曼曼：漫漫。无端：没有起点，没有终点。容容：纷乱貌。
指极：谓指向北极星。少须臾：片刻，短时间。释思：释怀。

冥冥：渺茫貌。眇：通“渺”，高远。
宵晦：谓昏黑。

杳杳：昏暗貌。西颓：指夕阳西下。窘迫：谓处境困急。

酌醴：酌酒。娱忧：排遣忧愁。蹇：发语词。骚骚：愁思貌。
不释：不能消除、不能忘掉。

叹曰

飘风蓬龙 埃坲坲兮（fú）

草木摇落 时槁悴兮（gǎo）

遭倾遇祸 不可救兮

长吟永欷 涕究究兮（xī）

舒情陈诗 冀以自免兮

颓流下陨 身日远兮

蓬龙：风转动貌。坲坲：尘埃扬起貌。

摇落：凋残，零落。槁悴：枯萎。

遭倾遇祸：遭逢危亡之世而遇祸害。

永欷：长叹息。究究：不止貌。

舒情：抒发情怀。自免：自求避灾免患。

颓流：水势下流。下陨：向下坠落。

惜贤

这一首与其他八首不同，是用第三人称写成。首句“览屈氏之《离骚》兮”，表明这是作者读《离骚》的感想。但展开的内容，仍是《离骚》的模式。以香草自饰，以标高洁；赞美历史上的贤者，以显示自己的人格理想；叹惜历史上惨遭不幸的忠良，以抒发对命运的愤怨和无奈。

览屈氏之离骚兮　心哀哀而怫郁

声嗷嗷以寂寥兮　顾仆夫之憔悴

拨谄谀(chǎn yú)而匡邪兮　切淟涊(tiǎn niǎn)之流俗

荡渨涹(wēi wō)之奸咎(jiù)兮　夷蠢蠢之溷(hùn)浊

怀芬香而挟(xié)蕙兮　佩江蓠之菲菲(fēi)

屈氏：屈原。怫郁：忧郁，心情不舒畅。

“声嗷嗷”句：谓众声喧杂而衬托自己内心的寂寥，或解为在寂寥的旷野中长啸。仆夫：车夫。

拨谄谀：排除那些阿谀奉承的人。匡邪：纠正邪恶。切：削平、消灭。淟涊：污浊。

荡渨涹：洗涤污浊。奸咎：犹奸恶。夷：消灭。蠢蠢：骚乱貌。溷浊：混乱污浊。溷，同“混”。

怀芬香：喻美德。挟：携。蕙：蕙兰。江蓠：香草名。菲菲：香气盛貌。

傅抱石 / 无限风光在险峰（局部）

握申椒与杜若兮　冠浮云之峨峨(é)

登长陵而四望兮　览芷圃之蠡蠡(lí)

游兰皋与蕙林兮　睨(nì)玉石之嵾嵯(cēn cī)

扬精华以眩燿兮　芳郁渥而纯美

结桂树之旖旎兮　纫荃蕙与辛夷

芳若兹而不御兮　捐林薄而菀(yùn)死

驱子侨之奔走兮　申徒狄之赴渊

申椒：香木名。杜若：香草名。冠：帽子。峨峨：高貌。

长陵：高大的土山。芷圃：指花园。蠡蠡：行列分明貌。

兰皋：长兰草的涯岸。睨：看。嵾嵯：不齐貌。

精华：指事物之最精粹、最优秀的部分。眩燿：光彩夺目。眩，通“炫”。郁渥：香气浓烈。

旖旎：多盛美好貌。纫荃蕙：将荃蕙与辛夷穿在一起。荃、蕙、辛夷，皆香草。

若兹：如此。不御：不被任用。林薄：交错丛生的草木。菀死：枯死。

子侨：王子侨，传说中的仙人。申徒狄：殷末人，相传申徒狄不忍见纣乱，抱石投河而死。赴渊：即投河自尽。

若由夷之纯美兮　介子推之隐山

晋申生之离殃兮　荆和氏之泣血

吴申胥之抉眼兮　王子比干之横废

欲卑身而下体兮　心隐恻而不置

方圜(yuán)殊而不合兮　钩绳用而异态

欲俟时于须臾兮　日阴曀其将暮

时迟迟其日进兮　年忽忽而日度

由夷：许由、伯夷，皆古代隐士。介子推：晋国贤臣，辞不受禄，隐入绵山。

晋申生：晋国太子申生，被晋献公宠妃骊姬陷害，被逼自杀。离殃：遭受祸害。荆和氏：楚人卞和，曾给楚厉王、武王献上璞玉，玉工不识，卞和因此获罪，失去双足，哀痛泣血。

吴申胥：吴国大夫伍子胥。曾劝吴王夫差拒绝越国求和，不被听，令自尽，子胥临死时说："把我的眼珠挖出来放在东门，以便看着越国灭吴。"抉，剔出。王子比干：商纣王的叔父，因屡次劝谏纣王，被剖心而死。横废：突逢祸殃。

卑身、下体：皆指卑躬屈膝貌。心隐恻：内心深处深感痛苦。不置：不能放下。

方圜：方与圆。殊而不合：形状不同，不合适。钩绳：木工用以正曲直的工具。异态：不同形状。

俟时：等待时机。须臾：优游自得。阴曀：云气掩映日光，天气阴晦。

迟迟：缓慢貌。日进、日度：时光向前走。忽忽：急速貌。

妄周容而入世兮　内距闭而不开

俟(sì)时风之清激兮　愈氛雾其如塺(méi)

进雄鸠之耿耿兮　谗介介而蔽之

默顺风以偃(yǎn)仰兮　尚由由而进之

心懭悢(kuǎng lǎng)以冤结兮　情舛(chuǎn)错以曼忧

搴薜荔(qiān bì lì)于山野兮　采撚(yān)支于中洲

望高丘而叹涕兮　悲吸吸而长怀

孰契契而委栋兮　日晻(yǎn)晻而下颓

妄：这里可作“欲”解。周容：迎合讨好。内距闭：心内拒而不纳。

俟：等待。清激：谓清明自励。塺：尘土。

雄鸠：即鹘鸠，鸟名，似山鹊而小。耿耿：诚信貌。介介：离间。蔽：遮挡。

顺风：顺着风向，比喻顺从风俗。偃仰：俯仰，谓随世俗应付。由由：迟疑、犹豫貌。

懭悢：失意怅惘。冤结：冤气郁结。舛错：错杂、交错。曼忧：长忧。

搴：拔取。撚支：香草名，一说木名。中洲：洲中。

吸吸：呼吸急促貌。

契契：愁苦貌。委栋：委顿。晻晻：昏暗貌。下颓：下落。

叹曰

gǔ

江湘油油 长流汩兮

yú

挑揄扬汰 荡迅疾兮

忧心展转 愁怫郁兮

冤结未舒 长隐忿兮

丁时逢殃 可奈何兮

yuān pāng tuó

劳心悁悁 涕滂沲兮

油油：流动貌，常形容云、水。汩：水流貌。

挑揄：搅动。扬汰：汰，淘洗。荡：洗涤。

怫郁：忧郁，心情不舒畅。

冤结：冤气郁结。未舒：未宣泄。隐忿：心怀忿恨。

丁时：适逢其时。逢殃：遭遇祸患。

悁悁：忧闷貌。

忧苦

这一首以“辞九年而不复”为背景，抒写屈原长期被放逐异乡后心情的凄苦和对故国家乡的眷恋，情绪较为低沉。

悲余心之悁（yuān）悁兮　哀故邦之逢殃

辞九年而不复兮　独茕（qióng）茕而南行

思余俗之流风兮　心纷错而不受

遵野莽以呼风兮　步从容于山廋（sōu）

巡陆夷之曲衍兮　幽空虚以寂寞

倚石岩以流涕兮　忧憔悴而无乐

悁悁：忧闷貌。故邦：故国。逢殃：遭遇祸患。

复：返回。茕茕：孤单无依貌。

流风：风气。纷错：纷繁杂乱。不受：难以承受。

遵野莽：沿着山野。呼风：迎风呼唤。从容：盘桓，逗留。山廋：山的弯曲处。廋，同“廋”。

巡：行走。陆夷：高山和平地。曲衍：曲折的湖泽。幽空虚：幽静空旷。寂寞：寂静。

忧憔悴：指身心疲惫。

cuán wán

登巑岏以长企兮 望南郢而窥之

山修远其辽辽兮 涂漫漫其无时

听玄鹤之晨鸣兮 于高冈之峨峨

独愤积而哀娱兮 翔江洲而安歌

三鸟飞以自南兮 览其志而欲北

愿寄言于三鸟兮 去飘疾而不可得

欲迁志而改操兮 心纷结其未离

巑岏：高峻的山峰。长企：立而长望，远眺。企，踮脚看。南郢：指楚国郢都。窥：看。

修远：长远。辽辽：远貌。涂：同“途”，道路。漫漫：广远无际貌。无时：指不知何时才能重回故土。

峨峨：高貌。

愤积：愤懑郁积。哀娱：悲伤与欢乐，谓强颜欢笑，自我宽慰。翔：悠闲行走。江洲：江中由泥沙淤积而成的陆地。安歌：安详地歌唱。

三鸟：神话中西王母身边的三只青鸟。自南：从南而来。“览其志”句：大意为，观察三鸟想要飞往北方。

飘疾：疾速。

迁志：改变意志。改操：改变操行。纷结：形容心情纷乱郁结。未离：未能分开，谓不能疏散排解。

外彷徨而游览兮　内恻隐而含哀

聊须臾以时忘兮　心渐渐其烦错

愿假簧以舒忧兮　志纡(yū)郁其难释

叹离骚以扬意兮　犹未殚于九章

长嘘吸以於(wū)悒(yì)兮　涕横集而成行

伤明珠之赴泥兮　鱼眼玑之坚藏

同驽骡与乘駔(zǎng)兮　杂斑驳与阘(tà)茸(róng)

葛藟(lěi)虆(léi)于桂树兮　鸱(chī)鸮(xiāo)集于木兰

彷徨：徘徊。恻隐：悲痛。含哀：怀着哀痛之情。
聊：姑且。须臾：优游自得。时忘：暂时忘记。

“愿假簧”句：想借助乐器抒发忧愁。假：借。簧：乐器，笙或竽。舒忧：抒发忧思。纡郁：抑郁，郁积。

“叹离骚”句：大意为，吟咏《离骚》以抒发胸怀，吟完《九章》仍意犹未尽。叹：吟诵。扬意：表达意志。未殚：未尽。

嘘吸：啼泣貌。於悒：忧郁烦闷。横集：纵横交集。

鱼眼玑：鱼眼珠。玑，不圆的珠子。坚藏：珍藏。

驽骡：驽劣的骡子。乘駔：骏马名。斑驳：杂色。阘茸：指庸碌、低劣的人或马等。阘，楼上小户，引申为卑下。茸，小草，喻地位卑微或品格低下的人。

葛藟：植物名。虆：攀援。鸱鸮：猫头鹰，古代视作恶鸟。

wò
偓促谈于廊庙兮 律魁放乎山间

恶虞氏之箫韶兮 好遗风之激楚

cuàn qín
潜周鼎于江淮兮 爨土鬵于中宇

且人心之持旧兮 而不可保长

zhān
邅彼南道兮 征夫宵行

yǐng juàn
思念郢路兮 还顾睠睠

涕流交集兮 泣下涟涟

偓促：指器量局狭的庸才。廊庙：指朝廷。律魁：即魁垒，指特出的人或事物。律，通“垒”。

“恶虞氏”句：大意为，讨厌舜时仙乐《箫韶》，喜欢民间流传的俗乐《激楚》。虞氏：舜。箫韶：舜时乐曲名。遗风：民间流传的音乐。

“潜周鼎”句：大意为，将周鼎沉于江淮，烧火做饭的土瓦锅却放在堂屋。周鼎：周代传国的九鼎。江淮：长江和淮河。爨：烧火做饭。鬵：同“甑”，古代蒸饭的一种瓦器。中宇：堂屋。

“且人心”句：大意为，虽然现在人心尚有过去的淳朴，但不能保持长久。

邅：艰难行走。南道：南面或南方的道路。征夫：远行的人。宵行：夜间出行。

郢路：通往郢都的路，谓重返国门之路。睠睠：依恋反顾貌。

涟涟：泪流不止貌。

叹曰

登山长望　中心悲兮

菀（yù）彼青青　泣如颓兮

留思北顾　涕渐渐兮

折锐摧矜（jīn）　凝氾（fàn）滥兮

念我茕茕　魂谁求兮

仆夫慌悴　散若流兮

中心：心中。

菀：茂盛。

留思：留念，怀恋。北顾：顾望北方。渐渐：流淌貌。

折锐摧矜：锐气和自尊遭到了打击。锐，锐气。矜，骄傲、自负。凝氾滥：停止浮沉。

茕茕：孤单无依貌。

仆夫：驾驭车马之人。慌悴：犹憔悴。散若流：离散如流水。

傅抱石／九老图

mǐn

愍命

“愍命”，哀怜自己的命运。全篇分前后两部分，前半部分写从前“皇考”在位，举贤授能，黜退谗佞，政治清明；后半部分指斥今日是非颠倒，小人横行，忠良遭害，国政倾危。写出屈原生不逢时、命运乖蹇的悲伤。在叙述历史人物事迹时，提及汉初的韩信，则又突破了代屈原立言的框架。

昔皇考之嘉志兮 喜登能而亮贤

情纯洁而罔薉（huì）兮 姿盛质而无愆

放佞人与谄谀兮 斥谗夫与便嬖（pián bì）

亲忠正之悃（kǔn）诚兮 招贞良与明智

心溶溶其不可量兮 情澹澹其若渊

皇考：对亡父的尊称。嘉志：犹美德。登能：进用有才能的人。亮贤：相信贤才。亮，相信、信任。

纯洁：纯厚清白。罔薉：不污秽。薉，古同“秽”。姿盛质：一说即“姿质盛”。盛，丰富、华美。质，本性。无愆：没有过失。

放：放逐。佞人：巧言谄媚的人。谄谀：谄媚阿谀。斥：使退去、离开。谗夫：谗人。便嬖：邪佞之臣。

忠正：指忠诚正直的人。悃诚：至诚、忠诚。贞良与明智：指贞贤明智之士。

溶溶：宽广貌。澹澹：恬静貌。若渊：就像深水。

回邪辟(pì)而不能入兮　诚愿藏而不可迁

逐下袟(zhì)于后堂兮　迎宓(fú)妃于伊雒(luò)

剘(fú)谗贼于中霤(liù)兮　选吕管于榛(zhēn)薄

丛林之下无怨士兮　江河之畔无隐夫

三苗之徒以放逐兮　伊皋之伦以充庐

今反表以为里兮　颠裳以为衣

戚宋万于两楹兮　废周邵于遐夷

回邪：不正、邪僻。辟：屏除、驱除。诚愿藏而不可迁：大意为，衷心的愿望保持而不可改变。

下袟：宫中等级不高的姬妾宫人。后堂：犹后宫。宓妃：洛水女神。伊雒：伊水与洛水，在洛阳附近汇流。

剘：铲除。谗贼：诽谤中伤残害良善的人。中霤：室的中央。吕管：吕尚、管仲的并称。榛薄：丛杂草木，引申山野僻乡。

三苗之徒：指佞臣。三苗，古国名。放逐：流放。伊皋：商代名相伊尹与舜之大臣皋陶，皆贤臣。伦：辈、类。充庐：犹充朝。

“今反表”句：如今将衣服外层做成里子，将下裙当作上衣穿，喻指朝堂上的混乱状态，忠奸之臣互相颠倒位置。

戚：亲近，亲密。宋万：春秋时宋国逆臣南宫万。两楹：房屋正厅当中的两根柱子。两楹之间是古时举行重大仪式和重要活动的地方。周邵：周成王时共同辅政的周公旦和召公奭的并称，两人分陕而治，皆有美政。遐夷：指边远少数民族地区。

却骐骥以转运兮　腾驴骡以驰逐

蔡女黜而出帷兮　戎妇入而綵（cǎi）绣服

庆忌囚于阱室兮　陈不占战而赴围

破伯牙之号钟兮　挟人筝而弹纬

藏瑉（mín）石于金匮（guì）兮　捐赤瑾于中庭

韩信蒙于介胄兮　行夫将而攻城

莞（guān）芎（xiōng）弃于泽洲兮　瓟（páo）蠡（lì）蠹（dù）于筐簏（lù）

却：退。骐骥：骏马。转运：运输。腾：驾、乘坐。驰逐：驱驰追逐。

蔡女：蔡国女子，贤女。黜而出帷：意为被驱逐出房间。戎：古代西部少数民族的泛称。綵：彩色丝织品。

庆忌：春秋时吴王僚的儿子，以勇武著称。阱室：地牢。陈不占：齐国胆小的臣子。赴围：带兵解围。

号钟：古琴名。挟：持。人筝：当为“小筝”之误。弹纬：张弦弹奏。

瑉石：似玉的石头。金匮：铜制的柜。捐：舍弃、抛弃。赤瑾：赤色美玉。

韩信：汉高祖之名将。蒙：蒙受。介胄：铠甲和头盔。此句谓韩信做普通兵卒。行夫：士兵。将：率领。

莞：指水葱一类的植物，可编席。芎：多年生草本植物，有香气。泽洲：湖泽。瓟：匏瓜，葫芦。蠡：匏勺，即水瓢。蠹：“囊”的误字。筐簏：盛物的竹器。

麒麟奔于九皋(gāo)兮 熊罴(pí)群而逸囿(yòu)

折芳枝与琼华兮 树枳棘与薪柴

掘荃蕙与射(yè)干兮 耘藜(lí)藿(huò)与蘘(ráng)荷

惜今世其何殊兮 远近思而不同

或沉沦其无所达兮 或清激其无所通

哀余生之不当兮 独蒙毒而逢尤

虽謇謇以申志兮 君乖差而屏之

诚惜芳之菲菲兮 反以兹为腐也

麒麟：象征祥瑞的神兽。九皋：曲折深远的沼泽。熊罴：熊和罴，皆猛兽。逸囿：谓禽兽奔跑于苑囿。

琼华：神话中琼树的花蕊。枳棘：枳木与棘木，因其多刺而称恶木。薪柴：柴火，大者谓薪，小者谓柴。

掘：挖。荃、蕙：皆香草名。射干：香草。耘：培土。藜、藿：泛指粗劣的饭菜。蘘荷：一名蘘草，多年生草本植物。

沉沦：埋没。达、通：通达，亨通显达。清激：谓清明自励。

不当：不合宜。蒙毒：蒙受苦痛。逢尤：遭受怨尤。

謇謇：忠贞、正直。申志：一再表明心志。乖差：违异。屏：摈弃、除去。

菲菲：香气盛。

怀椒聊之蔎(shè)蔎兮 乃逢纷以罹(lí)诟也

叹曰

嘉皇既殁 终不返兮

山中幽险 郢(yǐng)路远兮

谗人𫍲(jiàn)𫍲 孰可愬(sù)兮

征夫罔极 谁可语兮

行吟累(lěi)欷(xī) 声喟(kuì)喟兮

怀忧含戚 何侘(chà)傺(chì)兮

椒聊：即椒。聊，语助词。蔎蔎：草香。蔎，香草名。逢纷：遭遇乱世。罹诟：蒙受耻辱。

嘉皇：对君王的美称。既殁：既已死亡。

郢路：通往郢都的路途，谓重返国门之路。

𫍲𫍲：花言巧语。孰可愬：谁可诉说。愬，同“诉”。

征夫：远行的人。罔极：无穷尽，没有尽头。

累欷：屡次欷歔。喟喟：叹息声。

怀忧：忧思郁结。含戚：怀着忧伤。侘傺：失意而神情恍惚貌。

思古

“思古”，怀念远古贤君的美政与法度。诗从屈原独自徘徊于荒野起笔，渲染其内心的凄楚，继而写他仍然挂念着邦国宗族的兴衰，渴望君王有醒悟的一日。但他内心深知一切都不可挽回，唯有泪洒江天。

冥冥深林兮　树木郁郁

山参差以崭岩兮　阜杳杳以蔽日

悲余心之悁悁(yuān)兮　目眇眇而遗泣

风骚屑以摇木兮　云吸吸以湫戾(jiǎo)

悲余生之无欢兮　愁倥偬(kǒng zǒng)于山陆

旦徘徊于长阪兮　夕仿偟(páng huáng)而独宿

冥冥：幽深貌。郁郁：茂盛貌。

崭岩：尖锐貌，峻险不齐。阜：土山。杳杳：昏暗貌。蔽日：遮蔽日光。

悁悁：忧闷貌。眇眇：眯眼远望貌。遗泣：落泪。

骚屑：风声。吸吸：移动貌。湫戾：卷曲貌。

倥偬：困苦窘迫。山陆：山地。

长阪：犹高坡。仿偟：指心神不安或犹豫不决。

发披披以鬤鬤兮　躬劬劳而瘏悴

魂俇俇而南行兮　泣霑襟而濡袂

心婵媛而无告兮　口噤闭而不言

违郢都之旧闾兮　回湘沅而远迁

念余邦之横陷兮　宗鬼神之无次

闵先嗣之中绝兮　心惶惑而自悲

聊浮游于山陿兮　步周流于江畔

临深水而长啸兮　且倘佯而泛观

披披：散乱貌。鬤鬤：头发散乱。劬劳：劳累、劳苦。瘏悴：疲病，疲惫憔悴。

俇俇：惶遽，心神不安貌。霑襟：浸湿衣襟。濡袂：沾湿衣袖。

婵媛：牵引，情思牵萦。无告：无处投诉。噤闭：闭口无言。

违：离开。郢都：楚国国都。旧闾：故乡。回：回旋，旋转。湘沅：湘江与沅江的并称。远迁：迁徙到远处。

横陷：横遭祸殃。宗鬼神：宗族祖先的鬼神。无次：无序，暗指宗庙无人祭祀。

先嗣：对先人功业的继承。中绝：中断、绝灭。惶惑：疑惧、疑惑。

浮游：漫游。山陿：两山之间的峡谷。周流：周游。倘佯：安闲自在地步行。泛观：广泛地浏览。

兴离骚之微文兮 冀灵修之壹悟

还余车于南郢兮 复往轨于初古

道修远其难迁兮 伤余心之不能已

背三五之典刑兮 绝洪范之辟纪

播规矩以背度兮 错权衡而任意

操绳墨而放弃兮 倾容幸而侍侧

甘棠枯于丰草兮 藜棘树于中庭

西施斥于北宫兮 仳(pí)倠(huī)倚于弥楹

兴：起，此指写作。微文：隐寓讽喻的文辞。灵修：楚怀王。南郢：指楚国郢都。往轨：喻指往古的法度。初古：犹远古。

修远：长远，辽远。难迁：难调动。已：停止。

背：违背。三五：指三皇五帝。典刑：常刑。洪范：《尚书》篇名。洪，大。范，法。“洪范”即大法。辟纪：法纪。

播规矩：背弃法度。播，舍弃，背弃。背度：违背法则。错权衡：废弃法度。错，废弃。权，秤锤。衡，秤杆。任意：任随其意，不受约束。

绳墨：木工画直线用的工具。放弃：流放、贬黜。倾容：点头哈腰、谄媚事人貌。幸：宠幸。侍侧：陪侍左右。

甘棠：棠梨树。藜棘：蒺藜和荆棘，指有芒刺的草木。

斥：被斥退。北宫：指后宫。仳倠：古丑女名。弥楹：布满厅堂。楹，厅堂前部的柱子，借指厅堂。

乌获戚而骖乘(cān shèng)兮　燕公操于马圉(yǔ)

蒯聩(kuǎi kuì)登于清府兮　咎繇(gāo yáo)弃而在野

盖见兹以永叹兮　欲登阶而狐疑

乘白水而高骛兮　因徙弛而长词

叹曰

倘(cháng)佯垆阪　沼水深兮

容与汉渚　涕淫淫兮

乌获：战国时秦国力士，一说可能为更古之力士。戚：亲近。骖乘：在马车上陪乘。燕公：周代燕国的始祖召公，也称邵公、召康公。马圉：马厩。

蒯聩：即蒯聩，卫灵公太子，不孝，欲害其后母。清府：清庙，太庙，古代帝王的宗庙。咎繇：即皋陶，舜之贤臣。咎，通“皋”。

盖：发语词。见兹：见到这些。永叹：长叹。登阶：犹进身。狐疑：犹豫。

白水：神话中的河流，饮之长生。骛：奔驰。徙弛：退却。长词：永别。

倘佯：徜徉。垆：黑色坚硬的土。阪：崎岖硗薄的地方。沼：池子。

容与：徘徊。汉渚：汉水水边。淫淫：泪流不止貌。

钟牙已死 谁为声兮

纤阿不御 焉舒情兮

zēng　　xī
曾哀凄欷 心离离兮

还顾高丘 泣如洒兮

钟牙：钟子期、俞伯牙的并称。

纤阿：古神话中御月运行之女神，一说古代神话中善驾车者。
御：驾驶车马。舒情：抒发情怀。

曾：古同“增”。欷：抽泣。离离：悲痛貌，忧伤貌。

高丘：楚国山名。

傅抱石 / 金刚坡印象之一

远游

这一首写屈原弃世远游，与各处神灵为侣，自由翱翔于天地四方，通过瑰丽奇妙的神话图景，描绘屈原“与日月而比荣”的崇高形象。

悲余性之不可改兮　屡惩艾(yì)而不迻(yí)

服觉(jiào)皓(hào)以殊俗兮　貌揭揭以巍巍

譬若王侨之乘云兮　载赤霄而凌太清

欲与天地参寿兮　与日月而比荣

登昆仑而北首兮　悉灵圉(yǔ)而来谒(yè)

选鬼神于太阴兮　登阊(chāng)阖(hé)于玄阙

惩艾：惩治。迻：同“移”。

服觉皓：穿洁白的衣服。觉，通“较”。殊俗：与俗不同。揭揭：长高貌。巍巍：崇高伟大。

譬若：譬如。王侨：即王子侨，仙人。载：乘。赤霄：红云。太清：天空。

参寿：同寿。

北首：北向。灵圉：神仙的总称。谒：拜见。

选：遣送。太阴：纯阴，幽暗之所，地下。阊阖：天门。玄阙：天门，引申为天帝或神仙的住所。

回朕车俾(bǐ)西引兮 褰(qiān)虹旗于玉门

驰六龙于三危兮 朝西灵于九滨

结余轸于西山兮 横飞谷以南征

绝都广以直指兮 历祝融于朱冥

枉玉衡于炎火兮 委两馆于咸唐

贯澒(hòng)蒙以东朅(qiè)兮 维六龙于扶桑

周流览于四海兮 志升降以高驰

俾：使。西引：西向。褰：提起。玉门：宫阙，帝阙。

六龙：指太阳，神话传说日神乘车，驾以六龙，羲和为御者。三危：古代西部边疆山名。朝：会聚，召。西灵：西方的神灵。九滨：弯曲的涯岸。

结轸：停车。飞谷：谷名，神话中的飞泉之谷。南征：南行。

都广：神话传说中的地名。直指：直趋，径直前行。祝融：南方火神。朱冥：指南方。

枉：弯曲。衡：车辕前端的横木。炎火：神话中的地名。馆：客舍。咸唐：即咸池，神话传说中的日浴处。

贯：穿过。澒蒙：即“鸿蒙”，宇宙形成前的混沌状态。朅：离去。维：拴，系。扶桑：神话中的树名，传说日出于扶桑。

周流：周游。升降：上下。高驰：向高处远处飞驰。

征九神于回极兮　建虹采以招指

驾鸾凤以上游兮　从玄鹤与鵁(jiāo)明

孔鸟飞而送迎兮　腾群鹤于瑶光

排帝宫与罗囿(yòu)兮　升县圃(xuán pǔ)以眩灭

结琼枝以杂佩兮　立长庚以继日

凌惊雷以轶(yì)骇电兮　缀鬼谷于北辰

鞭风伯使先驱兮　囚灵玄于虞渊

征：征召。九神：九天的神明。回极：天极回旋的枢轴，天体的轴心。建：竖起。虹采：指彩旗。招指：犹指挥。

鸾凤：鸾鸟与凤凰。鵁明：传说中的神鸟，凤凰之类。

孔鸟：即孔雀。腾：驾、乘。

瑶光：北斗七星的第七星名，象征祥瑞。

排：推开。帝宫：天宫。罗囿：神话中的天上园林。县圃：传说中神仙居处，昆仑山顶，亦泛指仙境。眩灭：谓目眩魂消。

琼枝：玉树。杂佩：众多的配饰。长庚：指傍晚出现在西方天空的金星。

“凌惊雷”句：乘着惊雷超越闪电。轶：超过。骇电：快速无比的电光。缀：连结。鬼谷：传说众鬼所聚之地，一本作“百鬼”，众多鬼怪之意。北辰：北极星。

风伯：神话中的风神。先驱：前行开路。灵玄：指玄帝，神话中的北方之神。虞渊：传说为日没处。

sù
遡高风以低佪兮　览周流于朔方

zhuān xū
就颛顼而陈词兮　考玄冥于空桑

旋车逝于崇山兮　奏虞舜于苍梧

济杨舟于会稽兮　就申胥于五湖

yuán
见南郢之流风兮　殒余躬于沅湘

dǎn hùn
望旧邦之黯黮兮　时溷浊其犹未央

zhǐ pī
怀兰茝之芬芳兮　妒被离而折之

chān
张绛帷以襜襜兮　风邑邑而蔽之

遡：同“溯”，逆流而上。高风：强劲的风。低佪：徘徊。朔方：北方。

颛顼：上古帝王名。陈词：发表言论，诉说。考：询问。玄冥：北方之神。空桑：传说中的山名，产琴瑟之材。

旋车：掉转车驾。逝：往。崇山：山名，相传舜放驩兜之处。驩兜为尧舜时部落首领，四凶之一。

济：渡河。杨舟：杨木制的船。会稽：郡名。申胥：伍子胥。五湖：太湖。

南郢：指楚国郢都。流风：风气。殒：古同“陨”，坠落。躬：身体。沅湘：沅水和湘水。

黯黮：昏暗不明。溷浊：混乱污浊。未央：未尽、无已。
兰茝：兰花和白芷，香草名。被离：分散貌。

绛帷：红色帷幕。襜襜：摇动貌。邑邑：微弱貌。

tūn yàn
日暾暾其西舍兮 阳焱焱而复顾

聊假日以须臾兮 何骚骚而自故

叹曰

譬彼蛟龙 乘云浮兮

hòng
汎淫澒溶 纷若雾兮

chán yuán jiāo gé sà
潺湲轇轕 雷动电发 馺高举兮

pō
升虚凌冥 沛浊浮清 入帝宫兮

qiáo chěng
摇翘奋羽 驰风骋雨 游无穷兮

暾暾：明亮貌。西舍：西下。焱焱：光采闪耀貌。

假日：假借时日。须臾：优游自得。骚骚：愁思貌。自故：依然如故。

汎淫：浮游不定貌。澒溶：水深广貌。

潺湲：水流貌。轇轕：交错、杂乱。馺：马奔驰，引申为迅疾。高举：高飞。

升虚、凌冥：升入天空。沛浊浮清：排除浊气，浮游清气之中。沛：通“拂”，表拨，排除。帝宫：天宫。

摇翘奋羽：摇动龙尾，振动羽翼。驰风骋雨：犹言乘风驾雨。无穷：无尽的太空。

明 / 仇英 / 仙山楼阁图（局部）

九 思

王 逸

《九思》沿袭《九叹》《九怀》的模式，也是由九首诗作构成的组诗。作者王逸，东汉后期辞赋家，著有《楚辞章句》，是楚辞成书以来的第一部全注本。此书最后一篇收录了王逸本人的《九思》。

《九思》主要使用代屈原立言的形式，只有第五首《遭厄》采用第三人称，这也是《九叹》与《九怀》的惯例。

全诗大略以屈原遭贬斥后流放的行程和季候的变化为线索，述其流落荒野的生活，以及他在此艰困之中对人生志趣和政治理想的坚持。以大量笔墨渲染屈原流放中环境的荒凉和内心的孤独凄苦，成为《九思》重要的特点。

逢尤

“逢尤”，获罪。这首诗写屈原无辜遭谗言而获罪，烦闷中驾车远游，本希望追寻黄帝和虞舜，结果却陷入深山老林。一面跋涉，一面怀想历史上关涉兴亡成败的人物与事迹，为楚国现实政治的混乱深感愤慨。最后说到怀念故都，夜不能寐。

悲兮愁　哀兮忧

天生我兮　当闇(àn)时

被诼(zhuó)谮(zèn)兮　虚获尤

心烦愦(kuì)兮　意无聊

严载(zài)驾兮　出戏游

闇：同“暗”，意为我生于暗世。

“被诼谮”句：遭受毁谤而莫名承担罪责。诼：造谣、毁谤。谮：诬陷、中伤。虚：平白无故。尤：责备、怪罪。

“心烦愦”句：大意为，内心郁烦难消啊，意志消磨。愦：神志不清。

“严载驾”句：大意为，驾车出去游赏以消忧愁。严：整备。载：乘。驾：马车。戏：游玩。

周八极兮 历九州

chóng
求轩辕兮 索重华

miǎo
世既卓兮 远眇眇

jiǔ chú
握佩玖兮 中路躇

gāo yáo mó
羡咎繇兮 建典谟

yì
懿风后兮 受瑞图

mǐn
愍余命兮 遭六极

委玉质兮 于泥涂

jù zhāng
遽傽遑兮 驱林泽

“周八极”二句：谓游历四方以求贤能君主。周：周游。八极：八方。轩辕：黄帝。重华：舜。

“世既卓”二句：大意为，盛世遥不可得，握美石踟蹰前行。卓：远。眇眇：高远。佩玖：浅黑色玉佩。躇：踌躇不前，或走走停停。

“羡咎繇”二句：大意为，羡慕咎繇、风后遇到明君得以建功立业。咎繇：皋陶，舜之臣。典谟：《尚书》中《尧典》《舜典》《大禹谟》《皋陶谟》等篇的并称。懿：赞美。风后：黄帝之臣。瑞图：旧指上天所赐、表示受命的图籍。

“愍余命”二句：痛心我命不好，就像美玉被丢进淤泥。愍：痛、怜悯。六极：六种凶事（夭折、疾、忧、贫、恶、弱）。

“遽傽遑”句：大意为，彷徨无措地进入山林中，不知该去向何处。遽：惊惧、慌张。傽遑：张皇，惊慌失措貌。

步屏(bīng)营兮 行丘阿(ē)

车轨(yuè)折兮 马虺(huī)颓

惆怅立兮 涕滂沲(tuó)

思丁文兮 圣明哲

哀平差(chāi)兮 迷谬(miù)愚

吕傅举兮 殷周兴

忌嚭(pǐ)专兮 郢(yǐng)吴虚

仰长叹兮 气[饣壹](yē)结

屏营：惶恐、彷徨。丘阿：山丘的曲深僻静处。

“车轨折”二句：大意为，车辕断折，马儿疲病难行，惆怅伫立泪如雨下。轨：古代车辕与横木相连接的销钉。虺颓：疲极致病貌。沲：同“沱”。

“思丁文”二句：大意为，怀念武丁、文王的圣明睿智，悲痛平王、夫差的昏聩愚蠢。丁：殷高宗，名武丁。文：周文王。平：楚平王。差：吴王夫差。

“吕傅举”二句：大意为，周朝吕尚、商朝傅说这样的贤臣被任用，所以国家昌盛；费无忌（楚大夫）、宰嚭（吴大夫）这等佞臣专宠，所以国家衰败。殷：殷商。郢：楚国都城。

“仰长叹”句：大意为，仰天长叹啊，愤懑郁结于胸。[饣壹]：同“噎”。

怛殟绝兮 咶复苏
(yì wēn / huài)

虎兕争兮 于廷中
(sì)

豺狼斗兮 我之隅

云雾会兮 日冥晦

飘风起兮 扬尘埃

走怅罔兮 乍东西
(chàng wǎng)

欲窜伏兮 其焉如

念灵闺兮 隩重深
(ào)

愿竭节兮 隔无由

“怛殟绝”句：大意为，忧闷得气血不畅，喘息后才回转。怛：忧愁。殟：心闷失去知觉。咶：喘息。

“虎兕争”二句：大意为，猛兽在朝堂相争，豺狼在我旁边相斗。虎兕：虎与犀牛，比喻凶恶残暴的人。

“云雾会”二句：大意为，云雾升腾，太阳晦暗不明，风起卷荡尘埃。

“走怅罔”二句：大意为，我怅惘迷茫，东西乱行；想躲藏起来，又能躲到哪里呢。怅罔：怅惘，失意貌。怅：通“怅”。窜伏：逃匿、隐藏。焉如：到哪儿去。

“念灵闺”二句：大意为，想为君主尽忠，可阻隔太深没有门路。灵闺：君门。隩：通“奥”，房屋深处。竭节：尽忠。无由：没有门径，没有办法。

望旧邦兮　路逶(wēi)随

忧心悄(qiǎo)兮　志勤劬(qú)

魂茕(qióng)茕兮　不遑(huáng)寐(mèi)

目眽(mò)眽兮　寤(wù)终朝

“望旧邦”二句：大意为，远望故土，道路曲折遥远，令人思虑劳心。

“魂茕茕”二句：大意为，忧心得难以入眠，终夜未曾合眼。茕茕：孤零貌。寐：睡。遑：闲暇。眽眽：看，视。寤：醒。

怨上

“怨上”，怨责君上（指怀王）。开始写楚国自令尹（宰相）至群司，皆傲慢不恭，胡作非为，导致上下一片混乱与污浊。而这根本缘于怀王迷乱而不能明察是非，使国家丧失有力的中枢。此时屈原孤栖荒野，风雷交加，叹鸟兽各有群，自己只有一些虫豸在身上乱爬，心中充满哀伤。

áo
令尹兮 謷謷

nóu
群司兮 譨譨

gǔ
哀哉兮 淈淈

上下兮 同流

shū lěi
菽藟兮 蔓衍

xiāo
芳蘼兮 挫枯

朱紫兮 杂乱

zēng
曾莫兮 别诸

“令尹”四句：大意为，令尹傲慢妄言，百官多嘴多舌，可叹这朝堂混乱不堪，上下同流合污。令尹：楚国执政官名，相当于宰相。謷謷：信口开河貌。譨譨：多话貌。淈淈：混乱貌。

“菽藟”四句：大意为，野草蔓延，芳草摧折，朱紫混杂，竟无人能辨别。菽：豆类总名。藟：蔓草名。蘼：一种香草。朱紫：比喻正邪、优劣。朱，正色。紫，间色。曾：竟。别：辨别。诸：语气助词。

倚此兮 岩穴

永思兮 窈(yǎo)悠

嗟怀兮 眩(xuàn)惑

用志兮 不昭

将丧兮 玉斗

遗失兮 钮(niǔ)枢

我心兮 煎熬

惟是兮 用忧

进恶兮 九旬

复顾兮 彭务

拟斯兮 二踪

未知兮 所投

“倚此”四句：大意为，倚靠在石洞里，思绪悠长深远；叹息怀王被迷惑，志向不能得到彰显。怀：楚怀王。窈悠：深远貌。眩惑：迷恋、沉溺。昭：显明。

“将丧”四句：谓国家将亡，内心焦虑煎熬，想起来就忧愁。玉斗：北斗星。钮枢：珍宝。

“进恶”四句：谓怀想过去的忠臣贤士，想追寻他们的踪迹，却不知该去哪里。进恶：举出罪恶。九旬：一本作“仇荀”，即仇牧、荀息，皆是忠臣。彭务：彭咸、务光；彭咸，殷大夫，谏其君不听，投水亡；务光，古代隐士。拟：效法。

谣吟兮　中野

xuán jī
上察兮　璇玑

nì
大火兮　西睨

shè tí
摄提兮　运低

láng
雷霆兮　硠礚

xiàn
雹霰兮　霏霏

奔电兮　光晃

凉风兮　怆凄

鸟兽兮　惊骇

相从兮　宿栖

yōng
鸳鸯兮　噰噰

méi
狐狸兮　徾徾

“谣吟”四句：大意为，行吟于荒野，上观天象；荧惑星西斜，摄提星向下运行。谣吟：歌咏。璇玑：北斗前四星。大火：星宿名。睨：倾斜。摄提：星名。

“雷霆”四句：大意为，雷声大作，冰雪纷纷，闪电的光芒闪耀，冷风凄怆。硠礚：石头相击声，引申为雷声。礚：同“磕”，象声词。光晃：光芒闪耀。

“鸟兽”四句：大意为，鸟兽惊惧，相伴回归巢穴栖息，鸳鸯互相鸣和，狐狸结伴相随。噰噰：鸟和鸣声。徾徾：相随貌。

哀吾兮 介特

　　　wǎng
独处兮 罔依

lóu gū
蝼蛄兮 鸣东

máo jié
蟊蠿兮 号西

cì
蛓缘兮 我裳

zhú
蠋入兮 我怀

　zhì
虫豸兮 夹余

惆怅兮 自悲

　　　dāo dá
伫立兮 忉怛

　　gǔ
心结縎兮 折摧

“哀吾”四句：大意为，可叹我孤身一人，无依无靠；蝼蛄在东边叫，蟊蠿在西边号。介特：孤独。

“蛓缘”四句：大意为，毛虫攀援着我的衣裳，蠋虫钻入我怀里；小虫子围绕着我，不由得伤心自怜。夹：包围。

“伫立”二句：大意为，悲痛地伫立着，思绪错乱难解，心被摧折。忉怛：忧伤、悲痛。结縎：谓思绪错乱，郁结不解。

明/仇英/停琴听阮图（局部）

疾世

“疾世”，憎厌世俗。这首诗从欲求汉水女神不可得起笔，斥责楚国群小喧嚣，自己身怀宝器无人识。然后写奔走四方，求访古代圣王，以确认自己的人生选择。最后仍然归结于忧思难解，以致废寝忘食。

周徘徊兮 汉渚

求水神兮 灵女

嗟此国兮 无良

媒女诎(qū)兮 謰謱(lián lóu)

鴳(yàn)雀列兮 譁讙(huá huān)

鸲(qú)鹆(yù)鸣兮 聒(guō)余

抱昭华兮 宝璋

欲衒鬻(xuàn yù)兮 莫取

“周徘徊”四句：大意为，徘徊在汉水之涯，想见到水神；可叹举国没有贤能之人，媒人嘴笨，话说不清。周：周游，走遍。诎：嘴笨。謰謱：絮语不清貌。

“鴳雀”四句：鸟雀喧哗吵闹扰乱视听，以致怀抱美玉，欲售却无人问津。鸲鹆：俗称八哥，与鴳雀皆喻小人。譁讙：喧哗。譁，同“哗”。昭华：美玉名。璋：玉。衒鬻：叫卖。

cú
言旋迈兮 北徂

ǒu
叫我友兮 配耦

yì
日阴曀兮 未光

qù xiāo tiǎo mǐ
阒睄窕兮 靡睹

纷载驱兮 高驰

zī
将谘询兮 皇羲

gāo
遵河皋兮 周流

路变易兮 时乖

lì
濿沧海兮 东游

guàn
沐盥浴兮 天池

“言旋”四句：大意为，向北远行，呼唤志同道合之人结伴。日色昏暗无光，寂静昏暗什么都看不见。言：语气助词。旋迈：远去。北徂：往北。配耦：配偶，此指结伴。阴曀：云翳。阒：寂静。睄窕：昏暗、幽深。靡：无，没有。

“纷载”四句：大意为，驾车纵马飞驰，想拜访伏羲，沿着岸边走，道路曲折多变难行。纷载：装饰缤纷的车。高驰：向远处飞驰。谘询：拜访。皇羲：伏羲的美称。遵：沿着。河皋：河边高地。周流：到处漂泊。时乖：时运不好。

“濿沧海”四句：大意为，向东渡过沧海，在天池里沐浴，向太昊请教大道之要旨，答曰没有比仁义更贵重的。濿：渡水。盥：洗。

访太昊兮 道要

云靡(mǐ)贵兮 仁义

志欣乐兮 反征

就周文兮 邠(bīn)岐

秉玉英兮 结誓

日欲暮兮 心悲

惟天禄兮 不再

背我信兮 自违

踰陇堆兮 渡漠

过桂车兮 合黎

太昊：伏羲氏。道要：治国的要务、要旨。靡：无，没有。

“志欣乐”四句：大意为，心情愉悦地踏上返程，到邠岐投奔周文王。持着玉英立誓，天色将晚心中伤悲。欣乐：欢乐。反征：返程。邠岐：陕西彬县、岐山，周朝发祥地。玉英：玉之精英，吃了可以长生。

“惟天禄”四句：大意为，想到天赐的福分一去不返，背离盟约自相背离，越过高山横渡大漠，走过桂车与合黎山。惟：思考，或语气助词。天禄：天赐的福分，一说指寿命。自违：违背本心。踰，同“逾”，越过。陇堆：山名，或即今陇山。桂车、合黎：皆山名。

赴昆山兮　馽(zhí)𫘧(lù)

从邛(qióng)遨兮　栖迟

吮(shǔn)玉液兮　止渴

啮(niè)芝华兮　疗饥

居嵺(liáo)廓兮　尠(xiǎn)畴(chóu)

远梁昌兮　几迷

望江汉兮　濩(huò)渃(ruò)

心紧絭(juàn)兮　伤怀

时昢(pò)昢兮　旦旦

尘莫莫兮　未晞(xī)

“赴昆”四句：大意为，登上昆仑山，拴好马，跟随蛩兽游览栖息；喝琼树花蕊的汁液止渴，吃仙草、花朵充饥。昆山：昆仑山。馽：拴缚马的足。𫘧：良马。邛：通“蛩”，传说中的异兽。遨：游逛。啮：咬。

“居嵺”四句：大意为，身处空旷之境缺少同伴，踉跄远行，望江汉奔腾之水，思绪纷乱伤心。嵺廓：空旷高远貌。尠：通“鲜”，少。畴：同“俦”，同辈，伴侣。梁昌：亦作“梁倡”，谓处境狼狈，进退失据。几迷：目眩神迷。濩渃：水大貌。紧絭：纠缠、萦绕。

“时昢”二句：大意为，日光未明，尘土未散。昢昢：日月初出，光未盛明貌。旦旦：明亮。莫莫：同“漠漠”，尘土飞扬貌。晞：本意为晒干，此处或解为消散。

忧不暇兮 寝食

吒(zhà)增叹兮 如雷

“忧不暇”二句：大意为，心忧荒废寝食，叹息声如雷鸣。

吒：痛惜，叹声。

悯上

这一首题意费解。因第二首《怨上》，“上”指君上，而本篇《悯上》却不涉及君王，内容实以自悯为主。诗中先是渲染楚国阿媚成习，贪枉成风，忠贤之士被弃，而后写屈原独处山中，无安身之所，孤独憔悴，悲苦无从诉说。

哀世兮 睩睩（lù）
谖谖（jiàn）兮 嗌喔（yì wō）
众多兮 阿（ē）媚
骫靡（wěi mí）兮 成俗
贪枉兮 党比
贞良兮 茕（qióng）独
鹄窜兮 枳棘（zhǐ jí）

睩睩：视貌、目转动貌。
谖谖：巧辩貌。嗌喔：形容奉承取媚的声音。
阿媚：阿谀奉承。
骫靡：也作“骩靡”，委靡。成俗：形成习惯、风俗。

贪枉：贪赃枉法。党比：结党勾结。
茕独：孤独。
鹄：鸿鹄。枳棘：枳木与棘木，因其多刺而称恶木。

tí wò
鹈集兮 帷幄

jì rú
蘮蕠兮 青葱

gǎo
槁本兮 萎落

睹斯兮 伪惑

心为兮 隔错

qūn sǒu
逡巡兮 圃薮

zhěn
率彼兮 畛陌

川谷兮 渊渊

fù luò
山阜兮 硌硌

yín
丛林兮 崟崟

鹈：水鸟，喻小人。帷幄：借指天子近侧或朝廷。

“蘮蕠”四句：大意为，杂草青葱，香草萎落，看到这些虚伪蛊惑，内心感到迷惑。蘮蕠：植物名。槁本：香草。伪惑：诈伪蛊惑。隔错：糊涂，一说受挫。

逡巡：徘徊不进。圃：菜园。薮：生长着很多草的湖泽。
率：沿着、顺着。畛陌：田间道路。
川谷：河流。渊渊：深广、深邃。
山阜：土山，泛指山岭。硌硌：层峦叠嶂，绵延貌。

崟崟：繁茂貌。

zhēn
株榛兮 岳岳

cuī yí
霜雪兮 漼溰

冰冻兮 洛泽

东西兮 南北

wǎng
罔所兮 归薄

yìn
庇荫兮 枯树

匍匐兮 岩石

quán jú
蜷跼兮 寒局数

独处兮 志不申

年齿尽兮 命迫促

魁垒挤摧兮 常困辱

榛：丛杂的草木。岳岳：耸立貌。
漼溰：霜雪积聚貌。洛泽：冰冻貌。

“东西”四句：大意为，南北东西，无处可归；倚靠枯树寻求庇荫，趴在石头上休息。罔：无、没有。归薄：归附、依傍。庇荫：庇护。匍匐：趴伏。

蜷跼：蜷缩。局数：局促，不舒展。
年齿：年龄。
迫促：短促。

魁垒：形容心情郁闷，盘结不解。挤摧：摧挫。困辱：困窘和侮辱。

含忧强老兮 愁无乐

níng cuì　piǎo
须发苎顇兮 颤鬓白

思灵泽兮 一膏沐

怀兰英兮 把琼若

zhí zhú
待天明兮 立踯躅

shū
云蒙蒙兮 电倏烁

gòu
孤雌惊兮 鸣呴呴

fú
思怫郁兮 肝切剥

yuān yì
忿悁悒兮 孰诉告

强老：由壮年转入衰老。
须发苎顇：胡子和头发衰颓杂乱。颤鬓白：两鬓斑白。
灵泽：滋润万物的雨水。膏沐：洗沐。

兰英：兰花。琼若：如玉一样珍贵的杜若。
踯躅：徘徊不进貌。

倏烁：闪烁不定貌。
孤雌：失偶的雌鸟。呴呴：鸟鸣声。

思怫郁：怫郁，抑郁，心情不畅。肝切剥：心情极端痛苦。
忿：恨。悁悒：亦作“悁邑”，忧郁。孰诉告：向谁诉说。

遭厄

“遭厄”犹言遭殃。这首诗用第三人称写成，从屈原遭难沉江起笔，再回笔写他遭群小排斥，游天界而失道，不能如愿，望故都则一片秽乱，无法回归，泪如雨下。

悼屈子兮 遭厄

沉玉躬兮 湘汨(mì)

何楚国兮 难化

迄(qì)于今兮 不易

士莫志兮 羔裘

竞佞谀(nìng yú)兮 谗阋(xì)

指正义兮 为曲

遭厄：遭受困厄。
玉躬：对屈原身体的美称。湘汨：湘江与汨罗江的并称。

何：为何。化：教化。
迄于今：到现在。不易：不改变。

羔裘：用紫羔制的皮衣，古时为诸侯、卿、大夫的朝服。
佞谀：奉承讨好。谗阋：攻讦争吵。

zǐ
訿玉璧兮 为石

chī
鸱雕游兮 华屋

jùn yí　　　cù
鵕鸃栖兮 柴蔟

起奋迅兮 奔走

　　　　xǐ gòu
违群小兮 謑訽

　　　　　shēng
载青云兮 上昇

适昭明兮 所处

niè　qú
蹑天衢兮 长驱

zhǒng
踵九阳兮 戏荡

訿：同“訾”，诋毁。

鸱：同“鸱”，鹞鹰。雕：大型猛禽。
鵕鸃：神俊之鸟。柴蔟：以小木枝构成的鸟巢。

奔走：急行。
群小：众小人。謑訽：亦作“謑诟”，辱骂。

载：乘。
适：往，归向。昭明：指炎神。

蹑：踩。天衢：本意指天上的道路。
踵：追随。九阳：传说中日出处。戏荡：游荡。

越云汉兮 南济

mò
秣余马兮 河鼓

yǎn yì
云霓纷兮 晻翳

shēn
参辰回兮 颠倒

逢流星兮 问路

顾我指兮 从左

jìng jū zī
径娵觜兮 直驰

御者迷兮 失轨

遂踢达兮 邪造

与日月兮 殊道

“越云汉”四句：大意为，向南渡过银河，在河鼓喂马；云雾遮蔽光芒，参、商二星位置颠倒。云汉：银河、天河。济：渡河。秣：喂牲口。河鼓：星名，属牛宿，在牵牛之北，一说即牵牛。云霓：恶气。晻翳：掩翳，遮蔽貌。参辰：参星和辰星（亦名商星），分别在西方和东方，出没各不相见。

“逢流星”四句：大意为，向流星问路，回头为我指路，应该向左；越过娵觜星次径直奔驰，车夫迷失道路。径：经过。娵觜：也作“娵訾”，星次名。御者：车夫。失轨：迷失道路。

踢达：错过。邪造：斜向行进。
殊道：不同路，背离。

è
志阏绝兮 安如

ǒu
哀所求兮 不耦

攀天阶兮 下视

yān yǐng
见鄢郢兮 旧宇

意逍遥兮 欲归

huì yǎo
众秽盛兮 杳杳

gěng yè jié qū
思哽饐兮 诘诎

涕流澜兮 如雨

阏绝：阻断、杜绝。安如：去往哪里。
不耦：不得。

鄢郢：春秋时楚国定都郢，后迁都于鄢，仍号郢，因以鄢郢指楚都。旧宇：故国。

逍遥：徬徨、徘徊不进。
杳杳：昏暗貌。

哽饐：悲痛气塞，泣不成声。诘诎：滞塞、艰涩。流澜：散布、遍布。

悼乱

“悼乱”，悲悼世事混乱。开头极写黑白颠倒的乱状：奸邪得志，圣贤如周公、孔子遭受困厄；继而写主人公欲逃世隐居，然而山中荒凉可怖，无法安身；最后写他怀念京都，等待天明而行。

嗟（jiē）嗟兮　悲夫

殽（xiáo）乱兮　纷挐（rú）

茅丝兮　同综

冠屦（jù）兮　共絇（qú）

督万兮　侍宴

周邵（shào）兮　负刍（chú）

“嗟嗟”四句：大意为，感叹朝堂的混乱。以茅草当丝线进行纺织，帽子装饰着鞋子才用的饰物，喻奸臣之重用，忠臣之贬谪。嗟嗟：叹词，表示感慨。夫：语气助词。殽乱：混乱。纷挐：混乱貌。茅丝：茅草与丝线。综：织布机上使经线上下交错以受纬线的一种装置。冠：帽子。屦：麻葛制成的一种鞋。絇：古时鞋上的装饰物。

“督万”四句：大意为，奸臣在君王身边侍宴，贤臣却负柴草于山野。白龙、灵龟被残害、拘捕。督万：指华督和宋万，两人皆有弑君之行。侍宴：宴享时侍候于旁。周邵：指周公旦和召公奭，周成王时共同辅政，分陕而治，皆有美政。负刍：背柴草，谓从事樵采之事。

白龙兮 见射

灵龟兮 执拘

仲尼兮 困厄

邹衍兮 幽囚

伊余兮 念兹

奔遁兮 隐居

将升兮 高山

上有兮 猴猿

欲入兮 深谷

下有兮 虺(huǐ)蛇

左见兮 鸣鵙(jú)

白龙：河神。执拘：被拘捕、拘管。

“仲尼”四句：大意为，仲尼遭受困厄，邹衍受谗言入狱；我想到这些，只好奔逃隐居。仲尼：孔子的字。困厄：困苦危难。邹衍：亦作“驺衍”，战国时齐国哲学家，曾遭谗言而入狱。幽囚：囚禁。伊余：我。奔遁：犹奔逃。

“将升”四句：大意为，将登高山，山上有猿猴。想入深谷，谷里有毒蛇。虺蛇：毒蛇。

 鸣鵙：鸣叫的伯劳。

右睹兮 呼枭(xiāo)

惶悸兮 失气

踊跃兮 距跳

便旋兮 中原

仰天兮 增叹

菅(jiān)蒯(kuǎi)兮 楙(mào)莽

雚(huán)苇兮 仟(qiān)眠

鹿蹊(xī)兮 躖(duàn)躖

貒(tuān)貉(hé)兮 蟫(xún)蟫

鹯(zhān)鹞(yào)兮 轩轩

鹑(chún)鴳(ān)兮 甄甄

枭：猫头鹰，被视为恶鸟。
惶悸：惊恐。失气：停止呼吸。踊跃：跳跃。距跳：犹跳跃。

“便旋”四句：在原野中徘徊，仰天叹息不已，满目杂草丛生。便旋：徘徊、回旋。中原：原野之中。菅蒯：茅草类。楙莽：茂盛密集。雚苇：荻和苇。仟眠：草木丛生貌。

鹿蹊：鹿行的小径。躖躖：野兽行进貌。
貒、貉：皆兽名。蟫蟫：相随貌。
鹯、鹞：皆凶猛鸟类。轩轩：飞动貌。
鹑鴳：即鹌鹑。甄甄：小鸟飞貌。

哀我兮 寡独

靡有兮 齐伦

意欲兮 沉吟

迫日兮 黄昏

玄鹤兮 高飞

曾逝兮 青冥

鸧鹒(cāng gēng)兮 喈喈(jiē)

山鹊兮 嘤嘤

鸿鸬兮 振翅

归雁兮 于征

寡独：孤独。

靡有：没有。齐伦：同伴。
迫日：日落西山。

玄鹤：黑鹤。
曾逝：高飞。青冥：形容青苍幽远。

鸧鹒：黄鹂。喈喈：禽鸟鸣声。
嘤嘤：鸟和鸣声。

鸬：水鸟，俗称鱼鹰。
于征：远行。

吾志兮 觉悟

怀我兮 圣京

垂屣(xǐ)兮 将起

跓(zhù)俟(sì)兮 硕明

圣京：故都。

垂屣：放下鞋子。

跓俟：停足等待。硕明：天大亮。

伤时

“伤时”，感伤时运。诗从夏日晴和、草盛花荣起笔，转入此时香草已经凋零。再述忠良遇害，世道混浊。想到古之俊彦遭难，须待明君赏识，自己既然生不逢时，不如暂且逍遥四方。然而升天遨游，终究无趣，遥望楚国，心生眷怀。

惟昊天兮 昭灵

阳气发兮 清明

风习习兮 和暖

百草萌兮 华荣

堇(jǐn)荼(tú)茂兮 扶疏

蘅芷凋兮 莹嫇(míng)

愍(mǐn)贞良兮 遇害

将夭折兮 碎糜

昊：大。昭灵：光明神奇。
阳气：暖气，生长之气。
萌：发芽。华：花。

“堇荼茂”四句：毒草苦菜枝叶繁茂，香草却凋谢萎败；怜悯忠良之士遭遇祸患，寿命将要摧折。堇：一种草本植物。荼：苦菜。扶疏：枝叶繁茂分披貌。蘅：杜衡。芷：白芷。莹嫇：萧瑟貌。愍：怜悯。遇害：遭逢祸患。碎糜：犹身躯粉碎。

时混混兮　浇(zàn)饡

哀当世兮　莫知

览往昔兮　俊(yàn)彦

亦(qū)诎辱兮　系(léi)纍

管束缚兮　(zhì gù)桎梏

百(mào)贸易兮　传卖

遭(huán mù)桓缪兮　识举

才德用兮　列施

且从容兮　自慰

玩琴书兮　游戏

混混：浑浊。浇饡：以羹浇饭，比喻浊乱。

俊彦：杰出之士，贤才。
诎辱：委屈和耻辱。系纍：束缚。

“管束缚”四句：管仲曾被捆绑戴上刑具，百里奚被转卖到秦国，遇到齐桓公、秦穆公得到赏识，才能智慧得以充分施展。管：春秋时著名政治家管仲。桎梏：刑具，脚镣手铐。百：秦穆公时贤臣百里奚。贸易：变易，更换。贸，同“贸”。传卖：转卖。桓缪：春秋五霸中齐桓公和秦穆公的并称。缪，通“穆”。识举：赏识并举用。列施：充分施展。

“且从容”四句：大意为，从容抚琴读书为乐，迫于中国狭小，我想去往九夷之地。自慰：自我宽慰。

迫中国兮　迮(zé)陿(xiá)

吾欲之兮　九夷

超五岭兮　嵯(cuó)峨(é)

观浮石兮　崔(cuī)嵬(wéi)

陟(zhì)丹山兮　炎野

屯(zhūn)余车兮　黄支

就祝融兮　稽(jī)疑

嘉己行兮　无为

乃回朅(qiè)兮　北逝

遇神孈(xié)兮　宴娭(xī)

迮陿：狭小。
九夷：古代称东方的九种民族为九夷，此指其所居之地。

“超五岭”四句：大意为，跨越高峻的五岭，观赏崔嵬的浮石；在炎热的南方登上丹山，在古国黄支停驻车马。五岭：大庾岭、越城岭、骑田岭、萌渚岭、都庞岭的总称，是长江与珠江流域的分水岭。嵯峨：山高峻貌。浮石：山名，在东海。崔嵬：高耸貌。陟：登高。丹山：山名，在今湖北。炎野：泛指南方炎热之地。屯：困顿、迟钝。黄支：南方古国名。

祝融：火神。稽疑：用卜筮决疑。
嘉：夸奖。无为：指道家主张的清静虚无，顺应自然。
回朅：转身离去。逝：过去、往。
孈：古代中国北方神名。宴娭：宴饮嬉戏。

欲静居兮 自娱

心愁慼(qī)兮 不能

放余辔(pèi)兮 策驷(sì)

忽飙(biāo)腾兮 浮云

蹠(zhí)飞杭兮 越海

从安期兮 蓬莱

缘天梯兮 北上

登太一兮 玉台

使素女兮 鼓簧(huáng)

慼：同“戚”，忧愁。
不能：无法做到。

驷：古代同拉一辆车的四匹马，或套着四匹马的车。
飙腾：疾风骤起。

蹠：乘、登。飞杭：飞快的船。
安期：亦称“安其生”，仙人名。蓬莱：蓬莱山，传说中的神山名，亦常泛指仙境。

缘：顺着。天梯：登天的阶梯。
太一：至高神东皇太一。玉台：传说中天帝的居处。

素女：传说中的神女，或言其善于弦歌。鼓簧：指吹笙。

乘戈龢（hè）兮 讴（ōu）谣

声噭（jiào）誂（tiǎo）兮 清和

音晏衍兮 要媱（yáo）

咸欣欣兮 酣乐

余眷（juàn）眷兮 独悲

顾章华兮 太息

志恋恋兮 依依

乘戈：传说中的仙人名。讴谣：唱歌。

噭誂：歌声清畅貌。清和：清越和谐。
晏衍：和悦悠长。要媱：嬉戏舞蹈。

咸：全、都。酣乐：沉湎于饮酒游乐。
眷眷：依恋反顾貌。

 章华：即章华台，春秋时楚灵王所造之台。太息：深深叹息。

明 / 仇英 / 停琴听阮图（局部）

哀岁

“哀岁”，因岁月流逝而悲哀。诗从秋日景象起笔，思一年将尽，心生悲伤。而后转入远游四方，所遇害虫飞舞，令人厌恶；鱼鳖成群，无端欢喜；唯有自己，茕然一身。渐至冬寒，孤苦尤甚，忧思郁结，无从诉说。

mín
旻天兮 清凉

玄气兮 高朗

liáo liè
北风兮 潦洌

草木兮 苍唐

yī jué jiào
蛜蚗兮 噍噍

jí jū rǎng
蝍蛆兮 穰穰

岁忽忽兮 惟暮

chuàng
余感时兮 凄怆

“旻天”四句：大意为，秋天天气清凉，天地之元气高而明朗；北风凛冽，草木开始凋零。旻天：秋天。玄气：指阳气或阴气。潦洌：寒冽。苍唐：草木始凋貌。

“蛜蚗”四句：大意为，蛜蚗鸣叫，蟋蟀众多；时光飞逝到了夜晚，我感叹时事而心内悲伤。蛜蚗：蝉的一种。噍噍：鸟鸣声。蝍蛆：蟋蟀，一说蜈蚣。穰穰：繁盛、众多。忽忽：急速貌。惟：语气助词。感时：感慨时序的变迁或时势的变化。

伤俗兮 泥浊

méng
矇蔽兮 不章

宝彼兮 沙砾

捐此兮 夜光

yīng　niè
椒瑛兮 涅污

xǐ
莫耳兮 充房

摄衣兮 缓带

操我兮 墨阳

升车兮 命仆

将驰兮 四荒

“伤俗”四句：大意为，感伤世俗的污浊，世人蒙蔽双眼而不明黑白；把砂砾当作宝贝，丢弃掉明珠。矇：看不清。章：同“彰”，彰明。宝：珍视。捐：丢弃。夜光：明珠。

“椒瑛”四句：大意为，香木美玉被污染，满屋都是扎人的苍耳；整饬衣裳，宽松衣带，手持着墨阳宝剑。椒：香木。瑛：美玉，喻贤德之士。涅污：染污。莫耳：即苍耳，菊科植物。充房：充满房屋。摄衣：整衣。缓带：宽松衣带，形容悠闲自在，从容不迫。墨阳：古代美剑名。

“升车”四句：大意为，命令仆从备车，将要驰向四方荒远之地；离开屋子碰上毒虫，走出大门遇见马蜂。升车：登车。四荒：四方荒远之地。

chài
下堂兮 见虿

出门兮 触蜂

yóu yán
巷有兮 蚰蜒

邑多兮 螳螂

睹斯兮 嫉贼

心为兮 切伤

xū
俛念兮 子胥

仰怜兮 比干

miǎn
投剑兮 脱冕

wān zhuān
龙屈兮 蜿蟤

下堂：离开殿堂或堂屋。虿：蝎子之类的毒虫，喻奸佞之人迫害贤臣如虫有螫毒。

“巷有”四句：巷子里都是蚰蜒小虫，城内多是螳螂；目睹此景痛恨乱臣贼子，内心着实悲伤。蚰蜒：节足动物，像蜈蚣而略小，生活在阴湿地方。邑：城市、都城。嫉：恨。贼：对人民有害的人。

“俛念”四句：低头感念伍子胥，仰天怜悯比干；抛下宝剑扔掉帽子，像龙一样屈曲起来，不再伸展。子胥：伍子胥，春秋吴国大夫。比干：商纣王叔父。

潜藏兮 山泽

cuán
匍匐兮 丛攒

窥见兮 溪涧

yún
流水兮 沄沄

yuán tuó
鼋鼍兮 欣欣

zhān nián
鳣鲇兮 延延

群行兮 上下

pián
骈罗兮 列陈

自恨兮 无友

qióng
特处兮 茕茕

冬夜兮 陶陶

“潜藏”四句：大意为，隐藏在山泽之间，匍匐在草丛之中，看见山涧的溪水奔流汹涌。丛攒：罗列分布，这里指草木丛生处。沄沄：水流汹涌貌。

“鼋鼍”四句：大意为，鼋鼍怡然自得，鳣鲇鱼类众多，成群结队上下游动，排列整齐有序。鼋：大鳖。鼍：扬子鳄。鳣：即鲟鳇鱼。鲇：鲶鱼。延延：众多貌。

“自恨”四句：大意为，可恨自己没有朋友，单身茕茕独立；冬天的晚上漫长无际，雨雪茫茫昏暗无光。骈罗：并列分布。列陈：列阵。特：单独、一个。茕茕：孤单无依貌。陶陶：漫长貌。

雨雪兮 冥冥

jiǒng
神光兮 颎颎

鬼火兮 荧荧

修德兮 困控

huáng
愁不聊兮 遑生

yū
忧纡兮 郁郁

wū
恶所兮 写情

冥冥：昏暗貌。

“神光”四句：大意为，神灵之光炯炯夺目，幽灵之火闪烁莹莹；修养德行却无人引进，忧愁难以消解。神光：神异的灵光。颎颎：犹炯炯，光亮貌。修德：修养德行。困控：言无人引进。遑：恐惧。

“忧纡”二句：大意为，忧愁郁闷，何处可纾解宣泄这些情绪。忧纡：愁闷抑郁。恶所：何处。写情：抒发感情。

守志

“守志”，坚守志向。本篇带有总结的意义。诗人登高远望，感叹君王昏庸，忠诚无所用。遂想象远游天界，与神灵为侣，却又不能忘记辅佐君主、修明教化、建立勋业的理想，因此惆怅自怜。最后的乱辞，向往云开雾散、天空明朗，奸邪黜退、政治清明，最终宏业有成。但心里明白这只是一种愿望。

陟(zhì)玉峦兮　逍遥
览高冈兮　峣峣(yáo)
桂树列兮　纷敷
吐紫华兮　布条
实孔鸾兮　所居
今其集兮　惟鸮(xiāo)
乌鹊惊兮　哑哑(yǎ)
余顾瞻兮　怊怊(chāo)

“陟玉峦”四句：登山漫步，欣赏高山之巍峨壮阔；树木罗列纷繁，绽放着紫色花朵，舒展枝条。陟：登高。玉峦：指昆仑山，泛指仙山。逍遥：自由自在貌。高冈：高的山脊。峣峣：高貌。纷敷：犹纷披。紫华：紫花。布条：舒展枝条。

“实孔鸾”四句：原为孔雀鸾鸟之居所，如今却集聚着鸮鸟；乌、鹊嘈杂，我环视四周惆怅不已。孔鸾：孔雀和鸾鸟。鸮：猫头鹰。哑哑：鸟鸣声。顾瞻：回视。怊怊：怅惘貌。

àn mèi
彼日月兮 闇昧

jìn
障覆天兮 祲氛

伊我后兮 不聪

焉陈诚兮 效忠

shū hé
摅羽翮兮 超俗

游陶遨兮 养神

wān shàn
乘六蛟兮 蜿蝉

遂驰骋兮 升云

扬彗光兮 为旗

“彼日月”四句：大意为，日月黯淡无光，不祥之气笼罩上天，君主受蒙蔽而失察，怎么才能表白诚意为之效忠。闇昧：暗淡。障覆：遮蔽、覆盖。祲氛：邪恶之气。伊：句首发语词。后：君主。焉：怎么。陈诚：表白赤诚之心。

“摅羽翮”四句：大意为，展翅飞翔远离俗世，无牵无挂地遨游，以保养精神；乘坐盘曲的九蛟，疾驰进入云霄。摅：舒展。羽翮：鸟羽。超俗：避开世俗、脱离尘世。陶遨：无牵无挂貌。养神：颐养心智。蜿蝉：蛟龙盘曲貌。

“扬彗光”四句：扬起彗星之光当作旗帜，拿着闪电当作鞭子。早晨从鄢郢出发，早餐时已到银河。彗光：彗星的光束。

秉电策兮　为鞭

yān yǐng
朝晨发兮　鄢郢

食时至兮　增泉

绕曲阿兮　北次

造我车兮　南端

yè　zhì
谒玄黄兮　纳贽

崇忠贞兮　弥坚

历九宫兮　遍观

睹秘藏兮　宝珍

yuè
就傅说兮　骑龙

与织女兮　合婚

电策：闪电。鄢郢：楚都。食时：指早餐时刻。增泉：银河。

“绕曲阿”四句：绕着曲折的山脉在北边留宿，驾车到达南端；拜访天帝，献上礼物，推崇忠贞之心更加坚定。曲阿：屋的曲角。次：临时驻扎和住宿。造：去、往。南端：南边。谒：拜见。玄黄：指古代传说中五天帝的中央之帝。纳贽：初次拜见长者时馈赠礼物。崇：尊尚。

“历九宫”四句：游历天上宫殿，观赏秘藏之珍宝；乘龙车拜见贤相傅说，和织女缔结姻缘。九宫：天宫。秘藏：隐藏或珍藏的大宗之物。傅说：殷王武丁之贤相。

举天罼(bì)兮　掩邪

彀(gòu)天弧兮　射奸

随真人兮　翱翔

食元气兮　长存

望太微兮　穆穆

睨(nì)三阶兮　炳分

相辅政兮　成化

建烈业兮　垂勋(xūn)

日瞥(piē)瞥兮　西没

道遐迥兮　阻叹

志稸(xù)积兮　未通

“举天罼”四句：举天网消除邪恶，拉天弓射死奸佞；跟随真人翱翔天际，服用元气以求长生。天罼：即天毕，星名，形似罗网。掩：止。彀：拉弓。天弧：星名，形状像箭在弓上。

“望太微”四句：望见太微星端严肃穆，看到三台星缤纷绚烂；辅佐完成教化万民的责任，建立显赫功绩。太微：古代星官名。穆穆：肃穆庄严。三阶：即三台星，古人以三台星比拟“三公”，故曰辅政。炳分：缤纷，星光灿烂。成化：完成教化。烈业：显赫的功绩。垂勋：立功，垂留功勋。

“日瞥瞥”四句：大意为，太阳西下，道路辽远曲折，壮志于怀不能实现，惆怅失意，自怜自叹。瞥瞥：形容光或声迅速消失。遐迥：辽远貌。稸积：积聚、积蓄。

怅敞（wǎng）罔兮 自怜

乱曰

天庭明兮 云霓（ní）藏

三光朗兮 镜万方

斥蜥蜴兮 进龟龙

策谋从兮 翼机衡

配稷（jì）契（qì）兮 恢唐功

嗟英俊兮 未为双

敞罔：失意貌。

“天庭明”二句：大意为，天庭一片光明，云霓隐匿，日月星辰光芒明亮，照耀万邦。三光：日、月、星。镜：照耀。万方：万邦。

“斥蜥蜴”二句：大意为，撵走小人，迎请忠良，听从策谋计谋，让他们在重要职位上辅佐。斥：使退去。蜥蜴：比喻小人。龟龙：龟和龙，喻杰出人物。翼：辅佐。机衡：此处喻机要的官署或职位。

“配稷契”二句：大意为，（屈原）可与发扬尧之政绩的后稷、契相媲美，可叹这样的才智品行，世上再无第二个。配：相匹配。稷契：后稷（周先祖）和契（商先祖），都是尧之贤臣。恢：发扬，扩大。唐功：唐尧之功德。英俊：才智卓越、俊逸超群。

明 / 仇英 / 仙山楼阁图（局部）

附录

吊屈原赋

贾 谊

本篇为西汉文学家贾谊作品。贾谊因不顾年轻资历浅，屡上书论国家大政，为元老重臣所恶，被贬为长沙王太傅，及渡湘水，历屈原放逐所经之地，对他遭遇深致伤悼，作此赋以吊，亦自抒幽愤。

全篇分为两部分。前半部分哀悼屈原“逢时不祥”，描绘出一个黑白混淆、善恶颠倒的世界，对屈原的不幸深表同情。

后半部分“谇曰”相当于楚辞中的“乱辞”，本属于尾声。但在本篇中，它和前半部分篇幅相当。内容是对屈原之死的议论。作者认为贤者应循“圣人之神德”，“远浊世而自藏”，这样才能保全自己。他应该“历九州而相其君”，没有必要眷怀故都不能去，终至自沉殉国。

sì
恭承嘉惠兮 竢罪长沙

chén mì
仄闻屈原兮 自湛汨罗

tuō
造讬湘流兮 敬吊先生

yǔn jué
遭世罔极兮 乃陨厥身

呜乎哀哉 逢时不祥

chī xiāo
鸾凤伏竄兮 鸱鸮翱翔

tà
阘茸尊显兮 谗谀得志

恭承嘉惠：敬受恩惠。嘉惠：恩惠，指皇帝的指令。竢罪：待罪。竢，同“俟”，等待。

仄闻：传闻，听说。仄，义同“侧”。湛：同“沉”。

造：到，往某地去。讬：寄托。先生：指屈原。

罔极：变化无常。陨：牺牲。厥：其，他的。

逢时不祥：时运不好。不祥，不善。

“鸾凤”句：凤凰隐匿，而猫头鹰翱翔。伏竄：藏匿逃窜。鸱鸮：猫头鹰，古人认为是不祥之鸟。

阘茸尊显：奸佞小人得尊贵。阘茸，庸碌、卑下之人。

贤圣逆曳兮 方正倒植

谓随夷溷(hùn)兮 谓跖(zhí)蹻(qiāo)廉

莫邪为钝兮 铅刀为铦(xiān)

于(xū)嗟默默 生之亡故兮

斡(wò)弃周鼎 宝康瓠(hù)兮

腾驾罷(pí)牛 骖蹇驴兮

骥垂两耳 服盐车兮

逆曳：被倒着拖拉，代指不顺利，一说不被重用。方正：正直之人。倒植：倒立，倒置。

“谓随夷”句：大意为，都说随、夷昏庸，而跖、蹻廉正。随、夷：卞随与伯夷，皆隐士贤者。溷：腐败。跖、蹻：盗跖与庄蹻，皆古人眼中的大盗。

莫邪：吴国名剑。铅刀：铅制的刀，质软不锐。铦：锋利。

“于嗟”句：大意为，叹息世道昏聩，先生无故遭祸。于嗟：即“吁嗟”，感叹词。默默：昏聩貌。生：先生的略称，指屈原。亡故：无辜，无故遭祸。亡，通“无”。故，即“辜”。

斡弃：转而抛弃。周鼎：周朝的宝鼎。康瓠：空葫芦瓢，一说空瓦罐。

腾驾：驾驭。罷：同“疲”，疲惫。骖：古代四马驾一车，中间的两匹叫服，两边的叫骖，此处用作动词，在两边拉车。蹇驴：瘸腿驴。

“骥垂两耳”句：大意为，骏马负盐车累得两耳下垂。此处指骏马善跑却负盐车，喻屈才。

jù

章甫荐屦 渐不可久兮

嗟 苦先生独离此咎兮

suì

谇曰 已矣

国其莫吾知兮

子独壹郁其谁语

凤缥缥其高逝兮

夫固自引而远去

袭九渊之神龙兮

章甫荐屦：用礼帽来垫鞋子，帽子原应戴在头上，却用它来垫脚，喻贤愚倒置。章甫，商代式样的冠。荐，垫。屦，麻葛制成的鞋。渐：消损。

嗟：咨嗟，叹息。

谇曰：乐曲尾声，相当于“乱曰”，一作“讯曰”。
已矣：罢了。

莫吾知：即“莫知吾”，没人知道我。
壹郁：抑郁。

缥缥：犹飘飘。高逝：高飞而去。
夫：发语词。自引：自行退却。引，一作“缩”。

袭：效法。

mì
汩渊潜以自珍

miǎn xiāo tǎ
偭蟂獭以隐处兮

hā zhì yǐn
夫岂从虾与蛭螾

所贵圣人之神德兮

远浊世而自藏

使麒麟可系而羁兮

岂云异夫犬羊

般纷纷其离此邮兮

亦夫子之故也

汩：隐没。渊：一作“深”。

“偭蟂獭”二句：与蟂獭同隐居，不与蛤蟆、水蛭、蚯蚓类小虫为伍。偭：面向。蟂獭：类水獭的动物。从：跟随。虾：蛤蟆。蛭：水蛭、蚂蟥类动物。螾：同“蚓”，蚯蚓。

神德：高洁的品德。

“使麒麟”二句：如果把麒麟束缚起来，与牛羊有什么不同。羁：用络头络住。

般纷纷：纷乱貌。般，通“斑”。离此邮：遭遇这些灾祸。离，通“罹”，遭遇。邮，通“尤”，祸患。
夫子：指屈原。

xiàng
历九州而相其君兮
何必怀此都也
凤凰翔于千仞兮
览德辉而下之
见细德之险征兮
遥增击而去之
彼寻常之污渎兮
岂能容吞舟之巨鱼
zhān
横江湖之鳣鲸兮
固将制于蝼蚁

相：选择。
此都：指楚国都城郢。

千仞：极言其高。仞，八尺为仞。
览：看到。德辉：仁德的光辉。

细德：不高尚的德行。险征：险恶的征兆。
“遥增击”句：大意为，振翅高飞，远远遁去。

寻常：八尺为寻，十六尺为常。污渎：小沟渠。

制：受摆布。

祁昆／仙山观海图

下卷终

后记

在《诗经》之后，我又和果麦的几位年轻朋友合作，编撰了这部新的《楚辞》解注。从编撰的宗旨来说，主要是为了提供一部具有学术基础，可靠、易读、令人喜爱的读本，希望并非专业出身的读者，能够亲切地走近这部古老的文学经典。解注的内容，广泛利用了历代名家的成果，不讲求标新立异，但具体工作过程仍然是审慎而仔细的：有时前人成说不能使我们信服，提出自己的见解也很自然。譬如《天问》一篇的文脉，本书的解析与各家纷异之说都不同。我相信，这个本子读起来，应该比其他注本清晰明白。

为了便于理解，把我和章培恒先生合作主编的《中国文学史》中关于楚辞的一章略加删改，作为这篇后记的主要内容。

楚文化和楚辞的形成

长江流域同黄河流域一样，很早就孕育着古老的文化。楚民族兴起以后，成为这一地域文化的代表。战国时期，楚势力西抵汉中，东临大海，在战国诸雄中，版图最大，人口最多。最后楚为秦所灭，但楚地的反秦起义，又成为推翻秦王朝的主要力量。汉王朝的建立，从某种意义上可以认为是楚人的胜利。秦、汉大一统，最终完成了南北文化的融汇，也由此形成了伟大的“汉族”。

楚民族在其发展过程中，不断与中原文化交流。同时楚文化始终保持着自身强烈的特征，因而楚人长期被中原国家看作野蛮的异族。楚国的国家制度不够成熟，用于维护统治秩序、等级关系的政治与伦理思想远不及北方文化完密。与此相应，原始宗教——巫教的盛行等，都被看作楚文化落后的表现。但在其他方面，却远远超过中原文化。理解这一点，对于理解楚辞十分重要。

南方地理环境的优越性使谋生较为容易，至少在春秋以后，楚国的财力物力已明显超过北方国家。屈原《招魂》中描绘楚国宫廷内极其奢华的享乐景象，也须有雄厚的物质基础。同样因为在南方谋生比较容易，途径也多，不需要组成强大的集体以克服艰难的自然环境、维持生存，所以楚国没有形成像北方国家那样严密的宗法政治制度。个人受集体的压抑较少，个体意识相应就比较强烈。

丰富的物质条件，较少压抑而显得活跃的生活情感，造成了楚国艺术的高度发展。在中原文化中，中庸平和被视为艺术的极致。而楚国的艺术，都是在注重审美愉悦的方向上发展，充分展示出人们情感的活跃性。

以春秋战国时代而论，楚文化与中原文化各有特点、各有所长。如果单就艺术领域而言，以楚文化的成就为高，《楚辞》则代表了楚文化的辉煌成就。楚文化中较强的个体意识、激烈动荡的情感、奇幻而华丽的表现形式等等，也都呈现于《楚辞》中。

“楚辞”其本义，当是泛指楚地的歌辞，后来才成为专称，指以战国时楚国屈原的创作为代表的新诗体。西汉末，刘向辑录屈原、宋玉及汉代人模仿这种诗体的作品编纂成集，命名为《楚辞》。这是《诗经》以后，我国古代又一部具有深远影响的诗歌总集。由于屈原的《离骚》是楚辞的代表作，所以楚辞又被称为“骚”或“骚体”。汉代人还普遍把楚辞称为“赋”。

楚辞的形成，同楚地的歌谣有密切关系。楚是一个音乐舞蹈发达的地方，现存歌辞较早有《孟子》中记录的《孺子歌》，这种歌谣到秦汉时还十分流行，如刘邦有《大风歌》等。体式上，每句可长可短，在句尾或句中多用语气词“兮”字，这也成为楚辞的显著特征。楚辞虽脱胎于楚地歌谣，却已发生了重大变化。汉人称楚辞为赋，取义“不歌而诵谓之赋”。屈原作品除《九歌》外都是长篇巨制，显然不适宜歌唱，不应当作歌曲来看待。也不是像散文那样的读法，而是需要用一种特别的声调来诵读。楚辞摆脱了歌谣的形式，才能使用繁丽的文辞，容纳复杂的内涵，表现丰富的思想情感。

楚辞又被楚地盛行的巫教所渗透，使之具有浓厚的神话色彩。至战国时代，楚人还沉浸在一片充满奇异想象和炽热情感的神话世界中。《楚辞》作品在表述自身情感时，也大量运用神话材料，驰骋想象，上天入地，飘游六合九州，给人以神秘之感。

除楚文化本身的因素，春秋以后，楚国贵族对《诗经》已经相当熟悉，这成为他们的文化素养的一部分。屈原《九章》中的《橘颂》就有《诗经》体式对《楚辞》体式的渗透痕迹。楚辞是楚文化的产物，具体说来，又离不开伟大诗人屈原的创造。

屈原的生平与作品

屈原（约前340—约前278）名平，字原，是楚国同姓贵族。祖先封于屈，遂以屈为氏。年轻时受到楚怀王的高度信任，官为左徒，“入则与王图议国事，以出号令；出则接遇宾客，应对诸侯”，是楚国内政外交的核心人物。据推算，他当时仅二十多岁，可谓少年得志。后有上官大夫在怀王面前进谗，于是怀王“怒而疏屈平”。屈原被免去左徒之职后，转任三闾大夫，掌管王族昭、屈、景三姓事务，负责宗庙祭祀和贵族子弟的教育。

这以后，楚国的内政外交发生一系列问题。先是秦使张仪入楚，用欺骗手法破坏楚齐联盟。怀王发现上当后，大举发兵攻秦，却相继战败。此时屈原曾受命使齐修复旧盟，但似乎没有结果，此后楚国全面陷入外交与战争的困境。在怀王二十五年左右，屈原一度被流放到汉北一带，这是他第一次被放逐。

怀王三十年，秦人诱骗怀王会于武关。屈原曾极力劝阻，而怀王的小儿子子兰等却力主怀王入秦，结果怀王被扣，三年后死于秦。怀王被扣后，顷襄王接位，顷襄王七年，竟然与秦联婚以求暂时苟安。由于屈原反对他们的可耻立场，并指斥子兰对怀王的屈辱而死负有责任，子兰等又在顷襄王面前造谣诋毁屈原，导致屈原再次被流放到沅、湘一带，时间为顷襄王十三年前后。顷襄王二十一年，秦将白起攻破楚都郢，预示着楚国陷入危机。屈原眼看自己一度兴旺的国家已经无望，也曾考虑过出走他国，但最终还是不能离开故土，于悲愤交加之中自沉于汨罗江。他自杀的日子，可能是五月五日或距这一天很近的某日。五月五日原来是楚地的传统节日，后来人们就把这一天作为纪念屈原的日子，其本来意义，反而鲜为人知了。

屈原与楚国最高统治集团在外交方针和内政上展现了剧烈冲突，同时也阻碍了那些贪鄙贵族们的利益，这使他陷入困境。此外，屈原的性格也是造成他悲剧的重要原因。他是一个感情激烈、正直袒露而又非常自信的人，这使他缺乏在高层权力圈中巧妙周旋的能力。屈原的性格以及他在政治上的理想主义态度，也同实际的政治环境难以协调。历史上这种诗人气质与环境的矛盾，不断地造成人生的悲剧，同时也造就了优秀的文学。

屈原的作品，除《离骚》《九歌》《天问》《九章》外，其余作品的归属和真伪，汉代就存在争议。现代研究者多倾向于《招魂》仍为屈原之作；《远游》《卜居》《渔父》，则伪托的可能性为大。

《离骚》和《九章》

《离骚》和《九章》都直接反映了屈原的生活经历，具有强烈的政治色彩。是屈原在政治上遭受严重挫折，面临个人与国家的厄运，对于过去和未来的思考，是一个崇高而痛苦的灵魂的自传。

《离骚》分成前后两大部分。前半篇侧重于对以往经历的回顾，多描述现实的情况；后半篇则着重表现对未来道路的探索，主要通过幻想方式展开。

在前半篇中，由三方面的人物，即诗人自我、“灵修”（即楚王）和一群“党人”，构成激烈的矛盾冲突。第一句开始，诗人多方面描述自我美好而崇高的人格。代表着美好和正义的一方，作者相信他的理想和主张，能够把楚国引向康庄大道。“党人”即结党营私的小人，他们苟且偷安，危害国家前途。并认为诗人阻挡了他们的道路，是同诗人敌对的、代表邪恶的一方。掌握最高权力、能够决定上述双方成败并由此决定楚国命运的楚王，却是昏庸糊涂的。由于楚王是楚国的象征，诗人对他抱有绝对忠诚，他也一度信任和重用诗人，最终却受“党人”蒙骗，导致诗人的失败和楚国的衰危。

而诗人曾亲手培养的人才也纷纷转向，自己被完全孤立。这进一步激起了诗人的高傲和自信。他反复用各种象征手段表现自己高洁的品德。同时，诗人坚定地、再三地表示：他决不放弃自己的理想而妥协从俗，宁死不肯丝毫改变自己的人格。

诗人理智上坚定而明确，但在感情上却迷惘痛苦。《离骚》后半篇借助神话材料，以幻想形式展示了他内心深处的活动，和对未来前途的探索。先是假设一位“女媭”对他劝诫，认为他的“婞直”不合时宜。但紧接着，通过向古帝重华（舜）陈辞、表述治国之道，否定了女媭的批评。这是第一层感情的波折。而后诗人在想象中驱使众神，上下求索。他来到天界，然而天帝的守门人拒绝为他通报，表明重新获得楚王信任的道路已经被彻底阻塞。他又降临地上“求女”，但那些神话和传说中的美女，或无礼而骄傲，或无媒以相通，又表明无法找到能够理解、帮助自己的知音，这是第二层感情的波折。出路到底在哪里呢？诗人转而请巫者灵氛占卜、巫咸降神，给予指点。灵氛认为楚国已毫无希望，劝他离国出走；巫咸劝他留下，等待君臣遇合的机会。但后一种道路已经被证明是无望的，他只能采纳灵氛的意见离开楚国。正当其“高驰邈邈”之时，却发现自己根本无法离开故土，这是第三层感情波折。既不能改变自己，又不能改变楚国，而且不可能离开楚国，那么，除了以身为自己的理想殉葬，以死完成自己的人格之外，他别无选择。

《离骚》闪耀着理想主义光辉的异彩。诗人以炽烈的情感、坚定的意志，追求真理，追求完美的政治，追求崇高的人格，至死不渝，因此，其作品产生了巨大的艺术感染力。

《九章》由九篇作品组成，其内容都与屈原的身世有关，所涉及的事实是生活中具体的片断，以纪实为主。

其中《橘颂》的内容和风格都比较特殊。作品用拟人化的手法细致描绘橘树灿烂夺目的外表，和“深固难徙”的品质。在描写过程中，诗人既不黏滞于作为象征物的橘树本身，又没有脱离其基本特征，从而为后世咏物诗的创作开辟了一条宽广的道路。

其他篇章，多为屈原在放逐期间所作。《涉江》是屈原在江南长期窜逐中所写的一首纪行诗。诗中叙写作者南渡长江，又溯沅水西上、独处深山的情景。《楚辞》

中这类风光描写，成了后世山水诗的滥觞，屈原也被推为我国山水文学的鼻祖。

《哀郢》作于顷襄王二十一年（前278）楚都郢被秦攻陷以后，屈原在流亡队伍中，目睹了祖国和人民遭受的苦难，他思前瞻后，百感交集，以极沉痛的心情写下这首诗，哀叹郢都的失陷。

《怀沙》一般认为是屈原临死前的绝笔。在做出最终选择以后，诗人再次申述自己志不可改，以更为愤慨的语言指斥楚国政治昏乱，表现出对俗世庸众的极度蔑视。诗人希望能够通过自己的自杀警醒世人。

《九章》的大部分都反映了屈原流放生活的经历，是研究屈原生平活动的重要材料。这些诗篇善于把纪实、写景与抒情的内容相结合，以华美而富于表现力的语言，写出复杂的、激烈冲突的内心状态。

《九歌》《招魂》《天问》

《九歌》《招魂》《天问》三部作品，都不直接涉及屈原本人的生活经历。

《九歌》共十一篇，是一组祭神所用的乐歌。一般认为，这是屈原根据民间的祭神乐歌改写而成的，既洋溢着古老的神话色彩，又表现着诗人对人生的某种感受。

所祭神灵，可以分为三种类型：

1）天神：东皇太一、云中君、大司命、少司命、东君。

2）地祇：湘君和湘夫人、河伯、山鬼。

3）人鬼：国殇。

《诗经》中的祭祀乐歌都是庄重的，人神之间相隔遥远。《九歌》则用富丽的语言，描绘出盛大的、活泼而亲切的祭礼场面。那些神灵都被赋予了人类的品格和情感，他们对人保持善良友好态度，很亲近，毫无可畏之处。这反映出在南方的民间信仰中人神共处的特点。《九歌》中多数诗篇包含有神与神或人与神相恋的情节，这些恋爱透出对生命的执着追求，和追求不得的忧伤和怀疑。如《湘君》《湘夫人》写一对配偶神，他们彼此等待，却终不能相遇，唱出伤心的歌子。

《山鬼》是一首更为美丽的失恋之歌。诗中主人翁虽是神的形象，却完全是人间少女的情感。她盛装打扮前去与心上人幽会，情人却始终未来赴约，使她陷入绝望的痛苦之中。其中写到山鬼独自站在高高的山顶，四望不见人影，她想到的是“岁既晏兮孰华予”——年华渐渐逝去，谁能使我的生命放出光彩！《山鬼》中这种描写，其主要意义并不在表现对恋爱对象的忠贞，而是对生命应有的美好的追求。

《国殇》是悼念阵亡将士的祭歌。诗中描绘了一场敌众我寡、以失败告终的战争，写出楚国将士们视死如归、不可凌辱的崇高品格。诗人的礼赞，既呈现了楚人刚毅的性格，也寄托着他对祖国复兴的期望。这首诗是中国文学中最早显示出悲壮美感的杰作。

《九歌》具有很高的艺术成就。它包含着先秦文学中少数几篇完全以神话为素材，又经过文学化改造、以神的形象表现人类生活情感的作品。

《招魂》是一篇奇幻之作，“招魂”本是楚地一种习俗，诗人借此风俗，以奇异的想象创作了这部作品。全篇为两大部分，前半部分竭力渲染四方以及天上、地下的可怕，劝魂不可留居。后半部分则竭力铺陈楚国宫廷的富丽奢华，招魂归来，辉煌的殿堂、华贵的陈设、妖娆的女子、醇酒美食和诱人的歌舞。最终以“目极千里兮伤春心，魂兮归来哀江南”收结，流露出无限深情。《招魂》所显示出的想象力和创造力令人惊叹。它用夸饰手法，将恐怖和奢华两种景象作强烈而富于刺激性的描写，并形成对照，造成了特殊的美感效果。它的铺陈手法，不但影响了汉赋，也影响了后来的韩愈诸多诗人文学家。

《天问》是篇奇文。它就自然、历史、社会及与其有关的神话传说，提出一百七十二个问题。这里有很多问题当时已经有了现存答案，但诗人并不满足，而是提出严厉的追问，试图找到新答案。像尧舜，当时已被儒家奉为偶像，但在《天问》中，他们的举措仍然不能逃脱深刻的怀疑。这就意味着，无论怎样的圣君贤臣，都不能成为不容怀疑的绝对权威。我们必须注意：任何社会，不论处在如何幼稚的认识水平，都需要且必然会对自然、社会、历史提出某种系统化的解释。打破这种解释，对现存答案提出大胆怀疑的精神，是人类认识不断进展的基本前提，也是最为深刻有力的理性精神。战国时期虽然形成了百家争鸣的局面，但没有哪一家曾对自然和社会现象表现出这么广泛而深刻的怀疑。这意味着《天问》作者具有超越当时一般思想家强大的独立人格力量，他敢于鄙视社会的压力，超越已被社会所肯定的思想习惯和思维模式。这种怀疑精神在中国历史上也是少有的。

屈原在文学史上的地位和影响

屈原是我国文学史上第一位伟大诗人。《诗经》中也有许多优美动人的作品，但它基本上是群众性、集体性的创作。而屈原却是用他的理想、遭遇、痛苦，以他生命的全部热情为他的创作打上了个性鲜明的烙印。这标志了中国古典文学创作的一个新时代。

屈原是一位具有崇高人格的诗人。他关心国家和人民，直到今天仍作为坚定的爱国者受到高度评价。他对自己的政治理想与人生理想有坚定的信念，为追求理想不惜与自身所属社会的政治集团中的大多数人对抗，宁死不渝。在忠君爱国的公认道德前提下，保存了独立思考、忠于自身认识的权利。作为理想的殉难者，后人曾从他身上受到巨大感召；他立身处世的方式，也被后世正直文人引为仿效的榜样。

屈原的创作在相当程度上显示了情感的解放，形成了全新的、富有生气和强大感染力的诗歌风格。由于这种情感表达的需要，屈原借用楚地神话材料，用奇丽的幻想使诗歌的境界大为扩展，显示恢宏瑰丽的特征，这为中国古典诗歌的创作开辟出一条新的道路。后代个性和情感强烈的诗人如李白、李贺等，都从中受到极大启发。

屈原是一位爱美的诗人。他对各种艺术的美，都不以狭隘的功利观加以否定，诗篇中处处渲染音乐歌舞的热烈场面和因其引发的感动。他也喜欢大量铺陈华美的、色泽艳丽的辞藻。他还发展了《诗经》的比兴手法，赋予草木、鱼虫、鸟兽、云霓等种种自然界的事物以人的生命和意志，以寄托自身的思想感情，又增加了诗歌的美质。在诗歌形式上，屈原创造出句式可长可短、篇幅宏大、内涵丰富复杂的“骚体诗”，也具有重要意义。

总之，由屈原开创的楚辞，同《诗经》共同构成中国诗歌乃至整个中国文学的两大源头，对后世文学形成无穷的影响。而由于时代的发展，以及南北文化的区别，楚辞较之《诗经》，已有显著的进步。因之，它对后来文学的影响，更在《诗经》之上。

宋玉等其他楚辞作家

一般说来，一个伟大的文学家极少是单独出现在世间的。我们不应把创造楚辞的功绩，完全归于屈原一人。屈原以后的楚辞作家，司马迁《史记·屈原列传》结尾处提到“屈原既死之后，楚有宋玉、唐勒、景差之徒者，皆好辞而以赋见称；然皆祖屈原之从容辞令，终莫敢直谏”。这一段话很简略，我们只能据此知道宋玉等三人在屈原之后，都曾担任某种官职，都在文学方面学习屈原，但都不具有屈原那种大胆批评政治的勇气。

宋玉的生平，其他晚出的书籍也有记载。作品见载于《汉书·艺文志》《隋书·经籍志》《文选》等。《文选》中《风赋》《高唐赋》《神女赋》《登徒子好色赋》都是文学史上的名作，但究竟是否宋玉所作，尚有争议，所以我们也存而不论。可具体评述的，只有《九辩》一篇。

《九辩》之名来源甚古。《离骚》《天问》《山海经》中，都将它与《九歌》相提并论，说是夏启时的乐曲，实际应该是楚地的古歌吧。宋玉之作，当是沿用旧题。

《九辩》的主旨，王逸说是宋玉为悲悼其师屈原而作。谓屈原是宋玉之师，并无根据，其说与作品的实际情况也不相符。就作品本身来看，《九辩》是借悲秋抒发“贫士失职而志不平”的感慨，塑造出一个坎坷不遇、憔悴自怜的才士形象。他很可能是楚国的一名“小臣”，因《九辩》的哀愁，主要是一种狭小的、压抑的哀愁，基调是“惆怅兮而私自怜”。他的文才，他的怀才不遇的遭遇和牢骚，乃至他的见秋景而生哀的抒情模式，都吸引了后世在专制势力压迫下无力反抗而标榜清高、自惜自怜的文人，写出许多伤春悲秋的文赋诗词。

宋玉的创作明显受屈原的影响。但绝不是说《九辩》只是模仿之作，它有自身显著的特色。论感觉的细致、语言的精巧，还在屈原作品之上。首先，宋玉极其善于选择具有一定特征的景物，将其与幽怨哀伤的感情融化在一起来抒写，从环境气氛的渲染中，烘托出阴暗时代被压抑者的心理。大自然萧瑟的景象与诗人孤独的身影相互映衬，具有很强的感染力。两者确实到了水乳交融的程度。其次，在这种景物和心理的描写中，可以看出作者敏锐的感受和细致的笔触。用远行中的漂泊感、登山临水的空渺感，写人生失意之情绪，极见匠心创意。第三，《九辩》的语言更加讲究散文化。全诗句式多变，长短错落，语气词“兮”字的位置也不断调换，使得全篇的语言节奏相当灵活自由。

《九辩》特出的艺术成就，使宋玉成为屈原之后最杰出的楚辞作家，与之并称“屈宋”，为后人所尊崇。

汉代的楚辞作品

楚辞本来又可以称为“赋”。《汉书·艺文志》就直接称“屈原赋”“宋玉赋”。“辞”和“赋”原来并没有严格的区分。但至汉代，从战国楚辞派生出两个不同的分支，人们开始用“辞”和“赋”来作为区分。一类多用“赋”命名，其特点是抒情性降低，多用华丽的文辞铺排描写各种景观，逐渐向散文方向演变，其典型作品就是司马相如的大赋。另一类仍然沿袭“骚体”的风格，文辞华丽而注重抒情。西汉刘向编纂《楚辞》一书，战国作家之外，收入一部分汉代作家的作品，都属于骚体传统，凡以“赋”命名的都不收。像贾谊，收了他的《惜誓》，却没有收他的《吊屈原赋》。这表明，刘向在编《楚辞》时，有意识地把“辞”和“赋”区分开来了。当然，由于“辞”和“赋”出自同一源头，而且本来是不分的，有些赋也可以很接近骚体风格。

刘向《楚辞》所收汉代作品，包括贾谊的《惜誓》，淮南小山的《招隐士》，东方朔的《七谏》，庄忌的《哀时命》，王褒的《九怀》，以及刘向本人的《九叹》；东汉王逸为《楚辞》作注，又收入了自己的《九思》。

以上汉代楚辞，除《招隐士》，有一个共同的特点，就是用代屈原立言的方式来展开。虽然具体说来各有差异，但大多包含以下的内容：抒写忠直之士不能受到君主的信赖与器重，内心的失望、愁苦与悲愤；指斥政治昏暗、黑白颠倒；希望弃脱污秽的尘世，遨游于仙境。

这看起来像是模仿屈原，其实也不尽然。汉代是专制政治逐渐强化的时代，所谓“士不遇”，即文人得不到君主的信任和尊重，理想和现实不相容，成为尖锐的感受。因此，屈原的心声在汉代激起文士强烈的共鸣，而那些代屈原立言的作品，其实就是这种共鸣的声音。

所以上述作品中，又包含一种看起来矛盾的现象：在整体上用代言形式写成的诗篇中，又常夹杂一些第三人称的章节，这甚至形成一种定式。如从王褒的组诗《九叹》开始，到刘向的《九怀》、王逸的《九思》，都是在第五首改用第三人称，打破了全篇的代言模式。这样的结构是有意义的，它把读者的思绪从历史拉回现实，暗示屈原的不平，也正是作者内心的不平。过去文学史对汉代楚辞不太重视，这一特点几乎完全不被注意。其实，这和屈原作品在汉代流行是密切相关的。

《楚辞》和《诗经》一样，是中国文学最重要的源头。同时，两者又分别是先秦时代南方文化与北方文化的代表。和《诗经》的温雅、平和、朴素不同，楚辞是华丽、奇幻而富于激情的。中国古代文学中讲究文采、注重辞藻的流派，最终都可以溯源于《楚辞》。它值得我们珍爱。

骆玉明

2019 年 6 月

骆玉明

复旦大学中文系教授、博士生导师。

与章培恒先生共同主编《中国文学史》引起学术界的震动。所著《简明中国文学史》由欧洲著名学术出版机构荷兰博睿学术出版社（Brill）出版，为第一部完整英译在海外出版的中国学人的文学史著作。

代表作品：《老庄随谈》《世说新语精读》《南北朝文学》《美丽古典》《诗里特别有禅》《近二十年文化热点人物述评》《诗经》(解注)

傅抱石（1904—1965）

现代画家，“新山水画”派代表人，祖籍江西新余。擅画山水，中年创为“抱石皴”，晚年多作大幅，气魄雄浑，具有时代感。人物画多作仕女、高士，形象高古。

仇英（约 1498—1552）

明代最具代表性画家之一，与唐寅等同为“明四家”。有《汉宫春晓图》《赤壁图》等名作传世。

楚辞

作者 _ [战国] 屈原等　解注 _ 骆玉明

产品经理 _ 余雷 张思伊　装帧设计 _ 余雷　技术编辑 _ 顾逸飞
责任印制 _ 刘淼　出品人 _ 吴畏

营销团队 _ 毛婷 阮班欢 孙烨

鸣谢（排名不分先后）

戴秀敏 黄醒佳

果麦
www.guomai.cn

以 微 小 的 力 量 推 动 文 明

图书在版编目（CIP）数据

楚辞 /（战国）屈原等著；骆玉明解注 . —西安：三秦出版社，2019.8（2024.2 重印）

ISBN 978-7-5518-1960-2

Ⅰ . ①楚… Ⅱ . ①屈… ②骆… Ⅲ . ①古典诗歌—诗集—中国—战国时代②楚辞—译文③楚辞—注释 Ⅳ . ① I222.3

中国版本图书馆 CIP 数据核字 (2019) 第 119139 号

楚辞

屈原等 著 骆玉明 解注

出版发行 三秦出版社
社 址 西安市雁塔区曲江新区登高路 1388 号
电 话 （029）81205236
邮政编码 710003
印 刷 北京盛通印刷股份有限公司
开 本 840mm×1092mm 1/32
印 张 16.5
字 数 350 千字
版 次 2019 年 8 月第 1 版
印 次 2024 年 2 月第 15 次印刷
印 数 95 621—100 620
标准书号 ISBN 978-7-5518-1960-2
定 价 118.00 元

网 址 http://www.sqcbs.cn

如发现印装质量问题，影响阅读，请联系 021-64386496 调换。